「お前には才能がない」と告げられた少女、怪物と評される才能の持ち主だった

AUTHOR. ラチム

CHA

TOブックス

CONTENTS

ILLUST. DeeCHA
DESIGN AFTERGLOW

第一話　少女、才能がないと言われる

「お前には才能がない。よってパーティから追放する」

パーティのリーダー、アルディスから少女はそう告げられた。少女は真面目な顔つきで、アルディスの発言を受け止めている。

憧れの英雄アルディスに弟子入りして早半年。洗濯、炊事、荷物持ち、罵声《ばせい》、暴力。雑用や理不尽を、少女は黙って受けていた。少女に何の落ち度がなくとも、アルディスの虫の居所が悪ければ殴られる。唾《つば》を吐《は》きかけられる。

本来は綺麗なはずの薄ピンクの髪は、すっかり薄汚れてしまっていた。

護身用の武器すら持たせてもらえず、小さな体で少女は一生懸命に荷車を引っ張る。

食事は一番最後の残り物で、何も残ってない時すらあった。常に空腹の中、睡眠時間はごくわずか。野営時では、見張りの時間が一番多く割り振られている。ほぼ一睡も出来ない時があるのもザラだった。

それでも少女は耐えた。自分は見習いだから、このくらいは当然。そんな中で師匠であるアルディスは私を試しているんだ、と。

少女は嫌な顔一つせず、それどころか常に笑顔だ。背中から蹴《け》られようが、自分が邪魔な位置にいたのだと解釈する。今度からは気をつけよう。少女はありえないほどポジティブだったのだ。

「不服か？　だが、事実だ」

「い、いえ……」

人跡未踏の地〝世界の底〟を制した英雄アルディス率いるパーティ〝ユグドラシア〟。そのリーダーのアルディスは前衛に立てば千の魔物を一掃し、後衛なら誰一人として生傷すら残さない。最高クラスのジョブ、超騎士《アークナイト》は世界で彼のみである。器用万能、天才、勇者、英雄。人々は惜しまず、そう賞賛した。

「ようやく、かよ」

獣人と人間のハーフであるドーランドは、拳一つで竜をも打ちのめす。魔法なしでの戦いならば、アルディスよりも彼に軍配が上がると評する者も多い。

狂戦士《ベルセルク》ほど、肉体の限界を超えたジョブもないだろう。魔力なしで打ち出す気弾は、魔術師も顔面を蒼白させる反則技として名高い。

「まぁまぁ、この子だって頑張ったんだからさ。な？」

中立の立場を取る男、ズールにかかれば幾重にも張り巡らされたトラップは無意味となる。堅牢《けんろう》な鱗《うろこ》に身を包んだ魔物だろうが、彼が製作した毒薬ならば脅威《きょうい》にすらならない。一つトラップを設置すれば、魔物の群れとすら戦う必要がない事もある。

盗賊《シーフ》の窃盗スキルや器用さ、斥候《レンジャー》の地形把握やトラップ、暗殺者《アサシン》の暗殺術を統合した上での完全上位互換。それが彼のジョブ、影の斥候《シャドウレンジャー》だ。

「ストレス解消の役には立ったんじゃない？」

〝やさぐれ聖女〟という不名誉な二つ名を持つパーティの癒やし手クラリネ。その名の通り、ガサツで口も悪い。しかし、未来予知とまで言われる支援や回復魔法のタイミングは神業に等しい。

聖女《ホーリーメイデン》は聖職の最高クラスである聖僧士《プリースト》を凌ぐ。一般的には治癒魔法で病まで治すのは難しいとされているが、聖女《ホーリーメイデン》ならばその域に達せる。

「火と風をかけ合わせれば、あの魔法が完成するわけで……」

〝災火〟の異名で恐れられる魔術師《ウィザード》バンデラに至っては、読書に夢中でこちらに目もくれない。彼女にとっての好奇は魔法、ただ一点だ。

災厄魔女《イレイサーウィッチ》は魔術師《ウィザード》の上位互換職で、彼女の専用ジョブだ。異名も相まって、一発の魔法だけであらゆる生物が命や戦意を失う。

「フン……。見てられんな」

ドーランドがアルディスと並び、少女を見下ろす。その体躯《たいく》に立ちはだかられても、少女は大男を静かに見上げただけだった。

「オレ達の次の目標は〝世界の天井〟だからな。十五の段階で実戦経験なし、何のスキルもなし、称号もなし。出来る奴はガキの頃からやっているんだ。お前は村に帰って野良仕事でもしてるのが似合う」

〝ユグドラシア〟が立ち寄った村にて少女を同行させた理由。それは偏《ひとえ》にアルディスの気まぐれでしかなかった。

高すぎる才能を持つが故に、魔が差した遊び。早い話が、弱い者いじめの一つもしたくなるのかもしれない。

世界的に名の知れている英雄一行ならばと、景気よく娘である少女を送り出した両親には想像も出来ない光景だろう。

少女の村は山の奥深くにある僻地《へきち》だった。細々と育てている農作物のみが唯一の稼《かせ》ぎだ。楽しみといえば、たまにやってくる旅人達の与太話。少女も、そんな彼らの話が大好きだった。

世界には、延々と地下に続く回廊《かいろう》がある。

世界には、天空へ続く庭園がある。

世界には、暗黒で閉ざされた壁がある。

竜にまたがった勇者が世界をすくった話。

物を自在に操る能力を持つ少女の話。

それらが必ずしも真実とは限らない。聞けば聞くほど、少女の外の世界への憧れが膨れ上がる。

だが両親は反対した。一人娘を冒険者にするために送り出すなど、両親として許すわけがない。

隠れて木の棒を振るって剣士《ファイター》の真似事をしても、見つかって怒られる。閉鎖的な環境が彼女を抑圧するが、それは何の制止にもならなかった。

何も物語の主人公になりたいわけじゃない。その脇役、いや、遠くから眺めているだけでもいい。とにかく見たい。聞きたい。体感したい。妄想するだけで夜も眠れぬほどだ。

もしアルディス一行が現れなければ、少女は村で一生を終えたかもしれない。或いはいつか飛び出していたかもしれない。

いつものように木の棒を振るっていた少女を、アルディスが見つけなければ。見どころがあるな、俺の弟子にしてやろうという一言がなければ。

「私の剣術を見て下さい！　それでダメなら諦めます！」

「あー、そうだな。そりゃ不満だよな。わかった、優しいアルディス様から一つ最後のチャンスをやる」

「本当ですか⁉　ありがとうございますっ！」

「礼を言うのはまだ早いぜ？　何せお前には〝魔の森〟で一週間、過ごしてもらうんだからな。無事、生き残れたら追放はなしだ」

「魔の森？」

アルディスのにやけ面の真意をくみ取れないのは少女だけだった。先程まで少女を酷評《こくひょう》していたドーランドすらも、アルディスに向けて顔をしかめる。

クラリネは納得したように何かをぼやき、バンデラは読書の手を止める。全員が察した。

「どうする？」

「やります！」

「よし、じゃあ向かうぞ。ちょうどここから近いからな」

「あーあ……ホント性格ひっどい」

アルディスへの評価を遠慮なく口にしたクラリネ。聞こえたのかどうか、少女の表情に失意はない。期待で胸が高鳴る少女とは裏腹に、一行の思いは千差万別であった。

＊　＊　＊

魔の森までの数時間、少女は少しでも見直してもらおうと奮闘した。料理の腕が上達して、荷車運びのおかげで力もついたはずだ。

野営の準備も見張りも、的確にこなせる。魔物が近づけば大声で知らせた。その際にうるせぇと怒鳴られて一発殴られるのも、日常の風景だ。

魔の森付近での野営で食事も終わり、一行は各々くつろいでいる。一方、少女は鍋の底をさらって少しでも空腹を満たすのに必死だった。

「なぁ、才能ない奴が努力するっておかしいだろ。努力ってのは実る奴がするから、努力ってんだ。無能のそれはただの徒労だろ」

「それならアルディス、お前はその努力をした事があるのか？」

「オレにはその努力すら必要ないのさ。ドーランド、お前こそどうなんだ？」

「筋力が落ちない程度の維持はしているが〝世界の底〟以来、張り合いがなくてな……」

アルディスは天才だった。元は平民の生まれだが幼い頃から剣術とともに才覚を見せつけ、七歳の時点で大人を圧倒。次の年には最下級の魔物を自力で討伐する。

本格的に頭角を現した十三歳の頃には国王の耳に入り、名門貴族も集まるアリストピア学園に推薦入学を果たす。平民だからとやっかまれるが、わずか二年で卒業してすべてを黙らせた。

もっとも、入学して半年の時点で教師ですら口を出せない状況が出来ていたわけだが。

黙っていても賞賛され、女性は寄ってくる。そんな彼が弱者を思いやる心を持ち合わせるはずもなく、傲慢《ごうまん》に輪をかけた性格になるのは必然だった。そんなアルディスは暇さえあれば少女をいびる。

「おい、ガキ。お前は本気で冒険者になりたいと思ってるのか？」

「はい！　村では」

「いや、それ以外は聞いてねぇよ。何度も言わせんな」

「すみません……」

「だったら〝魔の森〟程度、一人で生き残れなくちゃな？　クックックッ！」

アルディスの言葉は嘘だった。〝魔の森〟は最低でも四級冒険者、つまり冒険者ギルド支部に功績を認められた冒険者でなければ太刀打ちできない魔物が多くいる。

そんな冒険者がパーティを組んでも、死者を出す可能性がある場所だ。実戦経験もない少女が生き残れる環境ではない。

「明日はいよいよ魔の森に着く。そこで一度はお別れだ。合流ポイントは追って話す」

「はい！」

魔の森に着いた後、それ以外は嘘だ。一介の村娘に期待を抱かせて、死という絶望に直面させる。心の中でそれを優しさなどと正当化する。

アルディスに出会ってしまった事は、少女にとって紛れもなく不幸だった。

＊　＊　＊

「じゃあ、ここでお別れだ。一週間後に入り口で待っててやるからな」

「あの、武器は？」

アルディスが嫌な笑みを浮かべて、少女への答えを示した。そして言葉で絶望を叩きつける。

「は？　こんなところ、武器なんかいらねぇよ。ここを丸腰で生き残れないようで、何が冒険者だ？」

「そ、そうなんですか」

「それに俺は生き残ればいいと言ったはずだ。つまり逃げるなり、工夫できるだろ。その程度すら思いつかないのかよ、ボンクラ」

「精進します……」

さすがの少女の心にも、絶望が去来した。この時点で得体の知れない魔物の鳴き声が、複数入り混じって聞こえる。

怖気づき、逃げ出したくならないわけでもなかった。しかし、簡単に夢を叶えられるとも思っていない。

「で、では行きます！　一週間後に会いましょう！」

「おう、頑張れよ」

少女は振り返らず、森の奥へと進んだ。その直後にアルディスが吹き出し、ドーランドが苦笑い。

クラリネが前髪をかきあげてから大きく一息。

バンデラだけが唯一、アルディスにちらりと視線を移した。

第二話　少女、魔の森で頑張る

「ひゃあぁぁぁ〜〜！」

森を進んで数分後、少女は人間の成人男性を軽々と丸のみに出来るオオサラマンダーに追い回されていた。

それどころか火を吐く事もあるので、山火事には要注意といった危険な魔物だ。

そんな巨大トカゲが、風体に似合わない速度で迫るのだから恐怖は計り知れない。

ただし少女が丸のみにされる事はなかった。木々を縫って地形を利用して逃げ切る様は、普通の村娘とは似つかわしくない。

斜面を滑り下りた先で、大岩の陰に隠れる事で何とかやり過ごした。

と、安堵したのも束の間。オオサラマンダーの口から、放射状の炎が放たれる。

「ウ、ウソッ……！」

思わず声が出てしまうほどの事態だ。木に着火して、炎が盛りを見せ始める。山火事になられては少女もたまらない。

いよいよどうしようと不安が増大したところで、何かが飛んでくるのを確認した。

枝をうまくかわして飛び回り、スプリンクラーのごとく水をまき散らすのはスプラという鳥型の魔物だ。

火の手が消えてスプラに感謝した少女だが、魔物は彼女を助けたわけではない。水のように見えるが便である。

それを辺りにまき散らす事によって、縄張りを確保していたのだ。

オオサラマンダーの火で魔の森がなかなか火事にならないのは、こうした生態系が存在しているからだった。

森に入って間もない段階で、とんでもない生物達を目の当たりにした少女は当然恐怖する。

だが同時に少女は興奮していた。これが魔の森、そしてこれが冒険。冒険者はこうした大自然と戦って、ようやく物語を紡ぐ。

期待を裏切らないやりがいに、少女は居てもたってもいられなかった。

「これでいいかな……」

落ちていたのは何てことのない木の枝だった。振り回したところで、人間相手にすら牽制にならない。

ないよりはマシだと、少女は頼りない枝を握る。ぶんぶんと素振りをして、感触を確かめた。

村にいた時に何度もやった動作だ。実戦経験もない少女だが、先程より不安はない。

太さもあって、ある程度の重量もある。この辺りの木だからか、割と頑丈そうではあった。

一週間も生き残る為にはまず隠れ場所と食料、水だ。右も左もわからない森の中で、少女がまず取った行動は散策だった。

また魔物に見つからないように、周囲を窺いながら歩く。

ようやく見つけた小さな洞窟《どうくつ》を定住場所に決めた。

残りは食料と水だ。木の実があればいいが、こんな場所で育ったものだから毒がないとも限らない。少女は意を決した。

オオサラマンダーは荷が重すぎるので、狙うのは小型の魔物である。鹿を彷彿とさせる大きな角が目立つ、〝ヤングラ〟だ。

あれでも丸腰の人間には脅威だが、少女には自信があった。背後から躊躇なく飛びかかり、木の枝を振る。

「はぁっ！」

「ギェッ！」

後ろ脚を砕き、体が傾いたところで続けざまに頭部に振り降ろして仕留めてしまった。少女は動かなくなったヤングラを見下ろしつつ、一息。

戦いに関しては見よう見まねだったが、初戦でうまくいった。彼女は見ていたからだ。アルディスの剣術を、ドーランドの体術を。

それを目に焼き付けたのだ。完全に付け焼刃だが、村娘と思えない彼女の天性のセンスは本人も自覚していない。

「アルディスさんなら、もっと早く倒せたはず。絶対に、絶対に認めさせる……！」

などと呟きながら、ヤングラの後ろ足を両手で持って引きずった。これで食料を確保と安心していたが、重要な事を思い出す。

「どうやって解体しよう……」

村にいた時から、積極的に獲物の解体を手伝った事もあって心得はある。しかし、刃物がなければどうしようもない。

そこで思いついたのが、手ごろな石を見つけて削る作業だ。プロの職人でもないし、出来るのに時間もかかる。

それでも少女は一心不乱に石と石をすり合わせて、削った。

そうして出来た不格好なナイフで、獲物を解体した後の問題は火だ。枯れ木を集め、そこに片手を差し出す。

「……ファイア」

バンデラの魔法とは比べようもないほどお粗末だが、彼女は手の平から火の魔法を放った。

バンデラの魔法は途方もない威力で、少女は巻き込まれないように逃げ回って震えた事もある。

しかし、その目に魔法の所作を見よう見真似で焼きつけたのだ。

焼いた肉を頬張り、食べ終わって火を消した頃には日が落ちる寸前だった。夜になれば視界も悪くなり、歩き回るのは危ない。

小さな洞窟を寝床にして、夜をやり過ごす事にした。

＊　＊　＊

三日目の朝までは何事もなく過ごせた。この小さな洞窟で、やり過ごせば無事に終えられるかもしれない。しかし少女は己の力不足を痛感していた。

アルディスに才能がないと言い切られた手前、力をつけて認めてもらうしかない。捨てられたと知らない少女は健気で真面目だった。

だが、それが少女を強くする。木の棒を持ち、片手には解体に使った不格好な石ナイフ。昨日、倒したヤングラよりも強い魔物を倒せるようになりたい。それにはあまりにも貧弱な装備だが、少女は己に一切の妥協をしなかった。

武器がないから、教えてもらえなかったから戦えないのはしょうがない。そんな言い訳は少女の中にはない。

ひたむきで真面目でポジティブ、愚直ともいえるその気質は少女を確実に高みへと導く。

「あ、あの鳥……！」

初日、結果的に少女を助けたスプラだ。哨戒するように、さほど低くない高さのところを飛び回っている。

初日はたまたまスプラは少女を見つけなかった。だが今、その丸い目が少女を捉える。

初動は少女が速かった。咄嗟に拾った石を投げて、急降下してくるスプラの頭部に命中させた。

頭が弾かれて、目標である少女を見失ったスプラはあらぬ方向へ飛んでいく。その隙を見逃さなかった少女は、二度目の投石を行った。

両手で石を持ち、連撃のごとくスプラを狙い撃つ。その命中精度は、投石スキルを得意とする盗賊《シーフ》が見れば愕然とするだろう。

結果、少女は決して弱い魔物ではないスプラを投石だけで落としてしまった。

自覚はないが、石はスプラの急所にことごとく命中している。そうでなければ、投石でスプラを落とす事など出来なかった。

「はぁー！　よかった、よかった……」

一人、安堵する少女。これも食料になるかと思い、寝床に運んで解体作業に入る。ヤングラとは違った肉のうまさに、少女は一際感動した。

腹も満たされて、次の問題の解決に移る。それは水だ。水場があればいいが、そこには魔物がいる可能性もある。今の少女では太刀打ちできないかもしれない。

あのオオサラマンダーに見つからないよう、慎重に歩を進める。ようやく見つけたのは小さな川だった。両手で水をすくい、飲み始める。

冷たくて体中に染みわたるほど気持ちがいい。少女は満たされた気分になって、川のせせらぎに耳を傾ける。

＊＊＊

連日のサバイバル生活の末、約束の期日がいよいよ明日に迫った。

あれからヤングラとスプラは安定して狩れるようになった少女だが、オオサラマンダーだけは依然として避けている。

巨大な体躯だけではなく、あの厚い皮膚は石ナイフで貫けそうにない。このままでいいんだろうか。少女は思案していた。

初日に比べれば、強くなった自覚はある。だが魔の森は広い。オオサラマンダーよりも強い魔物が徘徊《はいかい》しているエリアもある。

さすがの少女も、こんな場所で一週間も野宿をすれば疲弊《ひへい》する。何の準備もなしに放り出されたにしては、上出来なんて言葉では片付かない結果だ。

しかし少女の中で英雄アルディスは遥か高みに位置する。アルディスさんなら、と何かと比較しては上昇志向をやめない。

一種の麻薬のようなものではあるが、本来少女が持ちうる潜在能力も相まって今は実戦経験も得た。もしアルディスが今の少女を見れば、驚きを隠せないだろう。だが彼が少女とここで再会する事はない。

そしてその日の夜、少女は夢を見た。

＊　＊　＊

収穫が一段落つき、丘の上から田畑を眺める夕暮れ時。少女は父親と並んで座り、休息をとっていた。

「お前はまだ冒険者になりたいと思ってるのか？」

「うん。私も自分の目で見て、歩いて……冒険してみたい」

「農作業は過酷だ。一生懸命やっても、災害のせいですべてが台無しになる事もある。冒険者も同じだろう？　良い事ばかりじゃない」

「そうだけど……」

「辛い時は本当に逃げ出したくなる。ましてや冒険者は命すら落とす……静かで刺激がなくても、こうして平和に生きるのが一番なんだ」

「でも、知ってるよ。お父さんとお母さん、私には食べさせてくれるけど二人はほとんど食べてない時もあるよね？」

「それは後で食べて……」

「嘘だ。この村での生活はギリギリだって、おじさん達が話してたの聞いたもん。それなのに私を育ててくれて……だから。冒険者になりたいだけじゃない。二人に、村に恩返ししたいの」

「気持ちは嬉しい。だが危険……」

「作物だって、こうして実ったら嬉しいよ。冒険者だって危ないし辛い事もあると思う。でも嬉しい事も絶対ある！」

「そうだな。だがな、お父さんもお母さんも、お前に危険な事をしてほしくないんだ……それはわかってくれ」

「わかる、けど……」

＊　＊　＊

眠りから覚めた時、頬を涙が伝っていた。

草木を踏む何かが近づいてくる。

咄嗟に起きて息を殺していると、何かが洞窟に顔を覗かせた。

「な、何⁉」

その初動が遅れていれば、少女の命はなかった。怯《ひる》まずに入り口、すなわち魔物に向かって駆ける。

魔物の顔との隙間をくぐって脱出した直後、炎が洞窟内を満たした。オオサラマンダーだ。少女が初日に出合った個体と同一かどうかまでは判別つかなかった。

匂いを辿ったのか、何らかの習性か。ここが今の今まで嗅ぎつけられなかったのは、運がよかったからだった。少女はそれを察し、己の未熟さを恥じる。手元には木の枝と石ナイフ、逃げる他はない。

しかし、少女は考え直す。一晩中、逃げ続けられるわけがない。暗闇で視界が利かない森の中だ。そうなった時に戦っても遅い。

意を決して踏みとどまり、迫りくるオオサラマンダーの目に石ナイフを突き入れた。

片目から血をまき散らし、怒りで体を揺さぶるオオサラマンダー。

飛んでオオサラマンダーの背中に、木の枝を振り下ろす。だが厚い皮膚の前では、何のダメージにもならなかった。

石ナイフは片目に刺さったままだ。ダメージは与えたが、致命傷とは程遠い。このまま火でも吐かれたら最悪だと、少女は焦る。

少女は考えた。どうすれば、この化け物に致命傷を与えられるか。

「アレしかない！」

オオサラマンダーが火を吐く前に決着をつけるしかないと思い立つ。

イチかバチか、少女は突進した。小柄《こがら》な少女が突進した先は、石ナイフだ。オオサラマンダーの目に刺さった石ナイフがググッとより深く刺さる。

悲鳴を上げたオオサラマンダーがのたうち回り、体を横転させて少しずつ動かなくなっていった。

まだ止めを刺しきれてないけど、このまま放置しても死ぬはずだ。

「ナイフ……返してもらうね」

オオサラマンダーの目から石ナイフを引き抜いたと同時に、ボロリと崩れる。あと少し遅かったら、と思うと少女は生きた心地がしない。もう少し短かったら、内部まで届かなかったかもしれない。少女は思わずその場に、座り込んでしまう。呼吸を整えるのに、時間を要した。

「もう武器はこれしかない……。今からもう一本、石ナイフを作る時間もない」

誰にともなく、呟く。もう日が落ちるというのに、ここを離れなければいけなくなった。血の匂いを嗅ぎつけた他の魔物が寄ってくる可能性がある。

こんな都合がいい洞窟が他にあるとも思えない。期日まであと少しなのに、その緊張感と焦りが少女の胸を高鳴らせた。

第三話　少女、心機一転する

少女は一睡もしなかった。寝床にしていた洞窟を放棄した後は、魔物の気配を読むしかない。危ないと思ったら点々と場所を変えては、まんじりともせずに朝を待つ。その緊張感を一晩中、維持したせいで意識が限界だった。

日の出と共に合流ポイントである森の出口に立ち、アルディス一行を待つ少女。

寝たいが、彼らが来た時にそんな状態であれば失礼に当たる。少女はそう自分を奮い立たせて、ひたすら待った。

「こな、い……なんで？」

一時間ほど経過した段階では、さほど不安はなかった。

少女の胸中に暗雲が立ち込めたのは、二時間後だ。何らかの理由で来られなくなった。先に何かの用件が入った。

そんな都合のいい予想ばかりしていたが、ついに最悪の理由が思い当たる。

「見捨てられた……」

体が震えて、悲しみにうちひしがれる。どんな仕打ちを受けても、英雄アルディスのやる事に間違いはない。

いきなり訓練をつけてもらえるとも思っていなかった。アルディスはその目で、自分を見て試していたんだ。少女はそう自分に言い聞かせて、今の今までずっと耐えていた。

だがこの状況では、いかに少女のポジティブな精神でも限界を迎える。

「やっぱり今まで、あの人にからかわれてただけだったんだ……」

まともな精神の人間ならば、恐らく初日か数日で逃げ出すような環境だ。純粋な目的のために、自分に言い訳もしないでひたむきに向き合った結果のはず。

こうなってしまえば、あの日々の仕打ちもただの嫌がらせか。そう合点がいくのも、難しくはない。

少女は拳を握りしめて、木を打った。

「クソッッッ！」

信じた自分がバカだったのか。しかし少女は、こぼれそうになる涙を堪えた。絶望するのは簡単だ。ここで打ちひしがれたとしても、誰も助けてくれない。

冒険者をやっていれば、こういう事もあるはず。父親からの言葉を、少女は心の中で反芻した。

あんなに反対していたのに、最後は自分を気持ちよく送り出してくれた両親の顔が思い浮かぶ。

「……よしっ！」

何より、考え方次第ではこの一週間すら無駄になる。

少女は上を向いて、青空を見た。世界はこの青空のように広い。そう認識した時、一つの決心がつく。

「諦めない。私の夢は簡単じゃなかった。ただそれだけだ。よし！」

気持ちを切り替えるために、気合を入れる。ここで落ち込んだままだと、両親に申し訳が立たない。少女は心機一転して、次の目標を見据えた。まずはどこか街へ行こうと決める。

とはいえ、地図も持たない自分が徒歩で闇雲に歩き回るのは危険だと判断した。

少女の体は限界に近いが、泣き言を言ってる場合ではないと自分で活を入れる。記憶を辿り、アルディス達と同行している時に最後に立ち寄った街の場所を思い出す。ここから二日ほどの距離だ。

道中には確か水場や休憩に都合がいい場所もあったはずだと少女は思い出した。体に鞭を打ちながら、少女は歩き出す。

＊　＊　＊

「あ、あった！　街！」

街が見えた時、少女は思わず歓喜の声を上げた。門をくぐり、賑わいを見せる街の風景を見ると糸が切れたようだ。膝をついて、その場にへたり込んでしまう。

魔物は倒せても、もう石ナイフはない。つまり解体が出来ないので、水しか飲んでいなかった。ギリギリの体力ながら、よくここまで辿りついたと少女は自分を褒める。

しかし少女は気づいた。街についたからといって、すべてが解決するわけじゃない。何せ少女はお金を持っていないからだ。両親が持たせてくれた旅道具やお金は、すべてアルディスに没収されてしまっていた。

当面の問題は休む場所と食料だが、それらを得るにもお金が必要だ。少女はどうすればお金が手に入るか、きちんと理解していた。働かざる者、なんとやら。村でも子ども達は大人の手伝いをしていた。子守りから農作業まで、朝から晩まで手伝っている子もいる。少女も例外ではなかった。

「すみませーん！　働かせて下さい！」

「お？　ちょっと待て」

少女が訪ねたのは、飲食店だ。以前、アルディス一行と共に食事をしたのを覚えていた。ただし例によって少女の注文は許されず、残り物ではあったが。

そんな少女を店主は覚えていたようで、慌てて駆け寄ってきた。

「君、覚えてるぞ。確かアルディス……さん達と一緒にいた子だな？　ボロボロじゃないか……」

「今は別行動で、お金がなくて……何でもしますから」

「まずは入浴だな。それに今日はもう疲れてるだろうから」

「大丈夫です！」

「……そうか。上がったら、これに着替えるといい。おーい！」

店主が呼んだ妻が、奥へと案内してくれる。自宅と併設した店なので、風呂場まではすぐだった。久しぶりに体の汚れを落として、思わず眠ってしまいそうになる少女。

しかし、ここで甘んじてはいけないと少女は己を律する。これからお金を稼いで、英気を養ってから冒険者ギルドに行かなければいけないからだ。少女はまだ夢の一歩も踏み出していない。

「着替えたか。もう昼過ぎだからな、そんなに客入りはない。皿洗い、出来るか？」

「はい！」

「よし、じゃあ頼むぞ！」

それから客入りが激しくなる夜の時間まで、少女は一心不乱に働いた。この手の雑用は慣れている。ユグドラシアでは遅ければ手が飛んできた。少女は要領よくこなし、客が多くなれば進んで料理も運ぶ。

持ち前の元気が店内に伝わったのか、夫婦も客も機嫌がいい。

「よく働くね！　今日からの新人か？」

「はい！　あ、お水がきれてますね！　持ってきます！」

「あぁ、すまんね」

そして、よく気がつく。ユグドラシアでは少しでも不備があれば、蹴りが入った環境だった。

全体を俯瞰して、誰が何を求めているのか。少女には見えていた。魔の森で更に鍛えた瞬発力で、迅速に客席に赴く。少女のおかげで、すべてが効率化されていた。

「お嬢ちゃんも腹が減っただろう。おじさんが奢ってやるよ」

「え！　いえ、そんな」

「遠慮しなくていい。だいぶ無理をしてるのがわかるからね」

「おい、オヤジ！　少しいいだろ？」

「あぁ、構わんよ。そろそろ上がってもらおうかと思ってたところだ」

客の奢りで運ばれてきたビーフシチューは絶品だった。少女も野営でユグドラシアの食事を用意していたが、これには及ばない。

閉店が迫り、一通り客も帰ったところでようやく店内が落ち着いた。

「今日は助かったよ。お嬢ちゃんのおかげで、久しぶりに開店当初の気分を味わえた」

「開店当初の？」

「この年な上に、客入りが以前よりも減ってね。閉めようかと思ってたんだ。でもお嬢ちゃんのおかげで、もう少し頑張ってみようかという気になったよ」

「私が役に立てたなら嬉しいです！」

店主がカウンター席に座り、妻がティーカップを持ってくる。促されてカップに口をつけた少女が、あちちと熱がった。息を吹きかける少女に、店主が苦笑する。

「店の料理がまずいのは私のせいさ。でも皿ごと投げつけるわ、無料にするようせまるわ……あれが噂の英雄パーティかと、落胆したよ」

「すみません。あの時は何も出来なくて……」

「あ、いやいや。君が悪いんじゃない。居心地悪そうにしていたのは知ってるからね。見習いだったのか？」

「はい、でも才能がないと言われてクビになりました」

「そうか……」

本当は嘘をつかれて置いていかれました、と決して少女は言わない。腹が立つ部分もあるが、村の外に出るきっかけを与えてくれたのは事実だ。

ひどい扱いではあったけど、右も左もわからない状態で旅に出ていたらどうなっていたかわからない。そういう意味で、ユグドラシアには感謝している。少女はあくまでポジティブに考えていた。

「あの、ここの料理はまずくないです。すごくおいしいです」

「そう言ってもらえると、ありがたいよ。それはそうと、これ今日の給金な」

「え、こ、こんなに⁉」

「おじさん達も久しぶりに元気を貰ったからね」

今日の店の売り上げが帳消しになるほどの金額だ。さすがに受け取れないと返そうとするも、店主は断固として拒否する。硬貨が入った革袋を、少女に優しく握らせた。

「こんなにしてもらって……すごく嬉しいです……」

「当てもないいんだろう？　この街に滞在するなら、泊めてあげるよ。君、名前は？」

少女が訪ねてきたときから、店主は察していた。名前も聞かないまま即決で雇うほどだ。

少女の風体は、それほどまでにみすぼらしかった。

「リティです」

アルディスにすら呼ばれなかった名前を、外に出て初めて少女は名乗った。

第四話　リティ、冒険者登録をする

老夫婦から貰った金を手にしたリティが翌朝一番に向かったのは、冒険者ギルドだ。冒険者ギルドへの登録料金を支払う必要がある為、前日の収入はリティにとってありがたかった。

世界各地に展開している冒険者ギルドという組織は途方もなく大きい。今だ未踏破地帯を多く残す世界にとって、国家戦力だけでは足りないのが現状だ。人跡未踏の地には、人類に多く貢献できる情報や資源が眠っている事がある。アルディス率いるユグドラシアが制覇した〝世界の底〟もその一つだ。

地下に眠る未知の資源、古代文明の謎の解明など世界各国に衝撃を与えた。目覚ましい功績を挙げた冒険者の中には国の重要ポストに就いたり、数代にわたって暮らせる富を得た者も少なくない。

今や冒険者産業時代とも言われ、各国や組織の注目の的ともなっている。

「こんにちは！　冒険者登録をお願いします！」

「冒険者志願、ですか」

「はい」

リティのような少女の志願者も、ここ最近では珍しくない。冒険者の代名詞ともなったユグドラシアも、ほとんどが二十代前半で構成されている。

受付の女性としては内心、憂いていた。もちろん、優秀な冒険者が出るのはいい事だ。しかし、命を落とす者も少なくない。

ましてやこんな年端もいかない女の子が冒険者を目指す時代かと、女性は心の中でため息を吐《つ》いた。

「わかりました。ではこちらの用紙に必要事項をお書き下さい。その後、説明に入ります」

「名前と出身地と……ジョブ？」

「剣士《ファイター》、重戦士《ウォーリア》、弓手《アーチャー》など、あなたのジョブをお書き下さい」

「いえ、何もないです」

「それではノージョブですね」

聞いた後で、用紙にその主旨が書かれていた事に気づいた。恥ずかしくなったが、提出する。

ギルド内で報酬の精算を行ったり、戦果を肴に盛り上がってる冒険者達が少しずつリティという小さな存在に気づき始めた。

「実績証明書をお持ちでしたら、飛び級制度のご利用が可能ですよ」

「それ、何ですか？」

「以前にどこかで勤めていて退職された際に発行されるものです。戦闘での実績があれば、こちらの審査の上で昇級試験を受けられます。見事、合格すれば場合によっては三級からのスタートも可能です」

「へぇ～、なんかすごいですね」

田舎者、初心者丸出しのリティはある意味で目立っていた。周囲の好奇の目とは裏腹に、リティは冒険者登録という第一歩への期待で胸がいっぱいだ。

「等級について説明します。等級とは冒険者としての実績を表すもので、高いほど高難易度の依頼を受けられます。先程、説明した等級がこちらになります。ただし六級、いわゆるルーキーは魔物討伐を受けられません。各昇級については冒険者ギルドで認められ次第、昇級試験を受ける必要があります」

六級　見習い期間。必要技術の習得、いずれかのジョブの称号獲得が義務付けられる。

五級　最低限の技術を習得した冒険者。討伐依頼も引き受けられる。
四級　冒険者ギルド支部が認めた冒険者。
三級　冒険者ギルド本部が認めた冒険者。
準二級　準二級への昇級試験合格を果たした者。
二級　特定組織の要人や貴族が認めた冒険者。
準一級　準一級への昇級試験合格を果たした者。
一級　一国の王族が認めた冒険者。
特級　複数国家の王族が認めた冒険者。
超級　すべての国家が認め、尊重する冒険者。

「この準二級というのは？」

「二級の条件は昇級試験に合格して、猶且ついずれかの要人などに認められる必要があります。合格しただけだと、準二級です。ちなみに、かの有名な英雄アルディス率いるユグドラシアは〝特級〟に認定されていますよ」

リティは六級からのスタートだ。ここで戦闘や魔物解体、野営の知識などを叩き込まなければいけない。その他は依頼人への心証を悪くしないマナー作法など、最近の冒険者事情も厳しくなっている。

「必要技能などは各ジョブのギルド内にある修練所で学べます。自分に合ったギルドを選ぶといいですよ」

「さっき仰っていた剣士《ファイター》や重戦士《ウォーリア》といったものですか？」

「ただし剣士《ファイター》と重戦士《ウォーリア》以外のギルドはこの街にありません。王都ならば盗賊《シーフ》ギルドと暗殺者《アサシン》ギルド以外、一通り揃ってます」

「盗賊《シーフ》！　暗殺者《アサシン》！」

「まぁ、一応、あくまでジョブですから」

あくまで戦闘技術としてのジョブであって、本質ではない。頭ではわかっていたが、リティにはやはり刺激的であった。こうしたサプライズすら、彼女は楽しんでいる。

「ではこちらが冒険者カードになります」

名前：リティ
性別：女
年齢：十五
等級：六
メインジョブ：なし
習得ジョブ：なし

貰った冒険者カードを両手でつまんで、掲げる。夢にまで見た冒険者になれた。その感動で、涙すら出そうになる。

しかし感動している場合ではない。まだ覚えなければいけない事、やる事は山積みだ。受付の女性の咳払いで、リティは我に返った。

「六級がすべき事はまず冒険者の基本的技術の習得です。まずは最寄りのジョブギルドへ行って下さい。自分が目指すべきジョブ……と言われても、わかりませんよね」

「うーん……剣士《ファイター》もいいし重戦士《ウォーリア》も捨てがたい。ううむ！」

「シンシアさんよ、いい加減にギルドにも年齢制限を設けるべきだろ」

冒険者の一人が、受付の女性の名前を呼ぶ。髭《ひげ》を蓄《たくわ》えた中年の男だ。胸から腰まで覆う鉄製の鎧《よろい》を着込み、テーブルには斧が立てかけてある。男がカウンターの側まで来て、リティを一瞥《いちべつ》した。

「冒険者ってのは命をやり取りするんだろ。ユグドラシアの影響か知らんが、最近はこういうのが増えて目に余る」

「ですが、この子と同じくらいの年でも立派に活躍されている方はいます。それに命や怪我に関しては自己責任で、当ギルドは一切責任を負わないと規約にも記されてますが？」

「そうじゃねぇ。もしこんなのが外でヘマをやらかせば最悪、こっちの命にも関わるんだ」

「それは年齢とは無関係では？　それに最初は誰でも六級です」

「俺が六級だった頃には、すでに二十歳は過ぎていた。これはいくらなんでも若すぎる」

「当ギルドへのご意見であれば、そちらに投書をお願いします」

埒が明かないと判断した男の矛先は当然、リティだ。軽く舌打ちをした男に対して、リティは頭を下げた。

「今日から冒険者になりました。リティです。至らないところはありますが」

「悪い事は言わん。やめておけ」

「それは嫌です」

「武器すら持ってないところを見るに、完全に素人だろう。この街の生まれか？　どこから来た？　両親はいないのか？」

「武器は高すぎて買えませんでした。故郷はルイズ村です。両親は故郷で暮らしてます」

「ルイズ村？　聞いたことねぇな」


「武器もなしにここまで？　護衛でも雇ったのか？」


冒険者達が互いに憶測を語る。武器も買えないのに、護衛を雇えるわけがない。誰かがそう口にした時、リティへの好奇の目はより強まる。

四級冒険者である髭の男ディモス。悪い男ではない。しかし、三級への昇級試験にことごとく失敗している。そのせいか、ここ最近は鬱憤《うっぷん》晴らしのせいで煙《けむ》たがってる者も多い。

そんな男であるが、幾多もの依頼や討伐をこなしたのは事実だ。相応の風格があり、圧倒的な体格差で見下ろされたなら多少の萎縮《いしゅく》はあって当然。だが。

「私は冒険者になって世界を見て回りたいんです。たくさん稼いで村の人達を安心させてあげます。ですから、すみません」

理路整然と述べたリティに、ディモスは口を噤《つぐ》む。リティにディモスへの恐れはない。世界レベルの冒険者達に囲まれていたリティにとってはディモスなど、まだ人間だ。

「私の夢ですので」

そう付け加えた時、ディモスは危うく後退しかける。彼女はありのままの答えを返しただけだった。しかしこの少女のどこか、摑《つか》みどころのなさを感じた者がいる。かすかにうすら寒さを感じた者がいる。

リティは笑っていなかった。彼女は無意識のうちにディモスを牽制していたのかもしれない。自分の半生も生きてない少女に恐れを抱いたという醜態《しゅうたい》を、ディモス自身も認めたくなかった。だが結局、不機嫌を露わにしてテーブル席に戻っていく。あのディモスが、そう思わせるには十分な出来事だ。

踵《きびす》を返したリティが、受付に向き直る。

「それで剣士《ファイター》か重戦士《ウォーリア》ギルドに行けばいいんですね？」

「え？　は、はい。そうですね。頑張って下さい」

「頑張ります！」

細かい事項が記載された冒険者マニュアルを受け取り、リティはギルドを出て行った。その後も尚、ギルド内は静まったままだ。三級の冒険者も含む中、全員が最後まで少女の後ろ姿を見送った。

第五話　リティ、剣士《ファイター》ギルドに決めた

剣士《ファイター》は攻守のバランスがいい前衛職で、アタッカーの花形である。剣での手数の多さで、パワータイプの重戦士《ウォーリア》のそれよりも高い殲滅《せんめつ》力を誇る。戦う者といえば剣というイメージを持つ者も多く、人気のジョブだ。

対して重戦士《ウォーリア》の主力武器は斧か槍で、パーティの壁となる役割があった。守りに徹して、隙あらば斧での強烈な一撃を浴びせる。槍のリーチを活かして、敵を寄せ付けずに攻撃するのもいい。

ただし重い装備の着用が必須なので「汗臭い」「遅い」という負のイメージがつきまとっていた。

リティの決定理由は例に洩れず、ごく単純な理由だ。

「剣！　やっぱり剣！」

そう、本当に単純だった。アルディスの剣さばきに影響されなかったわけではない。それ以上に、村にいた頃から彼女の武器のイメージは剣だった。

剣士《ファイター》ギルドでは剣を支給されるので、尚更そのテンションは高まる。

農具しか持ったことがなかった彼女は常日頃、本物の剣への憧れを抱いていた。それがついに持てる日が来たのだ。スキップをしながら、剣への思いを馳《は》せる少女。

傍からであれば、年相応に良い事があったのだと誤解するに違いない。

「ここが剣士《ファイター》ギルド！　よし！」

あまりのテンションのせいか、コロシアムの外観に近い剣士《ファイター》ギルドを指す。

これから何が始まるのか、やっていけるだろうか。ポジティブモンスターのリティにそんな不安はない。

堂々と剣士《ファイター》ギルドの扉を開けて、元気よく挨拶をした。

「おはようございます！　リティです！　技術指導をお願いします！」

「また元気なのが来たな」

受付の男が対応する。やはり男にもリティが奇異に映ったのか、やや反応が遅い。冒険者カードを見て、表情を曇らせる。

聞いた事がない出身地に若すぎる年齢。いっそ追い返そうかと、男は半ば本気で考えた。

「ところで、お嬢ちゃん。何故、剣士《ファイター》ギルドを選んだんだ？」

「剣がかっこいいからです！」

「……ま、最初は六級のカリキュラムもこなしてもらうけどな。座学から始まって実技、応用、試験の流れだ。この段階で挫折《ざせつ》する奴も珍しくない。各講座の時間割を渡すから、都合のつく日を選ぶといい」

「こんなに⁉」

「そ、だから挫折する奴が……」

「すごい、さすが冒険者！　私、頑張ります！」

この段階で、うんざりした顔を見せる人間が大半だ。目を輝かせる人間など、久しく見ていない。

いや、田舎出身者ならば現実を知らないだけか。リティの印象が、男の中で揺らぐ。

ギルド員は、基本的に現役冒険者や国から派遣された者が多い。しかし退役した軍人や元冒険者もわずかながらいる。

受付を務めている男も例外ではなく、元冒険者だった。十二年前に三級に昇級して結婚、この世の春を謳歌する。男の人生は順風満帆だった。

数年前に仲間を失い、大怪我を負って引退するまでは。生計を立てられなくなり、妻に逃げられるまでは。

自身の過去を憂いながら、男は座学に向かった少女を見送った。

＊　＊　＊

座学講座はそれぞれ一時間で、これ自体は特に難題ではない。この日は十人程度が【旅の指南その一】を受けていた。

目的地までの距離、道中の地形や施設、気候、出現する魔物。すべてを統合した上で、無駄のない準備を行うのは冒険者としての基本だ。

あらゆる事態を想定した上での、教官トイトーの実体験を交えた講習はリアリティーがある。ほぼ全員が血眼になってメモを取り、一つでも多くの知識を叩き込もうと必死だ。

約一名を除いては。

「このように街道が整備されていれば問題はないのですが」

「ふんふん！」

「整地されていないケースがあり……」

「ですよね！」

メモすら取らず、教官トイトーの話に興奮しているのがリティだった。当然、周囲からは浮く。前のめりになって人一倍、好奇心を露わにしている。

本来なら教官として注意をすべきだが、彼もまんざらではなかった。冒険者としてここまで関心を抱かれた事がない分、ついその気になってしまうのも仕方がない。

周囲が同等かそれ以上の存在である事が多かった彼にとって、リティはかわいい後輩なのだ。

「未知の場所、周囲の地形把握も済んでいない。君ならこういう場合、どうする？」

「そーですね……。日が落ちないうちに野営します。体力が尽きたら終わりです」

「それも一つの手だな。だがその前にやるべき事がある」

「野営よりも、ですか？」

「魔物の痕跡を探すんだ。そこが魔物の通り道であったり、住処が近いなら極めて危険だろう」

「あぁー！」

もはやマンツーマン指導と化したが、他の受講者達は二人のやり取りに耳を傾けている。リティの好奇心のおかげで、結果的に講習を深く掘り下げたものになっているからだ。

魔の森で小さな洞窟を寝床にして襲われたリティにとっても、ベテランの話は参考になる。

現役でありながら後進の育成にも余念がない三級冒険者の教官トイトーにとっても、喜ばしい事だった。

「基本的に冒険者が野営するところは決まっている。だから前の人間が野営地にしていたところが手っ取り早いのだが……。必ずしもこれは正解とはならない。何故だかわかるか？」

「魔物がその場所に人間が集まるとわかってしまうから、ですか？」

「そう！　中にはそういう賢い魔物もいるからな。だから魔物の分布や習性の把握も大切だ。まぁこれは別の講習で学んでもらうけどな」

これを知らずに全滅した冒険者パーティも多い、と付け加えて受講者を震え上がらせる。たった一時間の講習ではあったが、全員が濃密な時間を過ごせた。

その功労者となった本人にその自覚はない。彼女を中心として、受講者が集まった。

「ルイズ村？　それどこにあるの？」

「ここからずーっと……すごく遠いところです」

「そんなところから、冒険者に？　何も、もっと近い街にも冒険者ギルドはあるでしょう？」

「それには事情があるんです」

中でもリティより少し年上の少女が積極的だ。ブラウンの髪にやや褐色がかった肌を持つ少女ロマは、女としての窮屈な家庭を抜け出したかった。

両親が度々口にする〝結婚〟や〝お見合い〟というワードに嫌気が差す。花嫁修業を今からさせられたのではは、たまったものではない。

女は男に尽くして家事や育児に従事し、夜は疲れた夫に酒を注ぐ。そんな未来を想像しただけで、気が狂いそうだった。

そんな時期に耳に飛び込んできたのが、ユグドラシアだ。女性であるバンデラやクラリネの存在が、彼女の支えとなる。

だがロマに、その才能はなかった。一年ほど魔法使い《マジシャン》ギルドで学んだものの、魔力の限界値に関してはどうにもならない。

親の反対を押し切って家を飛び出した彼女は、途方に暮れるが——。

「しょうがないから剣士《ファイター》、という半端な覚悟じゃない。自分の可能性を諦めたくないから、今はがむしゃらに挑戦してる」

「立派……立派です！　応援してます！」

「私もね。お互い頑張りましょう」

似たような共通点を持つリティに親近感を抱くのも無理はない。

ただリティは、自分がアルディスの元にいた事は口外しなかった。英雄パーティへの憧れを抱いているロマに気を使ったわけではない。

彼女の中で、アルディスへの感情を処理しきれていないからだ。腹が立つ、しかし自分に才能がないのは事実。自分にもっと目を見張るほどの才能があれば、こうはならなかったのではないか。

そんな複雑な胸中を、言葉には出来なかった。

「俺はオヤジが冒険者でさ。男なら冒険者だ！　なんて言われて放り込まれて……まったく嫌になっちゃうよ」

「未踏破地帯〝世界の果て〟……その先には何があるのか。自分で解き明かしてみたくてね」

「思うに、まだまだ資源が足りてないと思うんだ。食材や魔石、鉱石然り。だからこれからの時代は僕らが供給すべきだと思ってる」

ディモスが言った通り、若い受講者が多い。中には消極的な人間もいるが、ほとんどが意欲を見せている。初めて同じ志を持つ人間と話せて、リティは大満足だった。

だが、ここで喜んでばかりもいられない。五級への昇級はもちろん、平行して剣士《ファイター》としての実力も磨かなければいけないからだ。

六級では掃除やペット捜索、店の手伝いといった依頼しか引き受けられない。とはいえ、これらをこなしておくのも経験の糧になる。

今のうちに街の人間と信頼関係を築いて、コネクションを広げるのも大切だ。つまり、やる事は山積みだった。

第六話　リティ、剣士《ファイター》ギルドで学ぶ

剣士《ファイター》ギルドでの最終試験に合格すれば、晴れて剣士《ファイター》の称号が貰える。称号があればパーティ内での役割も明確になるのである。依頼人としても、称号が提示されていればわかりやすい。

ただし富裕層となると剣士《ファイター》の上位職、騎士《ナイト》を求める者もいる。だが上位職だけあって、簡単な話ではない。何故なら剣士《ファイター》の称号を習得した者のみ、騎士《ナイト》ギルドで学ぶ事を許されるからだ。

こうした上位職を目指すなら剣士《ファイター》に限らず、下位職の称号習得は避けて通れない。

「これが……剣ッ！」

「あの子、何やってんだ？」

支給された剣を掲げて魅入ってる少女がいれば、目立ちもする。これほどまでに剣に感動する人間に、教官であるジェームスは出会った事がなかった。

ひとまずリティの肩に手を置いて、正気に返らせた教官ジェームス。

「君にはまず、素振りを行ってもらう」

「素振りというと、皆さんがやってるアレですか？」

「そうだ。型を知らねば形無し。基礎体力向上にも繋がる」

「村でやってました！」

「ほう、一日百回もか？」

「ひゃっかい!?」

見れば周囲の見習い達は、汗だくだ。それでも一心不乱に素振りを行っている。少し驚かせてしまったかと、教官ジェームスは意地悪くニヤリと笑った。

だが、その程度で少女のテンションは下がらない。

「君の体格と筋力からして、もっとも軽い剣を選んだ。そうだな、まずは無理をしないで数回程度にしておこうか」

「じゃあ、始めます！」

「ククク、すぐにへばるさ」


ほくそ笑んだ一人の見習いの男。男の素振りはすでに二十回に達してる。その筋肉質の肉体は、すでに剣士《ファイター》として完成されつつあった。

男が見せつけるように、更に激しく素振りをする。

「フッ！　ハッ！　くらえッ！　フッ！　ハッ！　くらえッ！」

「教官！　あのかけ声も出すんですか!?」

「あれは彼の趣味だから気にするな」

男もまた、強者に憧れた者の一人だ。教官ジェームスもこの男も、リティが素振りの時点ですぐに音を上げると思っている。

大した志もなく、憧れだけで剣士《ファイター》ギルドの門を叩いた若手で残った者はほとんどいない。単調な素振りを延々とやらされて、理想と現実の違いに嫌気が差す。

そしてギルドへの登録料金だけを落としていくのだ。皮肉な事に運営資金が、こうした連中から巻き上げたもので成り立っている側面もある。

募金ありがとな、教官ジェームスはリティに心の内で礼を述べた。

が、すぐに異変に気づく。

「フッ！　ハッ！　くらえ！　フッ！　ハッ！　くらえ！」

「いや、だからそれは真似しなくて……」

確かに剣自体は非力な者でも、両手ならば何とか持てる程度のものだった。だが振るとなれば、そのまま地面に落として終わりだ。

そこからまた持ち上げて、振る。その動作の過酷さは教官ジェームスが一番よくわかっている。目の前の少女はどうだ。太刀筋や重心も安定しており、とても今日が初めてとは思えない。

村でやっていたという発言も嘘ではないのかと、教官ジェームスはそう納得した。

「……なかなかだな」

「オイオイ。その小さい体で少しはやるようだが、それじゃへばっちまうぞ？」

自分の素振りを終えた男が、教官ジェームスと一緒になってリティに見入ってる。男が口にした言葉とは裏腹に、リティにへばる様子はない。

教官ジェームスも腕組みをして高をくくっていたが、リティは水滴のような汗を額に張り付かせるだけだ。すでに回数は九十を超える。

妙なかけ声こそ出さなくなったものの、口で自身が振るった回数を言っていた。

「九十九……百……百一……」

「いや、無理をするな！　もうやめていい！」

「はい。それじゃ次は何をすればいいですか？」

「次って……」

呼吸を荒げてはいるものの、リティに力尽きる様子はない。

リタイアすると思い込んでいた少女が百回の素振りを難なくこなすなど、教官ジェームスは想像すらしていなかった。

それよりも妙なのは、やたらと安定した太刀筋だ。どう見ても初心者のそれではない。

教官ジェームスは思いきって質問をしてみた。

「剣を持つのは本当に初めてか？」

「はい。村では本物の剣を持たせてもらえませんでしたし、今も高すぎて買えません。だからすごく嬉しいです」

少女が嘘をついているようには見えない。初心者の振りをして褒められて、自尊心を満たそうとする者はたまにいる。

だがそんな者は見ればわかるのだ。教官になれる条件の三級を満たした猛者を欺けるほど、甘い世界ではない。

この少女の曇りのない表情を見ていると、やはり本当に初心者なのだと確証はないが確信してしまう。

そこで教官ジェームスは次のステップへ進ませようと考えた。

「今の素振りは毎日やってもらう。無理のない範囲で続けるのが大切だからな」

「はい！」

「では次、〝受け〟だ。これは二人一組で片方が剣を振り下ろし、片方が受ける。相方はそうだな、ロマ！」

かけ声の男にしようか迷った教官ジェームスだが、さすがに力の差がありすぎる。そこで同じ背恰好のロマがちょうどいいと考えた。

ロマはすでに最終試験目前まで進んでいる。剣士《ファイター》としての基礎はほぼ出来上がっており、教官ジェームスも感心している逸材の一人だ。

汗をかいたロマがやってきて、リティと対面する。

「加減はしてやれ。初心者だからな」

「はい。リティさん、行くわよ」

リティが予め剣を構えて、ロマが加減した力でそれに振り下ろす。剣と剣がぶつかる衝撃は音も相まって、リティの体に響く。

一撃、二撃と耐えられても続く者はあまりいない。これこそすぐにギブアップするだろうと教官ジェームスは思っていた。

だがロマの剣撃を、リティは真剣な表情で何度も受けている。やはりおかしい。

「リティさん、すごいわ……本当に初めて？」

「はい。さっき見ていたので」

「見ていた？」

「ロマさんや……他の方のやり方を見ていたんです」

「それだけで?」

ロマは自分がからかわれていると思った。教官ジェームス同様、初心者の振りをして周囲を欺こうとしている。

しかし同時に、せっかくの同年代の知り合いを疑いたくないという気持ちもあった。彼女は感嘆しつつも、リティの観察をやめない。

「あの、剣術って面白いですね」

「面白い?」

「この武器だけで皆さん、いろんな動きをしているので面白いです。あそこの人なんて、相手の攻撃を薙《な》ぎ払ってますよね」

「あれは難しいわよ。習得するのに苦労する」

技術習得も段階を踏めば、難易度が上がる。しかも学んだ動作をすべて実戦で使えなければ意味がない。

練習では出来ても実戦では活かせない者も多く、ここで挫ける人数も少なくなかった。

そして最終試験に合格する人数はわずかだ。そこを乗り越えて、晴れて剣士《ファイター》を名乗れる。

「ロマ、君も最終試験が近い。あちらで仕上げに戻っていいぞ」

「はい。では……」

戻っていくロマを、リティは興味深く見送った。自分とそんなに変わらない年なのに、もうそんなところまで行っている。頑張らねばと、より奮起した。

実際、ロマは教官から見ても目を見張るほどの上達ぶりだ。称号の習得まで数年を要する者も多い中、ロマは一年足らずで最終試験目前にまで迫っている。剣士《ファイター》の訓練に傾倒しているせいか、未だに六級の講習を終えていないのはご愛敬だ。

これには大の大人も、自身のアイデンティティーが危うい。かけ声の男ビルデットは今年で七年目になるが、未だ技術習得で伸び悩んでいた。

だからこそ、新人のリティに優越感を感じていたかったのかもしれない。

「教官、俺ってやっぱり才能ないんですかね」

「君の価値を決めるのは私じゃない」

ハッキリと才能がない、と告げて引導を渡してやるのも教官の務めである。しかし根が非情に徹しきれない教官ジェームスは、そう濁すしかなかった。

「君のバイタリティーを欲しがる人は多いぞ。もう少し頑張ってみるのもいいだろう」

「で、ですよね！　よーし！」

ビルデットが、〝足切り〟の訓練に移っていく。リティはパートナーを変えて、〝受け〟と〝打ち込み〟を交互に繰り返した。

これらは教官が習得したと見なせば、次の段階へ進む。ロマは最終試験目前で〝払い薙ぎ〟、ビルデットは中間の〝足切り〟、リティは〝受け〟と〝打ち込み〟だ。

通常ならばリティが最終試験に挑めるのは、だいぶ先になる。しかし、彼女は見ていた。

「あれが〝払い薙ぎ〟……なるほど」

〝打ち込み〟〝受け〟の最中にも遠目で〝払い薙ぎ〟の練習風景を観察していた。中央で行われている模擬戦も、すべてが彼女の糧になっている。

そんな彼女をロマもまた気にしていた。

第七話　アルディス、憤る

リティを魔の森に放置してから一週間。ユグドラシアは王国最北端の山中にあるガラデア洞窟の前にいた。

明日に挑戦する予定のこの洞窟の前で、野営をしていたが雰囲気はどこかよろしくない。食事当番のバンデラが作ったシチューの味が、今一つというのが理由の一つだ。

アルディスは味もそっけもないシチューを半分も食べずに残している。

「おい、バンデラ。これ、味付けおかしいんじゃないのか？」

「栄養価は完璧よ」

「だから味だっつってんだろ！　病人にでも食わせる気でいたのか？」

「胃に収まればいいじゃない」

リティに押し付けていた食事も、今では当番制になっている。バンデラは魔法以外の事には無関心で、料理も例外ではない。

味にすら無頓着で、作業のようにそれを飲み込んで食事を終えていた。クラリネもドーランドもほとんど手をつけないシチューだが、ズールだけは平らげた。

「いやぁ！　これうまいよ！　塩を振れば更に完璧なおいしさ！」

「ズール、無理すんなよ」

「アルディスもやってみろよ。結構いけるぜ？」

「これなら塩スープでもすすってたほうがマシだぜ……」

渋々と塩を振りかけたアルディスを、バンデラは冷たく見つめている。何か言いたげなその視線に気づいたアルディスが、バンデラを睨んだ。

だが、まだ何も言葉を発さない。アルディスとて、本気でケンカをしたいわけではないからだ。ユグドラシアは類いまれなる才能を持つ者達が集まった最強パーティだと自認している。だからこそ、簡単に決壊させたくはない。

アルディスとて、それだけは危惧していた。

「アルディス、このガラデア洞窟はすでに手がつけられている。未踏破地帯ではない」

「刺激がほしいか？　ドーランド」

「ここでは何の経験にもならん。何故、立ち寄る？」

「何となくだよ」

「……何となく、だと？」

アルディスのいい加減な決定に、ドーランドが唸る。己を磨いて、強者と渡り合う。未踏破地帯ではそれが成せる。

彼にとって未知の資源などはどうでもいい。戦いこそが、彼にとっての楽しみなのだ。

ユグドラシアの他のメンバーもまた好奇の一つだった。彼らともいずれ対戦したいと思っている。

その為には、ユグドラシアを離れてはならない。

この広い世界、別れてしまえば次に会える保証もないとドーランドは考えているからだ。本来ならばそこまでの心配は過剰だが、ドーランドにとってユグドラシアのメンバーはアルディス含めてそれほどの存在だった。

「憂《う》さ晴らしも必要だろ？　たまにはザコ狩りでもして楽しもうぜ」

「そんな事のために来たのか」

「はー、私が一番退屈じゃん」

「たまには楽が出来ていいだろ、クラリネ」

「いいけどさ……」

「ザコ冒険者の遊び場を荒らすのも楽しいぜ？」

リティを騙して切り捨てた男だ。アルディスは、自身に迫る才を持つユグドラシア以外の人間に価値を見いだしていない。

ある時は褒め殺して、ある時は突き放して、ある時は笑いものにして、ある時は犯す。玩具、奴隷、自身を賞賛していい気分にさせる都合のいい存在。

気まぐれな怪物は、リティの故郷であるルイズ村では機嫌がよかっただけの話だった。

「はぁ、しょうもな……」

「チッ……」

ドーランドが舌打ちをして、クラリネが気だるそうに横になる。リーダーであるアルディスの決定には従うが、不満は隠せない。

アルディスのやりたい事はわかったが、その上でバンデラには思うところがあった。それは魔法以外で初めて関心を持った存在についてだ。

「憂さ晴らしなら、あの子でよかったんじゃないの？」

「あの子？」

「あんたが弟子入りさせた女の子よ。ついこの前、魔の森に捨ててきたでしょ」

「あいつで憂さ晴らしってか？　冗談だろ」

「弟子なら剣の一つでも持たせて、修業と称して痛めつければ憂さ晴らしにもなったでしょ」

言ってる事は最低だが、理に適ったもっともな意見だ。

だがアルディスは即答できずにいた。それが何故なのかはわからない。あるいはアルディス自身も認めたくないからこそ、心の奥底においやったのかもしれない。

「あんなガキが剣なんか持てるかよ。ストレス解消としちゃ今一だな」

「持てなければ、それを口実にあなたなら蹴りでも入れてたでしょ。なんで一度も剣を持たせなかったの？」

「珍しく魔法以外で舌が回るな。どうかしちまったのか？」

「あなたこそ、本当は気づいてるんじゃない？」

「何がだよ」

「あの子が怖かったんでしょ」

バンデラが冷笑を浮かべて、アルディスを挑発する。それはユグドラシアの人間以外が口にすれば、瞬殺されていただろう。

もちろんアルディスの怒りは、体の芯にまで達している。勢いよく立ち上がるものの、武器を抜いたりはしない。

「てめぇ、ケンカを売ってるならハッキリとそう言えッ……！」

「ケンカする？　私と？」

「アルディスもバンデラも落ち着きなよ！　ここで争ったっていい事ないぞ！」

「ズール、引っ込んでろ」

互いがぶつかり合えば無事では済まない。アルディスもそれがわかっているからこそ、攻撃まではしなかった。

「あの子、私の魔法に巻き込まれないように安全地帯に逃げたのよ。ドーランドの無神経な気弾からも、あなたの技からもね。ズールが配置したトラップすらも、無意識のうちにかわしてた。普通だったらとっく死んでる。ほとんど寝ないでこき使われても、折れなかったのよ。それに気づいてた？」

「だから何がだよ」

「あの子、私達の戦いをずっと見てたのよ。気持ち悪いくらいに、ずーっとね」

「暇だったからだろ」

「恐らく一、二級の冒険者ですら私達の戦いを見たら自信を喪失する。それを戦闘経験もない子が冷静に観察してたのよ」

ドーランドが黙って頷いていた。彼も少女の異質さに気づいていなかったわけではない。

しかし、彼の興味はあくまで完成された強さだ。どれだけの資質があろうと、未発達ならば眼中にない。それ故にリティへのダメ出しも、まったくのデタラメではなかった。経験がないのは事実だからだ。

現状に耐えて歯を食いしばり、己の可能性を試そうとすらしない。そんなリティに苛立ちを覚えて、辛辣《しんらつ》な言葉をぶつける動機でもあった。

「もういいわ」

「おい、どこへ行く気だ」

バンデラが立ち上がり、一行を離れようとする。アルディスの機嫌がいよいよ危うい。

「どこか。あ、もう戻らないから心配しなくていいわよ」

「は？　ふざけるなよ」

「なに？　力ずくで止める？」

バンデラの魔力が大気に浸透して、焼き焦がす。アルディスすらも牽制するそれは、脅しではないと判断させるには十分だった。

アルディスが剣の柄《え》に手をかけるも、抜けない。そんな膠着状態の間に入ってきたのは、またもズールだ。

「だから、やめろって！　バンデラも本気じゃないよな？」

「本気よ。さようなら」

「いやいやいやいやいや！　いいのかよ！」

「これ以上、あなた達といても何も得られそうにないから」

今度こそ、バンデラは夜の闇へと消えていった。アルディスは何も出来ずに、夕食に使われた鍋を蹴り飛ばす。

ドーランドは目を瞑り、クラリネはいよいよ寝入る。うろたえるズールが、頭を抱えた。

腹が立ったはず、殺したいほどだったはず。しかし、寸前のところで思いとどまった理由が彼にもわかっていた。

「アルディス、もう一度だけ聞くぞ。〝世界の天井〟や〝世界の果て〟への挑戦はいつになる？」

「もう少し待て……。それに一人、欠けちまっただろうが」

「わかった、もう少しだけ待つ」

〝世界の底〟を攻略した事により、有り余るほどの賞賛を受けた。欲しいだけ富を得た。誘ってその気にならない女はいない。

優越感を維持したまま、放浪しては各地で称えられる。高すぎる才を持つ故に、アルディスは若くして偉業を成し遂げてしまった。

これ以上、何をどうする。〝世界の天井〟〝世界の果て〟、これらの未踏破地帯を制したところでまた賞賛されるだけだ。

もう誰も自分に敵う奴はいない。誰も追いつけない。それでいいじゃないか。アルディスは心の底で満足してしまったのだ。

「怖い、なんて事はないよな？」

「何？」

「何でもない」

ドーランドに胸中を射貫かれたかのようだった。その言葉の意味が二通りある事に、アルディスは気づいている。

もしこのまま〝世界の天井〟に挑戦して失敗すれば、賞賛もどこへやら。王族も揃って手の平を返すだろう。

実際、〝世界の底〟も楽に攻略できたわけではなかった。理解不能の魔物、生態、トラップ。死を覚悟したのは一度や二度ではない。

ダンジョンへ潜って後悔するなど、生まれて初めての事だった。攻略できたのは運もある。

だからこそ、怖い。

「びびってなんかいねぇよ」

「それなら、いいんだがな」

もう一つの意味。それこそが最も認めたくないものだった。リティという少女を、アルディスは徹底していじめ抜いた。

最初はそれこそ憂さ晴らしだったが、少しずつ苛立ちを覚えるようになった。

蹴ろうが殴ろうが、食事を与えないでいようが、睡眠時間を削ろうが、潰せなかった。ルイズ村で勧誘した時はほんの気まぐれだっただけに、ストレスは肥大化した。

彼女が自分達の戦いを観察していたのは知っていた。これこそ認めたくはないが。射貫くような視線と表情に、アルディスはほんの少しだけ畏怖《いふ》した。

いつか自分がこの少女に追いつかれるのではないか。無意識のうちにそれを感じてしまったのだ。直接、手にかけることすら憚《はばか》られるほどに。

「あああぁぁ！　クソがッ！」

携えている剣を抜き、洞窟の入り口に向かって振った。横一文字に連結する爆発が、崖に張り付いた洞窟の入り口を崩落させる。

上位職である魔法剣士《マジックファイター》が得意とする魔法剣、それを昇華させたスキルを使いこなすのが超騎士《アークナイト》だ。さほど魔力を消費せず、上位職の魔術師《ウィザード》すら跣《はだし》で逃げ出すほどの威力を剣で放つ。これを各属性ごとに使いこなすのだから、人外と恐れられるのも必然だった。

「あぁー、つえぇ。つえぇよ。負ける要素がねぇ。さすがは俺だ」

自分にそう言い聞かせたアルディスを、ドーランドは直視していなかった。何も言わずに横になり、眠りにつく。

大惨事ともいえる洞窟爆破の爆音で目を覚ましていたクラリネだが、アルディスの仕業とわかるとまた目を閉じた。

「……だっさ」

眠りを妨げられた腹いせか、はたまたアルディスへの本音か。

やさぐれ聖女クラリネはやさぐれた。

第八話　リティ、ライバル認定される

「いってきまーす！」

「いってらっしゃい！　怪我しないよう気をつけるんだよ！」

リティの朝は早い。世話になっている食堂にて、日も昇らないうちに起床する。

剣士《ファイター》ギルドの修練所が開く前までの間、遊ぶわけにもいかない。予め冒険者ギルドで受けた依頼をこなすのが日課となった。

今回はミルク配達だ。これを街の数十軒の家々に配って回る。一人が請け負うにはハードだが、リティの体力ならば問題にならない。

配り終えた頃には、人々が少しずつ一日の始まりに向けて動き出した。空になったミルク入れのケースは、冒険者ギルドに渡す。それで報告完了だ。

決して高いとはいえない報酬だったが、リティは満足していた。人の役に立てた事、何よりこれも冒険者活動の一環だ。

まだ夢には程遠い仕事だが、この下積みをリティは楽しんでいる。

「よっ！　リティちゃん！　今度、うちも手伝ってくれよ」

「はいー！」

「リティちゃん、よかったらこれでもどうぞ。採れたてのモモルの実だよ」

「わぁ！　どうもです！」

リティの元気と人の好さもあって、街にはすっかりと馴染んでいた。品物の運搬、引っ越し、店番、ペット捜索、側溝の掃除。

六級向けの依頼を、リティはほぼすべてこなしている。中でも害虫の巣の駆除は、ちょっとした討伐依頼だなんて心を躍らせていた。

六級でこれほど精力的に活動する人間は見た事がないと、人々は語る。

「リティちゃん、うちの跡取りになる気はないかい？」

「お誘いありがたいです。でも私には冒険者になるという夢があるんです」

「そうか。そりゃ残念だ」

老人は本気でリティを勧誘していた。冒険者ギルドは冒険者の為だけに存在するわけではない。仲介料を支払ってまで冒険者ギルドに仕事を登録するメリットがある。

まず単純に、自力での宣伝は人的にもコストがかかるからだ。冒険者ギルド設立以前は、どの街にも至る所に求人の張り紙が張られていた。求職者側にとっても雑多な景観の中、目当ての仕事を見つけるのも一苦労だった。

そんな本末転倒な状況を冒険者ギルドが仲介して綺麗にまとめた結果、街からほとんど張り紙が消えた。

この老人のように自営業の跡取りが欲しい場合は、仕事を登録しておけば人材がやってくる可能性がある。

今回はリティが相手とあって縁がなかったが、時には互いにとって思わぬメリットが生じる事もあった。

「毎日、よく働くねぇ。体のほうは大丈夫かい？」

「まだまだ動き足りないくらいですよ！」

「すごいなぁ」

底なしのバイタリティーとメンタルは、周囲を感嘆させる。この二ヵ月でリティを欲しがる商売人がずいぶんと増えた。

あのユグドラシアにいた頃の悲惨な環境に適応していたとなれば、少々の理不尽など彼女は意に介さない。あの手この手でリティを引き入れたがる者もいたが、あくまで彼女の目標は冒険者だ。

リティもそれは自覚しているようで、今日も足早に剣士《ファイター》ギルドの修練所に通う。

＊　＊　＊

「おはようございます！」

「おう、相変わらず早いな」

修練所が開くや否や、真っ先に到着するのはリティだ。受付の男があくびをしているというのに、リティだけは今日の訓練を待ちわびる。

あれから二ヵ月。当初は剣士《ファイター》の称号獲得と五級への昇級試験に向けて励んでいた。しかし思いの外、冒険者ギルドに登録されてる仕事が面白い。こればかりにかまけてしまい、気がつけば半分も講習を終えてない事に気づく。

おかげですっかり住民から可愛がられるようになったものの、前へは進んでいない。本末転倒とまではいわないが、リティもさすがにまずいと思った。

本日も講習に聞き入り、その後は訓練だ。

「三百一、三百二、三百三……」

「素振りはもういい！　次！　〝受け〟！」

止めなければ力尽きるまでやりそうな雰囲気を、教官ジェームスは察したのだろう。その回数はもはや修練所内で超える者はいない。

その後も休む事なく、二人一組の〝振り〟と〝受け〟、相手はいつかのかけ声の男ビルデットだ。

三十を超えるというのに、年甲斐もなく負けじとリティの剣に振り下ろす。

その様相は、どう見ても打ち負かしてやろうという気概しか感じられなかった。

だがリティは押されず、ニッコリと笑っている。

「はぁ……はぁ……もう、ダメ、だ」

「無理をしなくていい、ビルデット。しかし、これでは続けられんな」

「私がやるわ」

名乗り出たのはロマだ。最終試験の仕上げで忙しい彼女が、ここで買って出たのはリティを知る為だった。

彼女は本当に初心者か。それを解き明かしたい。

男性に傾倒した風習を嫌う彼女にとって、同じ女である彼女が強いのは喜ばしい事だ。

しかし、その負けたくないという気持ちは同性だろうと変わらなかった。

「リティさん、行くわよ……はぁッ！」

ロマはわずか一年で最終試験に臨む逸材だ。その気迫たるや、修練所内を騒然とさせる。

以前とは違う、本気の一撃。受けていたリティが衝撃を受け切れず、倒れ込んでしまった。

「あ……ごめんなさい」

「いえ……」

我に返ったロマが、リティの手を引いて起こす。さすがに無茶だったと、教官ジェームスは己の判断を反省した。

止めるべきだったのだ。いくらリティが逸材の片鱗を見せているとはいえ、経験の差がありすぎる。

仕方ないがパートナーは他の者に、と教官ジェームスが声を出しかけたところだった。

「もう一回お願いします」

さして驚いたり落胆する様子もなく、リティは〝受け〟の構えを取る。

教官ジェームスは気づいた。ロマの〝振り〟に打ち負けながらも、リティは完全に剣を手放していない。ロマに引き起こされた時も、剣だけは片手で持っていた。

大怪我をされる前に止めるべきだと、教官ジェームスは思い立つ。

「やはり、止め……」

「お願いします」

声のトーンが先程と同じだ。それも教官であるジェームスへ許可を取るために言ったのではない。ロマへ頼んだのだ。こうなれば剣を握って一年といえど、力も入るというもの。ロマも本格的に加減を忘れる。

負けず嫌い、だがこの場合は未熟な精神性の表れでもあった。

「たぁッ！」

先程よりも威力のある剣撃がリティの剣に打ち付けられる。

だが結果は違った。踏ん張りが利いた下半身。安定した重心はすべて、ロマの本気の一撃を受けるために万全だった。

リティの剣がロマの剣を止めて、しかも瞳がどこか虚空を見つめているようだ。ロマという人間ではなく、すべてを吸収するために注がれた視線。

それはユグドラシアにいた時に、何度も見せていたものだった。

あのアルディスをほんの少しでも畏怖させた、その集中力という名の異能。

「うッ……！」

「ハッ⁉」

二度目を打ち込む事なく、ロマが怯むのも仕方なかった。直後、我に返ったリティ。

慌てて構えを解いて、頭を下げた。

「す、すみません！」

「なんで謝るの。よく受け切ったわね」

「で、ですよね」

ユグドラシアにいた頃の弱腰気質がまだ抜けていない。このままではいけないと、リティは改めて自分を奮い立たせる。

もう一度、構えてみせてロマに続きを促した。ロマもそれに応えて、加減なしの振りを連打する。

容赦のない連打をリティは歯を食いしばって耐えていた。

「そこまでだ！　止めッ！」

「⁉　はい……」

剣を振り続けるロマに危険を感じたのか、教官ジェームスは腹から声を絞り出した。修練所内の見習い達や他の教官の注目を集めてしまったからではない。

理由は単純で、リティのそれはすでに完成していたからだった。最終試験に挑む見習いの中でもトップクラスの振りを、何度も受け止める。

それは初心者どころか、すでに彼らと同レベルのところにいるからだ。

教官ジェームスもまだリティという少女を完全には測り切れていない。ただすでに次の段階へ進ませる決意はあった。

「リティ、〝振り〟が終わったら次は〝払い薙ぎ〟だ」

「なっ⁉　教官！　さすがに早いのでは！」

「実際にやらせて早いと判断すれば止める。それではリティ、次は君が〝振り〟だ」

「はいっ！」

教官の判断に口を挟める立場ではない。わかっていたが、ロマの内心は穏やかではなかった。リティの剣を受ける為に、全身全霊をもって彼女も構える。

相対した途端、ロマは瞬時に退きたくなった。しかし年上と経験者というプライドが、かろうじてそれを思いとどまらせる。

「はぁっ！」

「うぁッ……！」

鋭く、重くのしかかる。安定させていたはずの重心を芯から打ち砕くようなリティの一撃だった。

衝撃が剣から手、腕。体全体に伝わる時間が遅く感じられるかのようだ。

笑う膝を抑えて、悟られないように努める。自分の狼狽を知られてはならない。

そんなロマの胸中を知る由もなく、リティは容赦のない二撃目を放つ。

「ううっ……！」

ロマは悟った。三回目は耐えられない、と。今度は自分が倒される番だ。

この小さな体のどこからこんな力が出るのか。やはり初心者ではないのか。

そんな思考の余裕などない事は、次の一撃をもって証明された。

「あぅっ！」

「あ、ロマさん！」

「そこで止めッ！」

耐え切れずにロマが尻餅をついてしまった。剣を落として呆然としたロマの手を、今度はリティが取る。

素直に立ち上がったものの、リティと目を合わせようとはしなかった。

「リティさん……すごいね」

「すみませ……」

「だから、謝らないで！　それに誤解しないでね、むしろありがとう」

「え？」

逸らしていた目をリティに合わせる。両手の拳を握りしめ、グッとポーズを取った。

「あなたのおかげで、私は思い上がらずに向上できる。一年で最終試験目前だなんて褒められてね……ちょっといい気になってた。あなたの事も初心者だからって、どこか下に見ていたと思う」

「は、はぁ……」

「年が近いライバルが出来て、やる気がみなぎってきた！」

「ライバル……」

リティにとって、それは初めて知る概念だった。ライバルとは共に同じ志を持ち、高め合う存在。そして最も負けたくないと思う相手。

ロマに対して、リティがそう思えるかはまだ微妙なところだ。

だがロマの元気な素振りを見て、ライバルとはそういうものなのかと理解した。

「ジェームス教官！　しばらくリティさんとペアでいいですよね？」

「あ、あぁ。構わんが、そちらの担当教官は……」

「いいぞ。俺は形式には拘らん」

了承したのはジェームスらよりも年配の教官カドックだ。温厚な性格で、前線を退いた後は後進の育成に精を出している。

国の騎士団に所属していた経験を活かして、あえて上位職の騎士《ナイト》の登竜門である剣士《ファイター》ギルドに勤めていた。

「ただし、最終試験の調整もある。程々にな」

「はい！　どうもありがとうございます！」

「ジェームスよ、こちらのリティだったか。仕上がりを見て、この子も最終試験に合わせろ」

「はい!?　しかし、さすがにまだ……」

「形式には拘らんでいいぞ。才あるものは早く巣立つべきだ」

彼は定年まで騎士《ナイト》として勤め上げたものの、その堅苦しい騎士道精神や生活にどこか疑問を感じていた節がある。

統制が生む強さはあるが、同時に失われるものもあるとカドックは考えていた。人は千差万別、騎士《ナイト》を辞めた者が大成した話もあるくらいだ。

その経験があるからこそ、カドックはあえて柔軟性を重視していた。

「ではロマにリティ、最終試験で待ってるぞ」

「え？　それってどういう……」

「今は気にしなくていいの。さ、始めましょう」

意味深なロマのセリフが気になったが、すぐに頭から払拭される。先程よりも気合いが入ったロマが、リティを威圧していたからだ。

そんなロマを受けて、リティはまた〝集中〟した。

第九話　リティ、剣士《ファイター》ギルドの最終試験に挑む

リティは自分を律して、本格的に剣士《ファイター》修練所に通いつめた。その甲斐あって講習はすべて終了して、残すところは実習のみ。

剣士《ファイター》の修練はというと、修練所内を騒然とさせていた。

「〝払い薙ぎ〟……これでいいですか？」

「あぁ、問題ない……」

教官カドックの言う通り、教官ジェームスはリティの成長を見て次々に段階を踏ませた。〝払い薙ぎ〟は、あらゆる角度からの敵の攻撃を払うスキルだ。

上位職である騎士《ナイト》のスキルにディフレクトがあるが、こちらはその下位互換のスキルではあった。

しかし剣士《ファイター》のスキルの中でも屈指の難易度で、反応が追いつかずに対応できない者が多い。地道な素振りに続いて剣士《ファイター》ギルドの挫折ポイントその二だ。

〝返し斬り〟などの攻撃スキルも大概だが、この〝払い薙ぎ〟は見習い殺しとまで言われるほどだった。

「マジかよ、あの子。こんな短い期間であそこまで……」

「いや、経験者じゃないのか？」

修練所内で、嫌というほど目立っていた。だがリティは周囲に関心を持たない。ひたすら自分の剣技を磨く事だけに集中している。

そんなストイックとも取れるリティに、わずかながら反感を持つ者もいた。だがそこは歴戦の教官である。事が発展する前に、牽制しておくのも手馴れたものだ。

「嫉妬はわかる。だが世の中、そういうものだ。冒険者として活動すれば、自分より才ある者などいくらでも出会う。そうなった時にどう折り合いをつけるか。そこで初めて人間の真価が問われる」

元騎士団所属の年配教官カドックにそう諭されては、返す言葉もない。彼自身、そういう場面には嫌というほど出くわした。

そもそもあのユグドラシアのメンバーが、自分の息子ほどの年齢なのだ。そうなれば、若い世代の活躍を喜んだほうが今後の為にもなるとカドックは前向きに捉えていた。

「ロマ、そろそろ時間だ」

「はい」

教官に促されて、ロマが素振りを終えた。これから行われる最終試験は、他の見習いも観戦が義務付けられる。

教官との試合、それが最終試験の内容だ。見るのも修練の一つである。

「これより最終試験を開始する！　カドックさん」

「おう」

カドックが真剣を携えて、中央の試合場へと向かう。試合形式ではあるが、勝敗だけが合否にならない。

剣を交えた教官、そして観戦している教官が審査員である。一見して大した事がない試験に思えるが、審査員の目は鋭く光っていた。

勝敗だけがすべてではないとはいえ、最終的に決定打となるのが実力に違いないからだ。

おまけに観衆の目に晒されながら戦うプレッシャーは、思ったよりも重い。

ロマも例外ではなく、やや緊張した面持ちでカドックと相対した。

「こちらからお前に怪我をさせる事はないと約束しよう。一方で、お前は殺す気でかかってきて構わない」

「……よろしいんですか？」

「ほう、そんな心配が出来るか」

杞憂だ、言葉に出さずともロマは肌で理解した。カドックが大剣を両手で持ち、垂直に構える。

元騎士《ナイト》カドック、大隊長を務めていたその実力は一線を退いても健在だった。

問題になるのは体力の衰え程度だ。が、それが顕著になる前に決着はつく。見習いが簡単にどうこう出来る相手ではない。

「始めッ！」

ロマは躊躇しなかった。踏み込むと共にカドックに斬り込む。〝払い薙ぎ〟か、〝受け〟か。ロマはカドックの次の手を予測していた。

しかし、カドックは大剣をただ振り下ろす。

「う……！」

「がら空きじゃないのか？」

大剣の重量に任せた垂直の振り下ろし。〝払い薙ぎ〟や〝ディフレクト〟などのスキルですらない。長年、培った筋力による暴力。

それがロマの剣を軽々と弾いてしまった。風圧でロマがのけぞり、今度はカドックが踏み込む。

ロマが〝受け〟に徹するが、それは悪手だった。

「あっ……！」

「勝負あったな」

ロマの筋力と踏ん張りでは、カドックの怪力から繰り出される一撃は受けられない。ロマが耐えきれずに剣を手放す瞬間、カドックも力を抜いた。

一瞬の決着だった。決したのはカドックの腕力によるところが大きい。訓練では馴染みがなかった大剣、その威力。

ロマにとって、カドックは何もかもが未知だったのだ。

「悪くなかった。攻めへの躊躇のなさ、瞬発力……及第点だ。だが敵を見極め、それによって手を変える事も必要なんだ。特に俺とお前では力も体格も違いすぎる。〝受け〟に徹したのはまずかったな」

「実戦だったら死んでましたね……」

「だが今は実戦じゃない。何度でも学べばいい」

「ありがとう……ございましたッ……！」

カドックと他の教官が審査をしている間、ロマが剣を拾って試合場を降りる。不合格だ。ロマは確信していた。

明らかに落ち込んでいるであろう彼女に、リティはどう声をかけていいかわからない。

審査が終わった教官達が改めてロマの元へ来て、合否を告げる。

「ロマ、残念ながら今回は不合格だ。次の最終試験の日程は追って連絡する」

「どうも……」

「厳しすぎだろ……」

誰かの呟きに同意した見習い達が、口々に不満を漏らす。下位職の剣士《ファイター》ですらこの辛さだ。これでは上位職など夢のまた夢だと、見習い達は意気消沈する。

最終試験はこういった厳しさを見せつける側面もあるので、一長一短でもあった。

しかしここで挫けるようであれば、やめたほうがいい。教官達はそう考えている。

「お前達の意見はわかる。だが実際の戦いとなれば、相手は手加減してくれない。それに世の中には俺以上に強い存在などいくらでもいるのだ」

「カドックさんの言う通りだな。脅すようだが、事実なのだ。それに剣士《ファイター》の称号を得るという事は、一定の信頼の証でもある」

「他の者とパーティを組んだ際に言い訳は利かないのだからな」

教官達の正論に、見習い達は黙る。そんな中、リティだけは剣の柄を握りしめていた。今、カドックと戦って合格する自信はない。

しかしロマの戦いを見て、自分の力を試したいという気持ちが強くなる。そんなもどかしさをリティは感じていた。

「あの……」

「ん？　リティか。どうした？」

「今、私もここで最終試験をやらせてもらえませんか？」

突然の挑戦に、教官ジェームスは言葉を失う。最終試験の日程は決まっている。何故なら教官にもスケジュールがあるからだ。

それぞれの教官が休みの日もあれば、他の仕事に出向いている事もある。他の見習いの訓練も疎《おろそ》かにはできない。

カドックもこの後は残っている事務仕事を片付ける予定であった。

「ダメだ。それに君はまだ仕上がってない」

「いや、いいんじゃないか？」

「カドックさん？　しかし、この後も仕事が……」

「どうせ大した仕事じゃない」

カドックが再び大剣を持ち、試合場へと戻った。教官達も、これでいいのかと思案顔だ。

突発的な出来事であるが、見習い達もある種の期待を寄せていた。リティが合格に値するか。

はたまた現実を知ってここを去る事になるか。半ば嫉妬していた一部の者達は、後者を期待していた。

「あの、ありがとうございます。ではよろしくお願いします」

「あぁ、かかってこい」

「始めッ！」

カドックは驚愕した。間合いがない、いや詰められた。大剣を振るうカドックにとって、間合いの内側に入られる事は死を意味している。

リティの瞬発力を測り損ねていた。だがそこは歴戦の猛者、身を引いてすぐに自分の間合いを作る。

そして大剣を立てて、リティの一撃を防いだ。

「ッ……！　つえぇな！」

「はぁぁぁッ！」

本来、リティの剣でカドックの大剣を揺さぶるのは難しい。だがカドックすら予想していなかった、リティの身体能力だ。

剣のサイズ差や体格差をもってしても、カドックの大剣は揺れた。

次に入られたら、殺される。

「やぁぁッ！」

手加減する立場である教官のカドックにそう思わせるほどだった。リティの追撃をロマの時と同じく、大剣の暴力で引き剝がす。

ロマは〝受け〟に徹していたが、この子はどうだ。今度はカドックがリティの出方を予想する番だ。〝受け〟がダメなら、かわすか。

だがリティの行動は剣を振るうという、やけくそとも思える手だった。

決着寸前、誰もが確信する。終わった、と。

「グッ……」

勝負は決した。カドックの大剣が、リティの剣によって弾かれた。真上からの振り下ろしを、リティは〝払い薙ぎ〟きったのだ。

ロマとの戦いで、リティは見ていた。カドックの重心、剣筋、どうすればそこを崩せるか。側面から叩く事でカドックの大剣の軌道をずらして、床に落とす事に成功。

すかさずリティが再び剣を振ったところで、止めた。

「……えっと、これでいいんでしょうか」

眼前に剣をつきつけられたカドックは、言葉が出てこなかった。冷や汗と悪寒が同時に彼を襲っ

だった。その直前の試合では、体力が消耗していたので手加減して戦っていたからだ。


ていたからだ。

手加減はしていた。しかしそれは試合開始時の話だ。

彼はリティに、殺されるとまでイメージさせられた。そのせいで、最後の振り下ろしだけは本気だったのだ。

ロマに放ったものとは別次元の威力だったはず。カドックは生唾を飲み込んで、ようやく声を出した。

「……よくやった」

「嘘だろ？　カドックさん、手加減しすぎたんじゃないか？」

「ロマと戦った後だからな。疲れていたんだ」

見習い達の私見はある意味で正しかった。老年のカドックにとって、長時間の戦闘は難しい。

だが見習いのロマ戦の後で、カドックはその言い訳をしたくなかった。引退した身とて、その程度の誇りはある。彼にショックがなかったわけではない。

「カ、カドックさん……」

「俺が打ち負かされたなんて何年ぶりだよ、オイ！　いやぁ、すげぇのが出たもんだ！　ククク ッ！」

虚勢ではあっても、カドックは最低限の意地を見せた。教官達に協議の余地はない。

まだ試合場に立つリティを呼び、カドックが見下ろす。

「合格だ。後で手続きやら何やらをやるから、事務室に来い」

「は、はいっ！　私、剣士《ファイター》ですか!?」

「あぁ、胸を張っていい」

「いいい……」

「ん？」

「いやったぁぁーーーー！」

溜めに溜めた勝利の雄叫びと共に、リティが跳び上がる。その跳躍力は修練所全体を見下ろせるほどの高さだ。

その際に、俯くロマを発見する。無神経に喜んだ自分を押し殺し、着地してから駆け寄った。

「ロマさん」

「おめでとう！　私も負けてられないわ！　教官！　それじゃ今日はこの辺で！」

一方的に喋《しゃべ》った後、ロマは走り去った。わずかな期間しか共にしていないとはいえ、彼女の負けず嫌いはリティも知っている。

それだけにリティは必死に対応を考えていた。どう声をかければいいか、追いかけようか。

しかしリティにそれが出来るほどの経験はない。

そんなリティを察したのか、教官ジェームスが肩を軽く叩く。

「ロマの事は心配するな」

「でも……」

「今は君が何を言っても逆効果だろう。放っておいたほうが、却っていい結果にもなる」

「そう、ですか」

リティは教官ジェームスの言葉に従う事にした。それに他人を気にかけてばかりもいられない。まだ自分は六級だと、己の信念を思い起こす。

もし自分がロマと同じ心境になった時、どうするかとリティは考える。出した答えとしては、やはり頑張るしかないのだ。悔しかろうと、苦しかろうと。やりたい事があるなら、平穏を捨てたのなら。

それでも追い求めるべき価値があると思うなら。歩き続けるしかない。

自分は自分、ロマはロマ。互いが違う道を歩き、いつか花開くと信じて。

名前：リティ
性別：女
年齢：十五
等級：六
メインジョブ：剣士《ファイター》
習得ジョブ：剣士《ファイター》

第十話　リティ、実習を受ける

居候している食堂の夫婦に剣士《ファイター》の称号獲得の話をすると、ご馳走を作ってくれた。リティがここに来た時に食べたビーフシチューにオムライス、チキンピザ。

一人で食べるには明らかに異常な量だが、リティにはこれくらいがちょうどいい。

最終的には米粒一つ残さずに、皿を綺麗にしてしまった。

「ご馳走様でした！　すごくおいしかったです！」

「どうも。こんなにおいしそうに食べてくれて、こっちも嬉しいよ」

子どもがいない夫婦にとって、リティはかわいい娘みたいなものだった。ついあれもこれもと作りすぎ、甘やかしてしまう。

だがリティは食前の手伝いと食後の片づけ、更には空いた時間には店も手伝ってくれる。二人が口を出す余地もない。

一方でこんな子が冒険者を目指さなくても、と憂う気持ちもあった。それはリティの両親が抱いた感情とまったく同じだ。

「明日から実習か。そのうち魔物と戦ったりもするのかい？」

「はい。冒険者なので、それは避けられないです」

「そうか……」

魔物に人間が殺された話を夫婦は山ほど聞いている。中には街ごと滅ぼされた事件もあるくらいだ。

幸い、このトーパスの街では屈強な冒険者が定期的に魔物狩りを行っているから安全だった。

それでも物騒な話は絶えない。

「リティちゃん、痛かったり辛くなったらここへ戻っておいで。絶対に、絶対に無理はするんじゃないよ」

「そうさ。生きているうちはどうとでもなるからね」

「どうもありがとうございます。あ、これ今日のお金です」

「そんなものいいと言ってるだろう。それは君が稼いだ金だ」

「お世話になってる以上、受け取ってほしいです」

このやり取りも夫婦にとって慣れたもの。何度かの押し問答をした後、夫婦が折れる。若くもない上に子どもがいない夫婦にとって、老後の蓄えなど最小限でいい。

それよりはこれから生きていくリティのような若者のほうが大切だ。そう考えてはいるが、リティの気迫に毎度のごとく負けてしまう。

が、今日こそは別だった。

「いいかい、リティちゃん。私達は君の無事を祈ってるんだ。だからそのお金で少しでも助かるんなら、そっちのほうがありがたい」

「……おじさん」

「それにこっちは平気だよ。まだまだお店に来てくれる人はいるからね」

さすがのリティも、こうまで言われては引っ込めるしかない。今日はせっかくご馳走を作って祝ってくれたのだから、野暮な話だった。

好意は最後まで素直に受け取ろうとリティは思い直す。

老夫婦の優しさに、リティは少しだけ故郷の両親を思い出した。

＊　＊　＊

実習の場所は剣士《ファイター》ギルドの敷地内だ。野営の設置準備、設置場所の選択、持ち運び手段や食事の準備など。多岐にわたる実習は、ルーキー達を四苦八苦させる。冒険者は魔物だけではなく、自然とも戦わなければいけない。

これらはすべて疑似的にパーティを組んで、役割を分担して行う。覚える事項の多さもそうだが、もっとも厄介《やっかい》なのが身内の場合もある。

「教官、俺はパーティなんざ組む気はねぇよ。ソロで十分だ」

「こっちは両親の仕事柄、経験があってね。この手の作業は慣れている」

一匹狼気取りのジスタと上位職斥候《レンジャー》の両親を持つダニエルが、今回の厄介者だった。

この手の連中がいれば当然、全体の作業にも影響する。前者は消極的で、後者は仕切りたがる。

リティは運が悪く、この二人と同じパーティだった。

「俺は魔物狩りなんかしない。基本的に賞金首がターゲットだから、こんな作業を覚える必要はないんだ」

「賞金首⁉　すごいですね……」

「だろう？　つまり、野営なんざ無意味なの。わかったらとっととお前らだけで済ませてくれ」

「ではジスタさんはいざという時のために、見張りをしてもらえますか？」

「お？　おう……」

リティの言動が天然なのか嫌味なのか、計りかねるジスタだった。

剣士《ファイター》ギルドの敷地内に魔物がいるはずもないが、これは本番を想定した訓練だ。

だからリティとしては実力者のジスタに見張りを頼んだ。とはいえ、これでは実習にならない。

教官の目が光る中、リティはせっせと野営の準備を始めている。

「あー、違う違う。先に火元の準備をしておくんだよ。まったく、なんでそんなのもわかんねぇんだ……」

「そうですよね！　どうもです！」

ろくに手伝わず、口を出しては嫌味を付け加えるダニエルも曲者だ。しかしリティは素直に、その助言をありがたがっている。

一人では重労働の作業を黙々とこなすリティに、二人を疎ましがってる様子もない。

「あーもう！　バカかよ！　そんな設営じゃ、風で飛ぶだろうが！」

「なるほど！」

「火元はどうした？　放っておくと火事になるぞ！」

「はい！」

あそこに自分がいたなら、確実に怒り狂ってるだろう。そう考えたのは一人の見習いだけではない。

傍から見ているだけでストレスが溜まる状況に、複数人がもどかしさを感じている。自分達の作業を進めていても、罵声が聞こえてくるのだからたまらない。

だがリティは嬉々として作業を進めていた。

「ダニエルさん、これでいいですか？」

「フン、まぁまぁだな。だけど、手が遅すぎるんだよ。それじゃとても冒険者としてはやっていけないな」

「頑張らないとですね……」

「ヘッ、親の後ろをついて行っただけなのに冒険者を語るのかよ」

ジスタがダニエルに悪態をつく。こうなれば似た者同士、衝突は避けられない。

「君と違ってすでにノウハウはあるんだよ」

「じゃあ、なんで剣士《ファイター》ギルドなんかに来てんだよ。斥候《レンジャー》ならまず弓手《アーチャー》ギルドだろうが」

「はぁ、これだから無知は……。今時、一つの職しか求めない奴なんか時代遅れなんだよ。現に三級以上の実力者の中には複数の称号を持ってる人もいる。それに上位職の中には二つ以上の称号が必要なものもあるからね」

「知識だけは御大層だがよ。お前、ここに来て何年だ？　冒険者になる頃にはジジイになってるかもな」

「やめて下さい」

リティが作業の手を止めず、二人にかすかな怒りを向けた。知識自慢はいい、それは糧になる。手伝わないのもいい。一人の時でも、作業を進められる訓練にもなる。

必要と思わないなら、やらなくていい。だがリティにとって、一つだけ許せない事があった。

「ダニエルさんのアドバイスはありがたいです。だからこそ、ケンカをしている場合ではありません」

「僕のアドバイスが？」

「はい。斥候《レンジャー》のご両親だなんて素敵です。そんなご両親を尊敬されて、知識を糧にしてきたんですよね？」

「そ、そうだな」

「ジスタさんも、真剣に見張りをやってくれました。強い警戒心ですし、賞金首専門を目指すだけあります」

「ま、まぁな」

プライドだけが高い二人を、リティなりに真剣に観察していた。その上で長所を述べただけだ。お世辞でも何でもない。

あのアルディスでさえ性格はひどいが、高い戦闘センスは紛れもない長所なのだ。

仲間割れに何のメリットもない。ましてやこれは本番を想定とした訓練である。リティにとってはそれが一番許せなかった。

「ダニエルさん、ほぼ完了しましたが何か不備はありますか？」

「そうだな……。まぁいいんじゃないか」

「ジスタさん、ありがとうございました。あなたがいなかったら、この野営も出来なくなる可能性がありました」

「おう……」

先程までの熱が一気に下がった二人が沈黙する。あれほど白熱しかけていたのが、嘘のようだった。

先に悪態をついたジスタ自身も、それは感じている。褒められたから調子を良くしたというのもある。

しかし、彼は認め合う事の重要性をここで知ったのだ。

ダニエルもまた、自分の知識に間違いはないと再認識した。それと同時に、一人で出来る事は限られていると己を恥じる。

「ジスタ、すまなかった」

「俺も失礼な事を言って悪かったな」

二人が謝罪したのを確認したリティは、沈黙する。

そこへダニエルが、食材の選定に移った。調理工程で手伝ってくれるのなら心強い。

満足したリティは腕によりをかけて、ユグドラシアにいた頃に作ったシチューを作る事にする。

多数ある食材の中には、日持ちしないものもあった。他には持ち運びに向かないものなど、本番さながらの判断が求められる。

しかしダニエルが選んだものはすべてが完璧だ。それをリティが調理して、出来上がったシチューに二人は驚く。

「君、これをどこで覚えたんだ？　僕の両親だって、難しいぞ……」

「まぁ、ちょっと……」

「うまそうじゃないか。見張りはもういいよな？」

「はい、ジスタさん。どうぞ」

「なんだ？　いい匂いがするな」

ジスタもシチューにがっつき、他の見習い達も匂いに惹かれて集まってきた。担当教官のトイトーも、これには舌を巻く。栄養価、手順、味、すべてにおいて及第点以上だったからだ。

それもそのはず、リティはただでさえいちゃもんが多いユグドラシアを満足させなければいけなかった。

それでも試行錯誤を重ねて、文句はあっても完食してもらえるものを作れるようになったのだ。

「君にこの実習は必要なかったな……」

「いえ、教官。ダニエルさんの指示と食材選びがあってこそです。それにジスタさんが見張ってくれなければ、こちらに集中出来ませんでした」

「そうか。いやはや、まったくその通りだ。ところでこのシチュー、おかわりいいか？」

「いいですけど、そんなに作ってないですね」

「許可する」

もはや当初の目的はどこへやら。見習い達を巻き込んで、リティ特製のシチューパーティ会場と化してしまった。

挙句の果てには教官トイトーが、大鍋を持ってきたのだから騒ぎも大きくなる。駆けつけた他の教官達にこってりと絞られるのも仕方がない。

リティも調子に乗りすぎたと反省はするものの、こっそりと味見をした他の教官を見てしまう。

そんなにおいしいなら今度、正式に皆に作ってあげようと考えるリティであった。

第十一話　リティ、五級昇級試験を受ける

実習もすべて終わり、次は五級への昇級試験だ。試験は筆記と実技に分かれている。

筆記はさほど問題ではない。九割以上の正答とハードルはやや高いものの、マナー講習の出題含めて常識の範囲内の問題ばかりだ。

問題は実技である。これが試験官次第で、内容は千差万別だからだ。

「えー……私が本日の試験官、ロガイだ。ここに残っている者は当然ながら全員、筆記試験はパスしているな。では実技が気になるだろう？」

筆記試験の合否はすぐに行われた。ここで何度も落ちる猛者もいるにはいるが、リティを含めて十六人全員が満点で通過だ。

だが実技で、ここにいる全員が落ちる事も珍しくない。特に今回は、ここ最近の冒険者ブームを疎ましがってる初老試験官だからだ。リティが冒険者ギルドで会ったディモスのような人種は珍しくない。

だが彼のように、分別のある人間ならまだいいのだ。この試験官ロガイは現役時代、ソロ活動からの叩き上げで三級に昇級した。その実力は言うまでもないが、彼は己の苦労を美徳としている。

齢五十を超える彼の時代にはなかった便利なアイテムを毛嫌い。パーティを組むなど、軟弱の証。食料がなければ草や魔物の嘔吐物を食らう。

そんな経験が彼のすべてだった。

「昨今の冒険者を見るに、どうにも軟派が過ぎていかん。本来、冒険者とは群れるものではない。ましてや女子の同伴など、目も当てられんよ。諸君らは冒険をデートか何かと勘違いしているのではないか？　まぁ女子の冒険者も見られるが、それこそが最大の問題なのだ」

癖が強そうな試験官に、見習い達はすでに辟易していた。リティは相変わらず偏った理屈だろうが、聞き入ってる。

そんなリティを、ロガイが冷たく一瞥する。

「冒険者は男がやるものだ。力も弱い女に務まるか」

「お言葉ですが、試験官。それは偏見というものです」

「誰だ、この私に口答えするのは」

噛みついたのはロマだ。彼女もまた昇級試験に挑もうとしている。

剣士《ファイター》の称号を獲得できたのか。あれからどうなったのか、リティには聞きたい事がたくさんあった。

しかしロマはリティに目も向けない。嫌われたのかとリティは内心、穏やかではなかった。

「今や一級や二級の女性冒険者も珍しくありません。それにあのユグドラシアに至っては、二人も女性がいます」

「だから何だと言うのだね。男のほうが圧倒的に多い。どうせ続かんさ」

「妬みですか？」

「……君、マナー講座を受けたのだろう？」

「口の利き方がなっとらんな」

「あの、早く試験を始めていただきたいです」

リティはこの不毛な口ゲンカを止めたかった。よりにもよってロマの前で男女の性差を挙げるとは、とも思っている。

受験者達は何も始まってない段階で、すでにげんなりしていた。

「君は確か二ヵ月で、剣士《ファイター》の称号を貰った娘か。やる気は立派だが、試験の内容を聞いて愕然とするなよ」

「どんな試験でもやり遂げます！」

「フン、いいだろう。では発表しよう。三日間、バルニ山で生き延びる事。これが合格条件だ」

「それなら……」

「ただし」

気持ち悪く口角を吊り上げたロガイ。もう嫌な予感以外、何も感じられない受験者達の中にはリタイアを本気で考える者もいた。

それにこの試験には矛盾がある。

「パーティは組まず、一人で生き残る事。これも条件だ」

「ちょ、ちょっと待って下さい。僕なんか、まだ戦闘訓練をしていないのですが……」

「それに六級では魔物討伐を許されていないでしょう！」

その矛盾とは、受験者達が指摘したものだ。例年通りであれば、最終試験に戦闘は含まれない。それもそのはず、この男はカドックに続いて古株の教官だ。彼を止められるはずのカドックは隣街に、支部長も不在とくれば横暴もまかり通る。

若手教官のジェームスやトイトーらが口を挟めば、万倍返しの仕打ちが待っているのだ。この二人が実力行使をしたとしても、敵う相手ではない。

〝ロンリーソード〟の通り名を持つロガイは、剣士《ファイター》ギルド内で絶大な権限を持っていた。とにかく、最悪のタイミングが重なってしまったのだ。

「君達は馬鹿かね。戦闘など、現場で覚えるものだ。最近の若い連中は、誰かに教えてもらう事ばかり考えているのがいかん」

「そんなムチャクチャな！」

「そう思うのなら降りたまえ。何も強制ではない。ただし日程の最終決定権がある支部長はしばらく帰らん。つまり、今を逃せば次のチャンスはいつやら……」

「やってられるか！　俺は降りる！」

「俺もだ！　支部長が帰ってきたら、全部報告してやるからな！」

怒りをぶちまけた受験者達が次々と剣士《ファイター》ギルドから出ていく。残ったのはリティとロマだ。

リティは変わらず、試験への意気込みが衰えない。ロマは別の意味で、燃えている。

彼女にとって、ロガイのような男はどうあっても許せなかった。こういう男を見返すのが、彼女の本懐だからだ。

「フン、あの昼行灯《ひるあんどん》の支部長に何を言ったところで無駄だ」

「ロガイさん、早くバルニ山に行きましょう」

ユグドラシアの件もあって、完全に信用できなくなっている。だが次の日程がいつになるかわからないという事実は、リティにとって致命的だ。

一刻も早く五級に上がりたいという彼女の気概が不信感に勝っていた。

「逃げないのか？」

「何故ですか？　冒険者になれるんですよ？」

「……気に入らんな」

ロガイの中ではすでにシナリオが出来上がっていた。バルニ山はここから程ない距離にある上に、低級の魔物ばかりだ。

だがルーキーのこの二人ではとても対応できない。そこへ自分が颯爽と手助けをすれば、現実を知るだろうと考えている。

その性格の悪さが災いして、どのパーティからも爪弾きにされた男だ。それを孤高と勘違いした男の暴走は、止まるところを知らない。

＊　＊　＊

トーパスの街から二時間ほど歩いたところに、バルニ山はある。緩やかな斜面で、林業を生業としている者達の為に道も整備されていた。登頂にもさほど時間も労力もかからない事から、五級冒険者の修業の場としても活用されている。

ロガイはほくそ笑んでいた。二人が剣士《ファイター》ギルドで訓練を受けているとはいえ、実戦となれば話が変わってくるからだ。

魔物は正面から襲ってくるとは限らないし、群れを作っている事もある。ロマはまだしも、リティは完全にルーキーだ。

死ぬとすればこっちか。ピクニックにでも来たかのようにはしゃぐリティに対して、ロガイは冷笑する。

「さて、ここからスタートしよう。言っておくが一度でも山から出たら失格とする。それとお前達に協力している素振りが見られたなら、これも同様。もちろん危なくなれば助けに入るが、その時点でも失格だ。わかったか？」

「はい！　すごくわかりました！」

「じゃあ、リティさん。別れましょう。難癖をつけられて失格にされかねないからね」

「減らず口だけは立派だな」

リティが大きく頷き、山の奥へと走る。ロマは逆に落ち着いた様子で、草むらをかき分けて消えていった。

二人を見送ると、ロガイはとうとう吹き出す。

「ぷひゅー！　お前達が三日も生き残れるわけないだろう！　大方、寝ている間にガルフの餌になって終わりだ！　あの実習はあくまでパーティ向け……ソロとなれば、勝手が大きく変わる！」

もし彼女達に何かあれば、自らの立場が危うい。などと、考えるわけもなかった。彼は悪辣だが要領よく立ち回るタイプだったからだ。言い訳など、無数に思いつく。

剣士《ファイター》ギルドの支部長からして、間の抜けたジジイ。今回も適当に言いくるめてしまおう。

ロガイは何から何まで軽視していた。

「さぁて、こんな低級狩場だ。持ってきた酒を飲んでも余裕だな。ゆっくりと待たせてもらう」

ロガイが座り込んで、三十年物の酒瓶のコルクを指で抜く。匂いを堪能してから一口、芳醇な味わいに舌鼓を打つ。

まるで自分自身に酔いしれるかのように、ロガイは心地よく鼻歌を歌い始めた。

＊　＊　＊

バルニ山に入ってから一時間、リティは野営場所を探していた。魔の森の時のようなヘマはしない。講習や実習で培った知識を総動員して、くまなく探索していた。

ようやく拠点となる場所を見つけて、野営の準備に取り掛かる。傍からの見通しは悪く、魔物の痕跡もない。それでいて、こちらからはよく見える。

リティは剣士《ファイター》ギルドの講習や実習に感謝した。あれは本当に、生き残るために必要な知識だったと再認識したのだ。

あとはもう少し資金があれば魔物除けのアイテムが買えるのに。と、ない物ねだりをしないわけではなかったが。

このままここで黙って過ごすのが確実に近い。しかし、それでは物足りなかった。

特にここにはガルフという狼型の魔物が生息している。五級冒険者なら対処できる魔物だが、群れとなると危ない。

リティは腕試しをしたい衝動に駆られた。魔物の襲撃を待ち望んでいたのだ。

特にガルフは林業労働者が襲撃される事も多く、繁殖力もそこそこだ。冒険者を雇って作業をする者もいるほど、被害も大きい。

「動くかな……」

野営場所にカモフラージュを施して、リティは森の散策を再開した。

第十二話　リティ、合否の判定をもらう

ガルフが二匹。普通なら足が竦むところだが、リティは違う。草むらから様子を窺い、どう攻めるかという算段を立てていた。

ガルフはオオサラマンダーよりも等級は低いが、動きが速い。この距離から攻めても、気づかれてかわされるとリティは判断した。

「あっ……！　まずい！」

ガルフがリティに気づいた。一匹が果敢に走り出し、続けてもう一匹が飛びかかってくる。上下

の強襲に対して、リティは踏み込んだ。

前に出る事で、飛んで襲いかかってきたほうをかわして着地する。その隙に走ってきた個体の開いた口に横一閃。がっぱりと開きに開いた口から鮮血が飛ぶ。

すかさず後方から迫るガルフの突進を、今度はリティが飛んでかわす。真上からの一撃で、ガルフの背中を斬り裂いた。

「あー、何とかなったぁ……」

いきなり初見の魔物相手でやれるか、リティに不安はあった。ガルフは五級の魔物だから自慢できるわけではないが、その達成感は彼女にとって心地よい。

しかし反省点はあった。今回は二匹だから何とかなったものの、ガルフはもっと多くの数で群れる事がある。

その時に、今回のように先制攻撃を仕掛けられたら。更には逆に不意打ちされる可能性もあった。もっと警戒を強めなければ。もっと冒険をするには、もっと。リティは気を引き締める。

ガルフを解体し、必要部位だけを持ち帰った。散策しているうちに夕方になり、一日目の終わりが近づく。

だが夜も油断は出来ない。寝ている間にガルフの餌になりかねないので、リティは仮眠にしようと思った。

ソロでの活動は交代で見張りが出来ない以上、仕方がないのだ。

三日というのは思いの外、長い。魔の森でリティは一週間も過ごしたとはいえ、きつい事には変わりなかった。

熟睡できないので少しでも体を休める必要がある。リティは早い時間に横になり、目を閉じた。

＊　＊　＊

翌朝、二日目。幸い、ガルフに襲われる事はなかったがリティは熟睡は出来ていなかった。寝起きの頭でリティはロマがどうしているのか、ふと気になる。

彼女も別の場所で野営しているとすれば、同じように苦労しているはず。それにリティは、ロガイという試験官を信用していなかった。

彼からはユグドラシアのアルディスと同じ臭いがするからだ。もし生き残ったとしても、素直に合格を認めるとは限らない。

それだけにリティは我慢していた。もし三日間、生き残っても彼が合格を認めなかったら。

「絶対、絶対に認めさせてやる」

いつもポジティブに振る舞っている彼女だが、こと冒険者になる夢の事になると熱くなりすぎる。

この街で冒険者になり、資金を貯めて一度は帰らないといけない。

そうなるといつかはあの老夫婦との別れがくると思うと、リティは胸が少し締めつけられた。出会いと別れ、冒険を生業としているならば避けられない。

今から感傷に浸ってもしょうがないとリティは思い直し、今日も散策に赴く。

昨日のガルフとの遭遇から得た反省点を活かし、より周囲への警戒を強める。こちらから索敵して、背後からの強襲。

何もしていない魔物を殺すのは、などという情緒はない。魔物とて生きるのに必死なのは確かだが、彼らは人間を脅かす。

ここでガルフが繁殖し続ければ、労働者による林業も途絶える。

そうなれば人間である自分達を優先するのは当然だ。これはいわば生存競争でもある。

山奥という自然の中で暮らしていたリティは、それがわかっていた。


「あんなに……」


数匹の群れを発見して、リティは逃げようかと真剣に考えた。

しかし、あの足の速さの上に地の利は向こうにある。逃げきれなかった時のデメリットよりも先制攻撃だとリティは決断した。

四匹のうち一匹に先制して仕留めたものの、残り三匹の標的になってしまう。上、中、下。ガルフはチームプレイで攻めてくる。

リティに逃げ場など与えない。が、見えていた。

「ていやぁあっ！」

スプラの空中からの強襲に比べれば、幾分かマシだ。上から飛びかかるガルフの喉に投石して、怯ませる。

残り二匹に対してはタイミングを合わせて、〝払い薙ぎ〟だ。斬られたと同時に、吹っ飛ばされたガルフが転がって倒れた。

ダメージは浅いものの、すでに素早さは死んでる。リティはまったく迷う事なく、起き上がろうとするガルフ達に止めを刺した。

「あとは一匹」

投石を当てられたガルフが、前足で地面を払う。まだやる気のようだ。普通なら逃げる場面だがガルフは好戦的な魔物だった。

それに群れ意識が強いだけに、仲間の死が許せないのだろう。リティは受けて立った。

しかし、ガルフは突如として斬られる。

「いやぁ、危ないところだったな」

「し、試験官？」

片手に剣、片手に酒瓶という場違いな出で立ち。顔を赤らめた試験官ロガイの剣から、ガルフの血が滴っていた。

林の奥から出てきて、ガルフを不意打ちで殺したのだ。おぼつかない足取りだが、こんな状態でもガルフを殺せる。

だが、そもそも何故この人は酒を飲んでいるのか。そう理解をまとめようとするリティに、ロガイは口を開く。

「命拾いしてよかったな。だが不合格だ」

「え？　でも、今のは」

「私に助けられたら不合格。初めに言ったはずだ」

「私だけでも倒せました！」

「いいや、危なかった。何にせよ、助けられたというのにひどい態度だな」

リティは理解した。この男は初めからこうする予定だったのだ、と。頃合いを見て登場して、颯爽と助けに入る。

恩を売れると同時に、気に入らない受験者は不合格。一日目で死ぬと思っていたリティが案外、粘るものだから彼も行動を起こしたのだ。

「それについてはありがとうございます。ですが、残り三匹は私が倒しました」

「そうだな。だが、最後は私に助けられた。それが事実だ」

この主張の一点張りに、リティの怒りが沸々と煮えたぎる。アルディスもそうだがこの男も、何故そんなにも他人を認めたがらないのか。

こんな人間に自分の夢を邪魔されるのか。憤りを隠せそうになかった。

「なんであなたという人は……！」

「なんだ？　まさかこの私とやり合おうと？　フン、無理だな。ルーキーにしてはいい腕前だが、私には勝てんよ」

「勝てば合格を認めてくれますか」

「ハハハッ！　やめておけ」

「認めて、くれますか？」

酒で体温が上昇しているはずのロガイは寒気を感じた。今、彼はこの少女に何かを抱いたのだ。

無意識のうちに剣を構えようとする。

だが、その刹那だった。背後の茂みから何かが飛び出してくる。

「うおぉっ!?」

ガルフだ。背後を取られたロガイには成す術もなく、その牙が突き立てられようとする。まして
や酒が入った彼では防ぎようもない。

「はッ！」

かけ声と共に、ガルフが斬られた。ロガイに噛みつく寸前のところで現れたのはロマだ。

ふぅ、と一息をついて剣についた血を払う。

尻餅をついたロガイが呼吸を荒げて、ロマを見上げた。

「き、君！　なんだね！」

「危ないところでしたね。ところで試験官が逆に助けられた場合はどうなるんですか？」

「どうなるもこうも！　私なら何とかできたのだ！　余計な事をしおって！」

「剣、手放してますよ」

ロマの指摘に慌てたロガイが剣を拾う。どう見ても、どうにかできた状況ではない。

下手をすれば命を落としていた可能性もある。彼もそれはわかっていたので、プライドはズタズ
タだ。

しかも更に回ってきたアルコールのせいで、立ち上がる事すら出来ない。

「うっ、くっ！　わ、私をコケにしおって！　おのれぇ！」

「手を貸しますか？　お水もありますよ？」

「いらん！　ううぅ……！」

「……見下げた人ね」

「ロマさん！」

彼女に声をかけた時、異変に気づいた。奥から一際、大きな音を立てて何かが近づいてくる。

まもなくその正体が見えた時、リティもロマも察した。冒険者ギルドの情報で見た事がある。

「あれは、まさか」

「ロマさん、ネームドモンスター森の統率者では？」

ネームドモンスター、それは周辺の魔物に比べて突出した強さを持つ魔物の事だ。

突然変異、或いは迷い込んできた魔物だったりと正体は様々である。後者の場合は生態系を脅かす可能性もあるのだが、この森の統率者は前者だ。

ガルフの群れのボスで、体が通常の個体の数倍はある。バルニ山にて最も警戒に値すべき魔物であり、その等級は。

「四級の魔物よ……。まずいわね」

「なんだあれは！」

「試験官、知らないんですか？　現役から退いたとはいえ、事前に入る場所の情報くらいチェックしておくべきでは？」

「だが四級なのだろう？　私がやる！」

千鳥足の彼では太刀打ちできない。二人の目から見ても明らかだった。

ろくにネームドモンスターの情報すらも調べず、酒を飲んで過去の実績を妄信する。

ロマにとっては軽蔑すら生ぬるい。

だが、リティにとっては彼は立派な救助対象だった。

「試験官、下がってて下さい」

まだ五級にすらなってないルーキーのその一言は、ロガイにとって屈辱だった。本来ならあんな魔物、ロガイの中で反芻する。

しかしこの状況がすべてだ。驕り高ぶったロガイに追い打ちをかけるかのように、ロマが彼を守るように立った。

第十三話　リティ、とっておきのスキルを放つ

森の統率者が飛びかかり、前足の強靭な爪が木を斬り倒す。樹齢そこそこの木が、障害とすらなっていない。

こんな魔物が生息していたのでは、森がガルフで埋め尽くされてしまう。何としてでも討伐しな

くてはと、ロマは逃げの手を考えない。

手下のガルフが集まってきたら、本格的に手に負えなくなる。

「ロマさん！　足です！」

厚い毛皮にこの剣では大したダメージにならない。

それならば、関節部分だ。リティはそう考えたが、そもそも捉える事が難しい。

巨体ながらも、その跳躍力は枝葉に届く。通常個体の比ではない。

かわすので精一杯な二人をあざ笑うかのように、森の統率者は猛撃をやめなかった。

「クッ！　ダメね！」

見習いの中でもトップクラスの実力者とはいえ、ロマの手に負える魔物ではない。

このまま逃げ回ってるだけでは、体力が尽きてしまう。

今、自分に出来る事。それはたった一つしかなかった。

「はぁぁぁっ！」

ロマは怪物の注意を自分に引きつけた。闇雲でもいい。大声を出して、当たりもしない一撃を放ってもいい。

リティとカドックの戦い以降、ロマはリティに嫉妬していた。彼女の才能に比べたら、自分なんて。そう考えるほど、何かに飲まれていく気がした。

自分では、森の統率者を倒せない。しかしリティなら。あの魔物とて、二人同時は追えない。

だからここで自分が囮になって、リティに倒してもらうとロマは決心したのだ。

「ロマさん！」

逃げ回りながらも、リティがロマを呼ぶ。

何事かと思えば、リティが懐の袋から石を取り出し、森の統率者の頭部へと当てた。何をしているのか。ロマには理解できなかった。

しかし森の統率者が、リティへと向き直る。

ロマは瞬時に理解した。リティは自分が囮になろうとしているのだ。何故そんな事を、とロマは困惑するも疑問は氷解する。

この場において、リティの足の速さは衰えてない。それに比べて、ロマはもう息が上がっている。どちらの体力が上かは明白だ。

だからリティは攻撃役をロマに託したのだ。動きを最小限、かつ機を待つ。この状況でそれを見抜いた上での判断、やはりこの子は普通じゃない。感心に続いて諦めの境地に辿り着く。

同時に、体が軽くなった気がした。

「わかったわ」

リティを追うのに必死で、森の統率者はロマに背を向けた。恐らくたった一度のチャンスだ。そのチャンスで、足を挫いてあの速度を殺す。

そうなれば一気に形勢は逆転する。思い出せ、訓練で学んだすべてを。対魔物の訓練はしていなかったものの、磨いたスキルはある。

今、自分が持っている最高威力のスキル。それは。

「リティさん……あなたって人は」

一人、小さくそう呟いた理由。それは森の統率者の動きがローテーション化しているからだ。リティがそう誘導している。

それも長くは続かないだろうから、ロマは覚悟を決めた。

森の統率者が着地する寸前、ロマが突進して斬り込む。全身全霊をかけて、一度の一振りにすべてをかけた一撃。

「疾風斬りッ！」

通常の剣速を上回る華麗な一閃。森の統率者の後ろ脚を切り裂き、がくんと挫かせた。切断まではいかなくとも、戦闘力を奪うには十分だ。

背後からの強襲に、森の統率者は対応を試みる。しかし正面にはリティだ。

「爆炎斬りーーッ！」

ロマは我が目を疑った。森の統率者の後ろ脚が崩れた途端、大振りな振り下ろし。リティの剣に帯びた炎が、森の統率者の頭部に命中した途端に爆発した。

斬られ、爆破された森の統率者が雄叫びを上げて横倒しになる。起き上がる気配がないと確認したリティが、大きく息を吐く。

「うまくいってよかった……」

「リティさん、今のスキルって」

「き、君達……嘘をついてるな⁈」

ロマを遮ったロガイが、強い口調だ。激闘のせいで、すっかり忘れていた男だった。ロマはもはや目も向けない。

「ルーキーなどと言っておきながら、本当はもっと上なのだろう！　そうでなければ、あのクラスの魔物は倒せん！」

「嘘じゃありません！」

「君のそれは素人じゃない！　まったく、とんだ食わせ者だよ！　私が直々に上に掛け合ってやる！」

「そんな事をしても無駄だと、わかっているでしょう。見苦しい」

「何だと、貴様。ロマ、お前……あのバカどもから天才だの煽《おだ》てられて調子に乗ってるんじゃないか？」

ロマの怒りが腹の内で煮えたぎる。真面目に冒険者を志す自分達が、何故こんな屑に邪魔されなければいけないのか。

彼女の怒りが攻撃性に変換されるのも、時間の問題だった。

「大体、女が冒険者になる必要などない。とっとと結婚でもしてしまえばいいのだ」

「このッ！」

「ロマさんッ！」

剣を持っていた腕を、リティに握られる。ふるふると首を振ったリティを見て、ロマは腕を下ろ

した。

彼女も憤っているはず。それなのに何故、平静でいられるのか。さっきの戦いといい、自分と彼女で何が違うのか。

届きそうで届かない答えに、ロマは歯がゆさを感じていた。

「ロマさん、帰りましょう」

「……そうね」

冷静になった矢先、周囲から複数の視線を感じる。がさりと動く茂み。木陰から顔を覗かせるガルフ。

二人は直観した。森の統率者の手下が集まってきたのだ。

悩んでる暇はない。ロマはすぐに次の行動に移った。

「リティさん！　手下がいよいよ集まってくるわ！」

「逃げましょう！」

ガサガサと茂みの音を立てて、何匹ものガルフが集まってくる。あと少し決着が遅かったら。

一瞬の決着だからよかったのだ。そんな冷や汗をかきつつも、全力で森の出口を目指す。

「あ、試験官は！」

「自分の命が優先よ！」

「ま、待たんか～！」

酔いが少し冷めたのか、ふらつきながらも追いかけてくる。何匹かは振り切ったものの、後ろには数匹のガルフだ。

ロガイが剣を抜いて一匹を斬り倒すも、もう一匹の餌食になりかける。あの状態で一匹でも倒せるのは、やはり経験によるところか。

ロマは多少、感心した。

「二段撃ちッ！」

「ギャンッ！」

振り返ってガルフの撃退を試みた二人の背後から、矢が飛んできた。ガルフに刺さった二本の矢が、一匹を仕留める。

続いて現れたのは教官のジェームスとトイトーだ。その戦いぶりたるや、瞬く間にガルフの群れを問題なく全滅させてしまう。

逃走を試みた最後の一匹すらも逃がさない手腕に、リティは感動した。

「教官！」

「間に合ったようだな。怪我はないか？」

「おかげさまで！」

「ふむ、それはよかった」

弓を片手に持った老人が、教官二人の後ろから登場した。その姿を確認したロマが、すぐに頭を下げる。

リティはその顔を知らないが彼こそが剣士《ファイター》ギルド、トーパス支部の支部長であった。

白髪の頭髪に細い体型、齢七十超えにしてガルフを仕留める弓引きの腕。弓手《アーチャー》の称号を持つ実力者の老人は、静かに見習い二人の前に出る。

「すまなかったな。そこの二人の報告で慌てて飛んできた」

「いえ……感謝します」

「見習い達がジェームスとトイトーに、そこのロガイの暴挙を報告したようでな。さすがに今回は見過ごせん」

「し、支部長。お帰りになられてたんですか……確か四日後とお伺いしていたのですが……」

睨まれたロガイが剣を仕舞う。今になって姿勢を正すも、すべてが遅い。彼は知らなかったのだ。

彼は支部長を軽んじていたが、あえてチャンスを与えられていただけに過ぎなかった。

「予定は変わるものだ、ロガイよ。お前は性格に難があるものの、優秀な男だ。いつかは心を入れ替えて、後進の育成に真剣に取り組んでくれるだろうと。今回の最終試験決定の際にあれほど言ったはずなのだがな……」

「こ、これには深い事情がありまして」

「その酒気にも、か？」

昼行灯などと評されていたが、それは単に懐の広さ故だった。彼は苦悩していたのだ。

「お前を処罰するのは簡単だった。ワシは悩んだのだ。若い頃に悪さをしても、今は教官をやっている男。怪我をして引退した後は腐っていたが立ち直り、今は仕事に尽くす男。自分に自信が持てずに自暴自棄だった男。それぞれに色がある。その色が華やかになると、な」

ジェームスが苦い顔をして顔を背け、トイトーが恥ずかしそうに上を向く。この場にいない受付の男も含んだ過去を暴露されたのだ。

そんな彼らが教官としてここにいるのは、支部長の人徳によるところも大きい。

ロガイもまた、支部長に諭された。しかし、結果がこの惨状である。

「すべてはワシの過ちでもあるが……ロガイ。本日を持って教官の資格、及び剣士《ファイター》の称号を剥奪する」

「なっ！　ま、待って下さい！」

「もう散々待った」

その言葉の重みが、今日までの歳月である。後輩に辛く当たるのも、やや無茶な訓練や試験を課すのも言葉で諭してきた。

しかし、ロガイはもっとも許せない行為をしてしまったのだ。

「未来の卵を危険に晒した行為は到底、容認できるものではない」

「うう……認めん！　認め」

ロガイが乱心する前に、支部長の手刀が早かった。首元に一撃を浴びせて、ロガイを昏倒させる。

意識が途絶える寸前、ロガイは己の屈辱を思い出す。現役時代、自分を省いたパーティの事。そんな連中を見限ってやったと虚勢を張って一人で戦うも、何度も死にかける。

その後もさしたる成果は得られず、才ある後輩には抜かれてしまう。老いて自分の下である見習い達をいびるも、彼は怪物に出会ってしまった。

その怪物は今も尚、自覚がない。

「リティさん……」

「はい？」

「いえ、後でね」

リティが森の統率者に止めを刺したあのスキル、あれは魔法剣だとロマは合点する。出来そのものは拙く、熟練者が見ればお粗末と評するだろう。

だが問題はそれをどこで覚えたのか。二ヵ月のルーキーがどこで、と彼女は考えを巡らせる。

それに今回は花を持たされたとロマは確信している。リティだけでも、あの場を切り抜けるのは不可能ではない。ガルフの群れも、きっとどうにかしただろう。

根拠はあまりないが、そう確信させるほどの素質をロマは目の当たりにしてしまった。

考えれば考えるほど腐ってしまいそうだが、ロマは楽観的な思考に切り替える。形はどうあれ、彼女は自分の為にしてくれた。今はその好意を受け取ろう、と。

第十四話　リティ、五級に昇級する

後日、剣士《ファイター》ギルドの支部長室に通されたリティとロマはソファーに腰を落とす。ふわりとした感触に、リティは声を上げそうなほど感動したが耐えた。

昨日のロガイの暴挙について、支部長が改めて頭を下げる。

「すべてはワシの不徳の致すところだ。すまなかった」

「もういいんです。頭を上げて下さい」

ジョブギルドの支部長といえば、二級以上の実力を有する人物だ。ロマが恐縮するのも無理はない。

リティも何か言おうと思ったが、出された紅茶の熱さに戸惑う。息を吹きかけて何とか飲む姿を、支部長は目を細めて見ていた。

「六級がネームドモンスターを倒すとはな。冒険者ギルドの歴史をひっくり返しても、そんな例はないだろう」

「あの、確か六級は魔物討伐を禁止されてるんですよね？　私達、何か罰を与えられるんでしょうか？」

「心配には及ばんよ。あれはあくまで仕事としての請け負いを禁止にしているだけなのだ。それに君達はロガイの独断による被害者だろう」

「あぁ、そうなんですか。よかった……」

ホッと胸を撫《な》でおろすリティから、支部長は目を離さない。彼女への好奇も無理はないと、ロマもその様子に気づいていた。

「ところで、リティといったか。出身はルイズ村……師匠のような者はいないのか？」

「……いえ」

「ふーむ、そうか」

支部長の頭に思案が浮かぶ。実績がありながら、あえて六級から始める者などほとんどいない。単純に依頼の報酬額が低すぎるので、メリットがないからだ。

中には初心者に交じって、優越感の足しにする風変わりな者もいない事もない。だが、本当に稀だ。もしリティがその手合いならば、納得は出来る。

しかし戦闘経験がなく、この街の出身ではないとくればどうやってここまで、と支部長はリティを凝視する。

興味はあるが本人が話したがらないのであれば、彼としてもお手上げだ。安易ではあるが、天賦の才という結論に至った。

一方、リティとしてはやはりアルディスの事を話す気にはなれなかった。騙された、という負の部分が彼女に抑制をかけている。

学ばせてもらったとはいえ、彼を師匠と呼びたくもないというのが彼女の本音だ。

「まぁ、そんな話よりもこちらだな。お前達を五級へ昇級させよう」

「え⁉　試験、あんな事になったのにですか！」

「あんな事になったから、とも言えるが……。いや、まぁ、な。ネームドモンスターを討伐できる逸材を六級にしたままだと、ワシのほうが本部に呼び出されかねん」

「支部長の権限でそこまで？」

「ロマ、君の疑問はわかる。試験という形で担当教官に一任してはいるが、基本的にワシの権限でどうにかなるのだよ」

いずれかのジョブギルドで称号を獲得。そして冒険者としての基本スキルを身につけ試験に挑み、合格すれば晴れて五級へ昇級する。

これは六級の場合のみで、それ以降は冒険者ギルドが各昇級を担当する形になっていた。

各ジョブギルドは冒険者ギルドの、いわば子会社のようなものだ。つまり権力としては冒険者ギルドが上である。

呼び出されるなどと、この支部長が冗談まじりに怯えるのも無理はなかった。

「手続きを済ませよう」

「よろしくお願いします！」

「……私はこれで」

「待ちたまえ、ロマ。君も昇級させると言っただろう」

「私は剣士《ファイター》の最終試験に不合格でした」

「腐るでない。カドックの最終試験よりも、ネームドモンスター討伐のほうが段違いに難しいのだぞ」

自分を見透かされた気分になったロマは諦めて手続きを受ける事にした。釈然としない思いはあるが、これで男達を見返す要素が増えたと考えている。

そこでロマは気づいたのだ。自分になくて、リティにあるもの。

「リティさん、少しお話ししない？」

「はい、しましょう」

支部長室で手続きを終えて、剣士《ファイター》ギルドの外へ出ようとすると、大勢の教官が出迎えてくれた。

トイトーやジェームス、縁がなかった教官達。あの受付の男もいる。

「おめでとう。ここから巣立つ冒険者を見送らせてくれ」

「剣も握った事がない子が来た時はどうしたものかと思ったがな。とんでもない大器だよ。ロガイさんの件は本当にすまなかった……」

「お前さん達の道は自由だ。冒険者として突き進むのもよし。俺のように騎士《ナイト》を目指すのもいい」

リティはうろたえて言葉が出なかった。

村にいた頃も些細な事で褒められはしたが、ここまで大勢の人に祝福された事などなかったからだ。ましてや、あのユグドラシアの事もある。

しかしリティは結果を出したのだ。だからこうして、彼女を褒める人達がいる。

顔が火照る感覚を覚えたリティの目に、自然と涙が浮かぶ。

「あの、皆さん……ありがとうございます。こんな私のために……」

「君は自分を過小評価するところがあるな。謙虚なのはいいが、もう少し自信を持つといい」

「はい、持ちます」

「ロマ、君もまだまだ可能性がある。ここだけではなく、いろいろなジョブギルドを巡るのもいいかもな」

「助言、ありがとうございます」

気弱で自信が持てなかったトイトーの言葉に、リティの涙腺がいよいよ危うい。

ジェームスの激励に、ロマもより決意を固める。

「あの、そういえば前に一緒に実習を受けたダニエルさんが言ってたんです。上位職の中には複数の称号が必要なものがあると」

「そうだな。例えば魔法剣士《マジックファイター》は剣士《ファイター》と魔法使い《マジシャン》の称号が必要なのだ。ただし、上位職のギルドはあまり数がない。ここからだと、かなりの遠征が必要になる場所もあるな」

「そうなんですか……」

いろいろなジョブギルドというフレーズはリティも気になった。この街にはまだ重戦士《ウォーリア》ギルドがある。

どちらにしようか、彼女は少しだけ迷ったはずだ。そこでまた一つ、リティに目標が出来た。

「五級になったからには、正式にいろいろな依頼が受けられるだろう。活躍を期待してるよ」

「はい！　皆さんもお元気で！」

短い間ではあったし、一生の別れでもない。自分を認めてくれた人達にリティは心から感謝していた。

自分に自信を持てというアドバイスを深く心に刻み、考えを改めようとする。

振り返って背中を向けた時には泣いていた。

＊　＊　＊

世話になっている食堂にて、リティとロマが腰を落ち着ける。リティが友達を連れてきたとあって、老夫婦は歓迎してくれた。

サンドイッチとジュース、デザートという歓迎に面食らったロマは遠慮を隠せない。

「あの、お構いなく……」

「いいんだよ。遠慮せずにお食べ」

「はぁ……」

恐縮しながらもそれを頬張ると予想外の味わいに驚く。こんな味を出す店が、この街にあったのかとロマは店内を観察した。

それほど客は入っていない。流行ってるようにも見えないだけに、彼女は惜しいとすら思った。

「サンドイッチでも、こんなに味が変わるんですね。これなら絶対もっとお客さんが来ますよ」

「だったら、いいんだけどね。最近は安価で料理を出す店も増えたし、時代もあるんだろう」

「そういう店の味は相応ですよ。こういう本物を出す店こそが流行るべきです」

「たくさんのお客さんに来てほしいという気持ちはあったさ。でもリティちゃんを見てるうちに、それすらどうでもよくなってねぇ」

「リティさんを？」

すでにサンドイッチをすべて平らげたリティが、ジュースを飲み干している。口の周りにソースをつけて、まるで幼子だとロマは苦笑する。少し前ならなんでこんな子が、と思っていた。しかし今のロマなら理解できる。

「自分で納得できるおいしい料理を作って、求めてくれるお客さんがいる。それで食べていけるなら、これ以上の幸せはないよ」

「そうそう。リティちゃんが来るまでは落ち込んだ日もあったんだけどねぇ」

「そうか……」

目標がどこまでも純粋だとロマは感心した。

彼女はリティと詳しい話をしていないが、冒険者になって冒険をするのが夢だという事は知っている。

最初こそ、年も近くて自分と同じだと思っていたがまるで違うと気づいたのだ。

「リティさん。あなたは本当に冒険をする為だけに頑張ってるのね」

「そうです。昔からそれだけが夢だったんです」

「それだけ、ね」

彼女もまた、誰かを蹴落としたり追い抜こうなどと意識していない。

ライバル心は武器にもなるが、時として諸刃の剣だ。どうしても勝てないと悟ってしまった時が危うい。

ロマのように男性を見返すという目標は、言ってしまえば誰にも負けたくないという事でもある。

挫けないうちは強いが、挫けた時は底がない暗黒に落ちてしまう。

リティのように、ひたすら前だけを向いて走り続けている者が強い場合もあるのだ。

素質云々もあるが、ロマはリティとの違いを今日までに学んだのであった。

「バルニ山でロガイに私が攻撃しようとした時、止めてくれてありがとう。もしやってしまったら、あいつの思うツボだったもの」

「ロマさんはすごい人ですから……。そんな事で自分を見失ってほしくなかったんです」

「すごい人？」

「私は両親に反対されて家を出られませんでした。でもロマさんは出ています。私には出来ない事をやってるんですよ。強い意志をもって行動して……強い女性だなって思いました」

「そんな過大評価よ」

「いいえ、私はあるきっかけがなかったらずっと村で暮らしていました。そこが私の弱いところなんです……」

思いがけないリティの言葉に、ロマは次の言葉が思いつかない。てっきり自分の事など眼中にないと思っていたからだ。

あれだけの素質があるのだから当然だと。

しかしリティもロマを見て、それなりに考えていたのだ。

「誰かの言いなりになって、自分に言い聞かせて……。自分の弱いところを、ロマさんのおかげで発見できたんです。ロマさん、ありがとうございます」

「か、感謝されても困るわ。別にあなたの為に何かしたわけじゃないもの」

「そ、そうですよね」

言葉とは裏腹に、ロマは自身ですら理解していなかった強さについて考え直した。

見方を変えればそうかもしれない、と。

変に突っぱねたせいで、リティも黙ってしまった。空気を変えるべく、ロマは話題を変える。

「教官が言ってた通り、五級になった事で討伐依頼も引き受けられるけど……。リティさんは受けるの？」

「はい。でも重戦士《ウォーリア》ギルドも気になっていて、そちらと同時にやろうと思います」

「すごいモチベーションね。あそこは重い鎧を身に着けるのが義務だから、あなたの……」

ロマがそう言いかけて、やめた。今更、自分がリティに何かを言える立場でもないと思ったからだ。重戦士《ウォーリア》はその性質上、あまり女性には向かないのだがロマはあえて黙った。

「私は討伐依頼を受けるわ。少しでも早く実績を積み上げて、四級を目指したい」

「確かに昇級すれば、もっと冒険できますね。ううん、悩む！」

「バルニ山もそうだけど、ビッキ鉱山跡やフィート平原も五級向けの場所よ。特に平原のほうは王都とここを繋ぐ道でもあるから、少しでも魔物を討伐しておくと感謝されるの」

「へぇー！　それじゃ頑張らないと！」

「南の魔の森もあるけど、まだ私達には早いわね」

聞けば聞くほど、リティのテンションは上がる。魔の森で自分が生き残ったのは、運が良かったとつくづく実感していた。

スプラやヤングラは五級の魔物で、オオサラマンダーに至っては四級だ。奥にいけば三級相当の魔物もいて、かなり危険な場所だとリティは後から知った。

「リティさん、お互い頑張りましょう」

「はい。ロマさんも」

「さん付けはやめて。年もそう変わらないし、何より私達は……」

「私達は？」

「いえ、とにかくロマでいいわ。私もあなたの事をリティって呼ぶからね」

そう言い残し、老夫婦に丁寧に挨拶をして店を出ていった。

リティとしては彼女を呼び捨てにするのは抵抗がある。変わらないとはいっても、彼女のほうが年上で先輩だ。

しかし、彼女がそうしてほしいと言っている以上はやらないわけにはいかないと納得しようとした。

「ロマ……」

口に出してみたものの、リティの中で違和感しかない。村にいた時、知らない人には敬語で接した方が害意のなさを伝えられるとリティは両親から教わった。

ロマに対してそれが必要でない事は彼女もわかっている。何事も練習だと割り切り、リティもその日を終えた。

名前：リティ
性別：女
年齢：十五
等級：五
メインジョブ：剣士《ファイター》

習得ジョブ：剣士《ファイター》

第十五話　リティ、故郷に手紙を出す

冒険者ギルドにて、リティは張り出されてる依頼書を眺めている。そんな時、受付の女性がリティに気づいて声をかけた。

何事かと向かうリティを、テーブル席でくつろいでいる冒険者が目で追う。

以前の件もあって、彼女は完全に目立ってしまった。ただしディモスのように、絡んでくる者は今のところいない。

「リティさん。まずは五級への昇級、おめでとうございます」

「はい、どうもです」

「それと剣士《ファイター》ギルドの支部長から、あなたが森の統率者を討伐したと伺っております。その件の報酬もお渡しします」

「え!?　報酬を貰えるんですか!?」

「当たり前ですよ。長らく放置されていた討伐依頼でしたがまさかの六級が討伐、ですからね。私も大興奮です」

「大興奮ですかー」

「何だって……？」

初耳であろう冒険者達が、がたりと椅子を揺らして次々と立ち上がる。彼らが耳を疑うのも無理はない。

ネームドモンスター〝森の統率者〟は山ほど冒険者を葬ってきたのだ。

ここにいる冒険者の中には、仲間が殺された者もいる。三級の冒険者ですら、ガルフ達が集まった状態で手に負えなかった時もあるくらいだ。

そうなるとリティとロマの場合は、運がよかったとも言える。しかし結果は結果だ。

「こんなに貰えるんですか⁉」

「森の統率者は四級と、そこまで高い等級ではありません。しかし被害と危険性を考慮して、大きく報酬額が設定されてますね。逆にいくら強くても、それほど被害がなければ少ない額にもなります」

「あ、あの！　これはさすがに受け取れません！　それにロマさんと一緒だったんです！」

「あの方にもすでにお渡ししてますよ。ですから半々ですね。ちなみにあっさり受け取っていかれました」

「はぇ～……」

ため息ともつかないマヌケな声しか出ないリティだった。

また一つ、ロマの器量を知ったからだ。金額の大きさに慌てふためいてるリティとは違う。

そうなると、ここは自分も堂々と受け取るしかないとリティは決意した。

田舎で裕福ではない暮らしをしていたリティにとっては、まさに手が震えるほどの金額だ。手にとった後も、リティは動悸が収まらなかった。

そんな彼女を訝《いぶか》しがる者がいるのも仕方がない。

「森の統率者の等級は前から疑問だったんだ。三級相当だってな」

「もう少し被害が出れば、引き上げられてただろうな」

「それをあんな子どもが？　さっき来た娘といい、どうなってやがるんだ……」

ロマに続いてリティとくれば、冒険者達も穏やかではいられなくなる。そんな彼らの気も知らずに、リティはまだ大金を持ったままだ。

冒険者をやっていれば、いずれこういった金額を手にする事もある。これは試練であり訓練だ、リティは自分にそう言い聞かせていた。

そしてようやく、ポーチに収める。貧乏な村の助けになると考え、すぐにでも帰るべきだとリティは思い立った。

しかしいくら地図と睨み合っても、ルイズ村の位置がわからない。そんなリティを察した受付の女性が、ある提案を持ちかける。

「故郷へ送金したいんですか？」

「は、はい。でも私、ちょっと遠くに来すぎて……村がどこにあるかわからなくて」

「それでしたら、ハルピュイア運送をご利用されては？」

「はるぴゅいあ運送？　あぁ……そういえば！」

「ハーピィ達による運送で、どこへでも物資を運んでくれます。信頼性も高く、冒険者ギルドと提携している組織ですよ」

「だったらそれでお願いします！」

ハーピィは強靭な足爪と柔らかい翼を両腕のかわりに持つ魔物で、人間に友好的だ。

そんな彼女達が運営するハルピュイア運送は、故郷を離れた冒険者に人気のサービスで多くの利用者がいる。

ハーピィの実力もあって、道中で強奪される心配もほぼない。そんなサービスの存在をリティは知らなかった。

正確には冒険者マニュアルの記述に目を通していたのに、忙しさのせいですっかり忘れていたのだ。

「そうだ！　ついでに手紙も添えられますか？」

「もちろんですよ」

「今すぐ書きます！」

リティがペンを借りて紙を受け取り、テーブル席につく。冒険者達と相席になったが、リティはまるで気にしてない。

そんな彼女を冒険者達は徹底して観察するが、強さの源泉が見えてこなかった。彼女が持っている剣も、冒険者ギルドを卒業する際に貰ったありふれたものだ。

いっそ彼女を誘って討伐にでも向かおうかと考える者もいた。

だが誰一人としてそれを実行しない。

「出来た！」

「ではこちらで手続きをします」

無邪気に受付へ向かうリティ。

冒険者達は知っていた。あの四級のディモスすらも黙らせた時の雰囲気を。もし彼女が本物ならば、自身のプライドが揺らぎかねない。そうした理由により、彼らは見守るだけに止まったのだ。

「はーい！　ハルピュイア運送のご利用、ありがとうございます！」

「ルイズ村まで、こちらのお金と手紙をお願いします」

軽快な挨拶をして登場したのがハーピィだ。少女の姿ではあるが両腕の白い翼が、立派に人外を主張している。

リティは少し驚いたが、すぐに切り替えた。

「え、こんなに？　せめて手元に少し残されては？」

「いいんです。私はこれから自分で稼ぎますから」

「そうですか。ではルイズ村ですね……ええと、多分、この辺かな」

「遠いですね……」

「王都からもだいぶ離れてますからね」

ハーピィが地図で特定したルイズ村の位置は、とてつもなく遠かった。どんなに小さな村でも、彼女達が知らない場所はない。

しかしルイズ村ほどの規模となれば、完璧な位置特定が困難だった。

「この距離ですと、送料がかなりかかりますね。荷の重さはほぼないんですけどね……」

「かなり⁉」

「えぇ、ですからもう少し近い街からのご利用ならば安くなりますよ」

「……これでお願いします」

「いいんですか？」

「はい。少しでも早く、両親に無事を知らせたいので……」

口にしておきながら、リティはこのサービスの存在をすっかり忘れていた事を恥じた。その分、無理をしてでも送り届けようと決意する。

リティが料金を支払い、ハーピィは送金する金と手紙を受け取った。

「では責任を持ってお届けします！」

「お願いします！」

足で荷を摑み、ハーピィが冒険者ギルドから飛んで出ていく。リティはそれを見送りながら、彼女の無事を祈った。

届いた金と手紙を見て、両親はどう思うだろうか。驚くだろうか、怒るだろうか。信じてもらえないだろうか。

そんな不安をどうしたら消せるか、リティは考えた。

答えは実績を積んで安定して送金できるようになる、だ。

その為に、リティには頑張るべきことがたくさんある。彼女はボードに張り出されてる依頼書に目をつけた。

ロマが言ったフィート平原やビッキ鉱山跡の依頼に目を通す。

魔物討伐は討伐数に応じて報酬が貰える仕組みだ。リティは依頼の張り紙を手に取り、受付に持っていく。

「このフィート平原の依頼を受けます！」

「いいけど、一人で？」

「はい。少しでも稼がないといけないので」

「オイオイ。舐《な》めてんなぁ……」

聞きようによっては無神経な一言だが、リティに自覚はない。

「くれぐれも無理はなさらないで下さいね」

「はい、危ないと思ったら逃げます」

リティが元気よく冒険者ギルドを出ていっても尚、他の冒険者達は動こうとしない。

彼らもさぼっているわけではなかった。討伐は過酷な上に怪我も付きまとう。いくら低級の魔物相手とはいえ、肉体と精神の消耗は大きい。

各々の体調や天気を考慮した結果、仕事を見送るというのも珍しくはなかった。

「雨雲が近づいてるんだがな」

「誰か教えてやれよ」

「少しは現実を知ったほうがいい」

毎日、同じモチベーションと体調を維持して天候に左右されずに狩れる冒険者などいない。

もしいたならば、彼らとは比べようもないほどの収入を得ているだろう。

少しかわいそうと思う者もいたが、誰も最後まで止めなかった。

第十六話　リティ、フィート平原で戦う

一日目はフィート平原での狩りだ。

街の北側に広がる平原は、視界を遮断する障害物がほぼない。所々、点在している木に小高い丘。緑一色とのどかな風景がどこまでも続いている。

空気の良さにリティは思わず深呼吸をした。自然溢れる場所だが、ここには魔物が出没する。

リラックスもそこそこにして、リティは散策を始めた。

広い平原だが、主に生息する魔物は五級が大半だ。それには理由がある。街から街という主要な通り道となっている場所は、国が整備している事が多い。

ここも例外ではなくて、道沿いに行けばまず迷わない。

それに加えて魔物も国家戦力である騎士団が、強い魔物の大半を狩りつくしていた。絶滅とまではいかないものの、数は激減している。

しかし、そうすべてが解決しているわけではなかった。定期的に国が討伐出来ていればよいのだ

が、コストも馬鹿にならない。

かといって放っておけば魔物はすぐに繁殖する。そこで冒険者の登場だ。

「ヤングラにあれは……バフォロか」

ヤングラは魔の森にも生息していた魔物でリティは見知っているが、バフォロは初見だ。牛のような体格だが、その角は枝分かれして正面を向いている。

同じ五級だが、危険なのは後者だ。しかも彼らも群れを作る事が多い。

今のところはヤングラ一匹とバフォロが三匹。それぞれが別々の場所で草を食んでいるが、彼らは立派に人を襲う。

迷って時間をかけるほど気づかれる可能性が高いのは、リティがすでに学習していた事だ。

リティはヤングラに奇襲を仕掛けた。武器なしでも倒せた魔物なので、これは難なく処理できる。

「まずは一匹、よし！　次！」

バフォロ達がこちらに気づいたと同時に、ひとまず後退する。あの角に加えて突進力だ。

無謀に挑むよりも、まずは彼らの攻撃経路を一直線にする。三匹が同時にこちらに突進してきたところで、行動開始。

ギリギリまで引きつけてから、まずは右に旋回。端にいるバフォロの側面にロマがやってみせたスキルを仕掛けた。

「疾風斬りッ！」

前脚の付け根から背中にかけて、斜めに入る。バランスを崩したバフォロが倒れて、一匹が戦闘不能となった。

突進の勢いを殺すのに必死なバフォロ二匹の隙を見逃さない。

ジャンプして二匹の真上から、再び繰り出す疾風斬り。

だが背中は側面よりも皮膚が厚く、戦闘力を奪うには足りなかった。

リティが向こう側に着地したところで、バフォロが頭を振って攻撃行動を開始する。角は刃にもなっており、触れると致命傷の可能性があった。

空を切る角をリティは素早く後退して回避、距離を取る。

そして突進が始まる直前を狙い、二匹の角を同時に払い薙ぎで弾く。勢いがつく前なら何とかなると、リティは無意識のうちに理解していた。払い薙ぎでバフォロの頭が逸れたところに再び疾風斬りを放つ。

「二連ッ！　疾風斬りッ！」

ほぼ二発同時の疾風斬り。それは修練所ですら教えていない応用スキルだ。

ロマも連撃は難しいであろう、このスキルをリティはこの実戦で編み出してしまった。

背中、そして今回の一撃とダメージが重なったバフォロ達はいよいよ力尽きる。

ヤングラ一匹、バフォロ三匹の討伐が完了した。　リティはバフォロの死体に近づき、皮膚に触れる。

ガルフよりもスピードは劣るが硬い。パワーも段違いだ。こちらのほうが受ければ一撃で致命傷になりかねない。

それがリティの分析だった。

同じ等級でも性質が違う。それに伴って危険度も変わる。等級とは大雑把な区分でしかないとリティは解釈した。

倒した段階で早速、解体処理だ。バフォロとヤングラの肉は街でも需要がある。討伐証明は角の一部を持っていけばいいのだ。

ただしリティ一人の身ではあまり多く持ち運べないので、この合計四匹分が限度だった。これだけでも稼ぎにはなるが、リティは物足りなかった。

「ダッシュッ！」

そこでリティが思いついたのが街との往復だ。ここは街から出てすぐの場所でもあるから、リティの体力をもってすれば容易い。

荷を背負って街まで走る最中、リティの中に疑問が思い浮かぶ。荷物の持ち運びは最重要課題だ。

何よりさっきの戦いでリティが一番感じた事は、武器の重要性だ。

疾風斬りは初動も速く、威力もそこそこだがバフォロのような耐久性が高い魔物は仕留め損なう。

それが致命的な結果をもたらす場合もあるとリティは危惧した。

「たくさんのスキルや武器を同時に使いこなせたら……絶対強いのに」

一度に大量の武器を使いこなす。あまりに子どもじみた発想ではあるが、それがリティのシンプルな理想論だった。

＊　＊　＊

「討伐完了しました！」

「は、早い……ヤングラにバフォロ三匹……」

近い場所とはいえ、たった三時間足らずで四匹の魔物を討伐して素材を持ち帰る。

魔物の討伐数だけでも、五級冒険者がパーティを組んで挑むレベルだ。

たった一人でそれを成し遂げた事実に、冒険者達はいよいよ浮き足立った。

「ありえないだろ……」

「あの素材だけでもかなりの重さだろう？」

「バフォロはタフで厄介だし、一匹でも面倒だろ。あの角を振り回されただけで近づけねぇし……」

個体差もあるが、バフォロは五級の中でも厄介な部類に入る。

五級に昇級して、初戦闘でこの魔物に畏怖するのはもはや通過儀礼とまで言われていた。

角に加えて突進の威力は、そんな初心者を易々と葬る事もある。

ここにいる冒険者達もひどい目にあった事があるだけに、リティの存在がいよいよ理解できなくなっていた。

「では精算のほうを……」

「あ！　まだ今日はたくさん狩るので後でまとめてお願いします！」

「え！　いえ、あの！」

戸惑う受付の女性をよそに、リティはまた外へ飛び出してしまった。

まだ日が落ちるまでに時間があるとはいえ、天候も怪しい。

リティの底なしのバイタリティーとモチベーションは、五級の魔物数匹程度では収まらなかった。

＊　＊　＊

再び平原を疾駆していると、リティは足元に何か気配を感じた。反射的に跳び上がると、何かが頭を出す。

体長が恐ろしく長く、防具を身に着けた人間一人を絞め殺すのに秒もかからないという万力のような力を誇る蛇。五級のアコンがいた。

毒こそ持たないが、気づかずに忍びよられて犠牲になる人間が多い。

バフォロが人間でいう重戦士《ウォーリア》なら、アコンは盗賊《シーフ》か暗殺者《アサシン》といったところだ。

地を這う高速の蛇に、リティも攻めあぐねる。足を取られたら最後だと冷や汗をかく。

跳躍して大きく引き離し、疾風斬りを放つも完全にはヒットしない。長い胴体の一部を斬ったくらいでは止まらなかった。

耐久、速さ共にアコンはバフォロ以上に厄介な魔物なのだ。

しかしリティには、すでに攻略法がわかっていた。この魔物、噛みついてくるような動作はほとんどないと気づいている。

集中力を研ぎ澄まし、寸前まで待つ。

足、腰、体、腕、頭。来るべきところを特定した段階で払い薙ぎだ。体を回転させて、迫った蛇の体を斬り刻む。巻き付くという性質上、突進よりも決まるまでのタイムラグが大きい。

初見の魔物の性質を見極めたリティは、アコンを難なく討伐する。

「この蛇は確か……」

アコンの鱗も買い取り対象だ。肉も需要がないわけではないが、あまり人気はない。栄養価はそこそこだが味が淡泊で牛や鳥、豚に比べると劣る。

この肉は欲しがらないだろうなと、リティは老夫婦を思い浮かべた。

しかし無駄にするわけにもいかず、リティは持ち運ぶ事にする。

それからヤングラ、バフォロを立て続けに索敵。更に数匹を討伐したところで、十を超える群れに出合った時はさすがのリティも避けた。

リティがこれだけ討伐しても、まだそれだけの数がいるのだ。冒険者や騎士《ナイト》が、いくらいても足りないのが現状だった。

リティは出来る範囲で、街との往復を繰り返した。バフォロの群れで逃げ出すようでは力不足だ。あれを倒せるようになるまで、徹底的に己を鍛え上げるとリティは決める。

耐久性、パワー、これらが今のリティに足りないものだ。

「重戦士《ウォーリア》ギルド……」

そう思いついた時、リティは体が動いていた。

大量の素材を持ち帰り、冒険者ギルドで誰もが声を失う結果を出した頃にはすでに夜だった。

夜のとばりが下りた街にて帰路へつく途中、リティは絶え間なく考える。

ズールのトラップを参考にしようにも、圧倒的に資材がない。バンデラのような高い魔力もない。

フィート平原での戦いの中で、リティは己について見つめ直していた。

第十七話　リティ、重戦士《ウォーリア》ギルドで学ぶ

「君はこれを装備できるのか？」

翌日、重戦士《ウォーリア》ギルドで真っ先にダメ出しされたのはリティの体格だ。

角刈り男が提示したのは全身フルプレート鎧だった。サイズも何もかもがリティに合わない。

女性、しかも少女が訪ねてきたのは初めてなので男も対応に困っていた。

「これはぁ……もっと小さいのないですか？」

「あるにはあるがなぁ。そもそも君、剣士《ファイター》の称号を持ってるんだろ？」

「お願いします！　やれる事はやっておきたいんです！」

「ううん、こちらとしても歓迎したいがね。ちょっと待っててくれ」

倉庫の端に寄せてあった鎧を持ってきた。それはフルプレートとは程遠いが肩や胴体、腰までカバーした鉄製の鎧だ。

サイズ的に装備できない事はないと判断して、リティは着用を試みた。

結果、問題なく装着は出来た。だが。

「お、重いですね……」

「そうだろう。しかも、それは重戦士《ウォーリア》の装備としてはかなり貧弱だ。着こなせたとしても、ジョブとしての特性を発揮できるとは思えない」

重戦士《ウォーリア》は、その重量を活かした体当たりも行う。

リティが装備した鎧は防御も重量も半端で、どちらかというと剣士《ファイター》のそれに近い。

臨機応変に動き回る剣士《ファイター》にとって重量は枷なので、今一つ人気がない装備でもあった。

「剣士《ファイター》ギルドじゃ、金を払えば簡単に登録できたろ？　けど、こっちじゃお断りしてるんだ。連中みたいにしめしめと金だけちょうだいなんて真似はしたくないからな」

「これでやります。お願いします」

「んんん、上に掛け合ってみるから待っててな」

受付に戻り、角刈り男がせわしなく消える。その間にもリティは鎧を身に着けたままだ。

重い。はっきり言って脱ぎ捨てたい。圧倒的な速度で戦ってきたリティにそんな思いがよぎる。

しかし、リティはこの段階で閃いていた。この重いものを装備したまま戦えるようになれば――。

「よう、待たせたな」

「俺が重戦士《ウォーリア》ギルドの支部長だ。お前か……これは確かに珍客だ」

スキンヘッドの中年男性がリティの前に現れた。剣士《ウォーリア》ギルドの支部長とは違い、こちらは大男だ。

四十そこその年齢だが筋肉の衰えはなく、リティから見ても立派な重戦士《ウォーリア》だった。

「よし、いいだろう。修練所に連れていけ」

「へ？　いや、さすがに潰れますぜ？」

「だったらそこで終わりだ。せっかく若いのがやりたいって申し出てるんだ」

「わかりました」

登録料金を支払い、リティはいよいよ修練所に案内される。

近づくにつれて、とてつもないかけ声がリティの耳に入る。男達の怒号が、建物に振動を与えるほどだ。

剣士《ファイター》の修練所とは違った雰囲気を感じたリティは身構えた。

＊　＊　＊

男達が一堂に会してトレーニングを行っている。

ハーフパンツ一枚で汗だくになりながらも腕立て伏せや腹筋、スクワットなど、ありとあらゆる方法で自分の体を痛めつけていた。そのおかげか、どの男も凄まじい肉付きだ。

元々の体格が大きいのも特徴の一つで、剣士《ファイター》ギルドよりも求められる条件が多いとリティは感じた。

「鎧を着るにも何をするにも、まずは体づくりからだ。剣士《ファイター》ギルドがスキル重視とすれば、こちらは力重視といったところかな」

「なるほどー！」

「やる気なら、すぐにでも教官を紹介しよう……いや、君。まだ鎧を着てるのか？」

「はい。慣れておきたいんで」

角刈りの男が訝しがるのも無理はない。この鎧もそれなりの重量であり、リティも重いと口にしていた。

しかし今は平然と着こなしている姿が男の目に映っている。やせ我慢か、男は気にせずに教官を呼んだ。

「おう！　バリガン！　何の用だ！」

「よう、ゴンザ。この子が今日からここで学びたいとよ。まぁ言いたいことはあるだろうが決定したんだ」

「お、おう？　おう……」

「よろしくお願いします！」

ずんぐりとした体形の教官ゴンザも、リティの存在を一瞬で受け入れるのは難しかった。

ここに来るのはむさくるしい屈強な男ばかり。男なら怒鳴ろうが叩こうが遠慮はなかったが、少女となるとどうだ。

三十四歳にして独身のゴンザにとって、ある意味で試練でもあった。

「言っておくが少女だからといって手加減する必要はないぞ。この子も、そのつもりで来ているからな」

「おう……」

クワットを始める。

リティが指したのは、スクワットだ。教官ゴンザのテンションとは裏腹に、リティはいきなりス

「教官！　あれをやればいいですか⁉」

「いや、まぁ。うん、やってみて？」

考えなしの高速上下運動にさっそくダメ出しをしようかと思った矢先、ゴンザは気づく。

「おう、なぁ。鎧、脱いでもいいんだぞ？」

「いいんですか⁉」

「むしろなんで着たままやろうと思った？」

「そのほうが強くなれそうだと思いました」

これはおかしい。ゴンザは未知の生物にでも出会った感覚に陥っていた。

長年、異性と接触がなかったせいもある。その異性とはここまで謎に満ちたものかと、ゴンザは

未知との遭遇を果たしていた。

鎧を脱いで、より高速化したリティのスクワットをゴンザは眺める。

「あ！　なんだか軽いですね！」

「あ、なんか体とか出来上がってるみたいだからもういいわ」

「いいんですか！」

「嘘だろ……あのゴンザさんが簡単に認めた⁉」

この修練所にて、ゴンザの罵声を浴びなかった者や簡単に次の段階へ進めた者はいない。

同伴していた角刈り男バリガンも完全に察した。自分達はこれからとんでもない怪物を相手にしなければいけない、と。

この小さな体のどこから、そんなフィジカルが出てくるのか。首を捻ろうが何をしようが、バリガンにはわからなかった。

「じゃあ、次はなんかこう重心を安定させるやつやるわ」

「ゴンザ、気持ちはわかるが投げやりすぎないか？」

「重戦士《ウォーリア》ってな、敵の攻撃を受けるのが仕事なんだ。その際に受けられずに転んでちゃ意味ないだろ？」

「その通りですね！」

「あれを見てくれ」

槍を構えた男に、もう一人の男があらゆる角度から攻撃を打ち込んでいる。衝撃音からして凄まじいが、受けている男は崩れない。

剣士《ファイター》修練所で見た〝受け〟に似ているとリティは思ったが、あちらよりも防御に特化した訓練だ。

「あんな風に、どんな攻撃が来ても揺るがずに耐え続けなければいけない。あれ、やってみるか」

「ゴンザ、早すぎないか？」

「槍ですか！　初めて持つので楽しみです！」

そうかそうか、とゴンザは微笑んで頷いた。いかつい見習い達も、彼の豹変ぶりに戸惑いを見せている。

この場に少女がいるだけでも、ありえない状況だ。

見合いで振られたはらいせに、厳しく怒鳴り散らす事もあるゴンザが明らかに軟化しているのだから見習い達もちらちらと目が離せない。

そのゴンザが持ってきた槍は、リティには到底扱えるとも思えない長さだった。

「槍はこれだ。一番短いものを選んだつもりだが、どうだ？」

「なんだか不思議な感じですね……。これを、こう動かして。回して……」

「無理をしなくてもいい。今日は初日だから」

「何となくわかりました。始めたいです」

「そっか」

「ゴンザさん⁉」

ゴンザが笑顔で、リティを練習相手の前に立たせる。

リティが槍を両手で持って構えるが、相手はなかなか攻撃しない。

明らかに初心者だ。無茶だ。相手の男はそんな疑念に囚われていた。

「ゴンザさん、これよりも盾を持たせたほうがいいんじゃ？」

「まぁ軽くやってみろ。ダメなら考える」

「はぁ……じゃ、怪我しないようにな。お嬢ちゃん」

男が槍にて、明らかに手加減した一撃を繰り出す。

リティのほうは扱い慣れてない武器のせいか、よろめきながらもかわした。

得物が長すぎて、感覚を掴み切れてないのだ。言わんこっちゃない。男は攻撃を止めた。

「かわすのもいいが、今は受ける訓練だ。出来るだけ敵を引きつけて受ける。それこそが重戦士《ウォーリア》の本領なんだよ」

「はい、もう一度お願いします！」

「いや、ダメだな」

「あの、あと一回だけでいいんです。お願いします」

食い下がるリティに、男も返答に困る。教官ゴンザに目で確認を取ると、小さく頷いた。

リティの要望に応えようと、男は槍を構え直す。

「あと一回だけだからな」

「お願いしまぁすッ！」

ギルド内の雰囲気に負けじと大声を張り上げるリティ。その声量は、修練所内にいる人間全員を振り向かせるほどだ。

男も気圧されそうになるが、それを押し貫くかのように突きを放った。

刃もない模擬槍とはいえ、このまま腹部に当てれば激痛が走るだろう。最悪、吐くかもしれない。

ほんの一瞬、誰もが脳内で想像した。

が、男の槍を防いだのはリティの槍だった。

「なっ……！　あ、合わせた⁉」

リティも同じく、突きを放ったのだ。槍の先端同士、ピタリと合うようにその突きを相殺した。

直後、男の槍を弾いたリティが追撃を繰り出そうとする。

「待てッ！　攻撃はなしだ！」

「あ……」

教官ゴンザの怒声でリティは我に返る。

これはあくまで受けの訓練だ。男の研ぎ澄まされた一撃に、リティはつい乗ってしまった。

「ご、ごめんなさい！」

「……見事だった」

男は槍を下ろし、素直に賞賛した。その一言が限界だったのだ。男は修練所内では駆け出しの部類であったが、才能は認められている。

リティがすでに剣士《ファイター》の称号を得ているとはいえ、槍に関しては男のほうが上でなければおかしいのだ。

何故、あんな風に。どうして。男は考えたが、ある一点においては除外していた。

「動きを見切ってなけりゃ出来ない芸当だぜ……」

教官ゴンザの一言が、男が最も避けていた答えだった。

ついさっき修練所に姿を現した少女が、わずかな間で自分の動きを見切ったという現実。

最初の一撃で？　いや、もっと前からだ。彼女は自分の動きを一瞬、見ただけだ。

重戦士《ウォーリア》の称号だなんて、寝ぼけているとしか思えない。そんなもので収まるわけがないと、駆け出しの少女を見ながら男は悟った。

「お前……もっと上まで行くよ」

男が自然と本音を口にした。

第十八話　リティ、重戦士《ウォーリア》ギルドで模擬戦をする

「これが盾ですか！」

「おう、紛れもない盾だよ」

リティは重戦士《ウォーリア》ギルドの難関である盾のスキル習得に挑んでいた。

例によって一番サイズが小さい盾だ。

ユグドラシアのメンバーは盾を使わないので、こればかりはリティも使い方がわからない。

「盾は便利だぞ。剣士《ファイター》でも有用だが、あっちでは教えてないよな」

「はい、ずっと剣一本でした」

「剣士《ファイター》なら片手剣とこれを持てば、攻防が安定する。ただし攻撃の小回りが利かなくなる上に、両手剣よりも威力が劣るのが欠点だな」

「でも今は重戦士《ウォーリア》なので槍か斧ですか？　剣はダメなんですか？」

「片手剣は片手斧よりも威力が劣る上に、リーチも槍に劣る。重い鎧と盾を装備した重戦士《ウォーリア》では素早い立ち回りもやりにくい。つまり片手剣の柔軟性を活かせないんだ。それなら槍のリーチを利用

するか、斧の一撃の威力を取ったほうがいい」

教官ゴンザはあくまで一般例を話しただけだ。重戦士《ウォーリア》でも片手剣のスキル次第でうまく立ち回る者もいる。

両手剣のみだったり片手剣と盾の組み合わせなど、実際には様々な型があった。

だが初心者に適切ではない。まずは基本の型を教えるのが、修練所の役割だ。

「あらゆる角度からの攻撃を盾で防いでみろ。その小盾ではやや不利だが、やれん事はない」

「防ぎます！」

「おう、行くぞ」

リティの相手に見習いは危ない。それは彼らのメンタルを考慮した上での教官ゴンザの配慮だった。

彼女の特異な才能をぶつける相手となれば、教官である自分だと判断したのだ。

まずはあえて使い慣れてない片手剣を装備して、リティに斬りかかる。

「こうですかっ！」

「おっ！　初見のくせに、いい筋だな！」

「どうもです！」

リティが初撃をあっさりと防いだ。まるでリズムを刻むかのように、リティは盾で教官ゴンザの剣撃を何度も受ける。

「おう、いい感じだが次は片手槍を持ちな。俺の攻撃を防ぎつつ、お前も攻撃しろ」

「では教官！　いきますよ！」

「来い！」

あのゴンザさんと、まともにやり合ってる。見習い達は自分の修練に今ひとつ、集中しきれていなかった。

教官ゴンザもそれは感じていたが、あえて無視する。

そんなものよりも、今はリティだ。見事な防御だった。果たして手加減している場合だろうか。

などという、教官にあるまじき考えが頭をよぎるほどだ。

「ていやぁっ！」

「うぉッ……」

躊躇なく頭を狙いにくる獰猛さ。こちらの一撃も見事に盾で防がれ、同時にリティの槍が教官ゴンザの脇をかすめる。

盾を大胆に前に突き出して、それで注意を逸らせてから槍で強襲したのだ。

これは訓練であり、彼女も自分と戦うのは初めてのはずだと教官ゴンザは少しずつ後悔し始めていた。

自分がこの場において、教官としての威厳を示せるか。

彼女は五級とはいえ、自分と同じ冒険者だ。現役での活動も行っている教官ゴンザが、彼女はもはや教え子という立場でないと感じた。

すぐに自分のところまで上がってくる。教官ゴンザはそう予感していた。

「きょ、教官。終わりでいいですか？」

「おう、よくやった」

剣を盾で受けられたどころか、弾かれたところで訓練終了だ。剣を持っていた教官ゴンザの右手の痺れが収まらない。悟られないように教官ゴンザは静かに剣を拾う。

次は得意武器の槍なのでマシな訓練になるだろうが、少し延長する程度でしかない。それがわかっていた教官ゴンザは、気が進まなかった。

「俺は槍を持つ。剣と違ってリーチが長いから、気をつけろ」

「はい！」

修練所内の者達は教官を含めて、手を止めている。リティと教官ゴンザの模擬戦に目を奪われていた。

教官ゴンザの本領は斧だが、槍も得意武器だ。

教官ゴンザは自身に熱が入るのを実感していた。このままだと、本気を出してしまう。

もし見習いを怪我させてしまえば、教官としての資質を問われる。

そんな昂る気持ちを抑えて、教官ゴンザは攻めた。

「うわぁっ！　あっ……！」

「おう！　いい防戦だ！」

「むぐっ！」

「ゴ、ゴンザさん。容赦ないな……」

初日の段階で模擬戦など、通常では考えられない。

それに教官ゴンザの熱の入りように、誰もが気づいていた。

他の教官もそれを感じていたようで、一人が模擬戦に近づく。

防戦どころか、リティが盾を弾かれたところで割って入った。

「そこまでにしろ。ゴンザ、少し熱くなりすぎじゃないのか？」

「お、おう。そうかもな」

「私はまだやれます！」

「リティ、終了時間が近づいてる。今日はもう帰りな」

日も落ちかけている時間だ。自惚れていたわけではないが、リティには自信があった。

仮にも剣士《ファイター》の称号を獲得して、二人がかりとはいえネームドモンスターを討伐した実績。

重戦士《ウォーリア》でも、立派にやっていけるのではと楽観していた。

「あの、私……明日も頑張りますね」

「おう。待ってるぜ」

リティは結果的に教官ゴンザの猛攻を凌ぎ切れなかった。盾と槍を同時に操る技術を習得しきれなかったからだ。

楽観を打ち砕かれたリティは、悔しさのやり場が見つからない。

しかし、それはあくまでリティの思い込みだ。

彼女に反して、教官ゴンザを含めた者達の雰囲気は穏やかじゃない。

「今日だけで模擬戦にまで進ませたのか、ゴンザ」

「見てたんならわかるだろ。ありゃ天才だよ。剣士修練所《ファイター》には二ヵ月いたらしいが、むしろなんでそんなにかかったんだ」

「お前の見込みとしては、どの程度かかる？」

「明日あたりには最終試験も視野に入るだろうな」

「……いるんだよなぁ」

そんな常識外れの人間が、と教官は続けたかった。

二級や一級は元より、特級はもはや自分達と同じ生物とすら思えないと一人の教官は見上げる。

もちろん彼らも相応に努力をしていると頭ではわかっている。

しかし三級への昇級試験に数度も落ちた自身を振り返れば、人には限界があると結論せざるを得なかった。

生まれ持ったものがあるかどうか。血がにじむような努力をして、ようやくそれに気づけるのだ。

「まぁ、だけど生き残れるかどうかは別だよな」

「おう。散々、もて囃された人間が翌日には死んだなんて話もあるくらいだ」

教官同士の会話としては不適切だと、二人もわかっている。しかし彼らも人間であり、冒険者だ。

妙に気を張って修練所を出ていったリティの小さな背中が目に焼き付いていた。剣士修練所《ファイター》の連中は、あれをどう扱ったのか。

すでに彼ら教官達よりも。と、教官ゴンザは思考を止めた。

老夫婦の家に帰る前、リティは冒険者ギルドで依頼書を物色していた。

五級が引き受けられる依頼は限られている。しかもその中でも、五級なら絶対に解決できるとは限らない。

＊　＊　＊

リティが注目したのはビッキ鉱山跡の魔物討伐だ。

フィート平原と違って鉱山の中は狭い。つまり自分の身体能力で飛び回る戦い方も出来ない可能性を危惧していた。

その為にはやはり重戦士《ウォーリア》のスキル獲得が必須なのだ。

「よう、お嬢ちゃん。この前はあんなに忙しそうにしてたのに、今日は大人しいじゃないか」

「重戦士《ウォーリア》ギルドに通っていたんです。どうしても称号とスキルが欲しくて……」

声をかけてきたのは四級冒険者の男だった。この男もまた、リティの活躍に気を揉んでいる。

そんなリティが姿を現さないので、挫折したのかと期待していたのだ。

「重戦士《ウォーリア》？　君の体格じゃ無理だろう」

「教官と模擬戦をしたんですけど、攻撃を防ぎ切れませんでした。槍と盾、難しいですね」

「模擬戦？　嘘だろ？」

「ゴンザさん、とても強いですね……。私なんかまだまだです」

マジかよこいつ、と男の顔に出ていた。

教官ゴンザといえば〝剛鉄人〟で知られている冒険者で、彼を頼りにする者も多い。

そんな彼と模擬戦をするところまで進んだ事実を、男は受け入れられなかった。しかしそれを口にするわけにはいかないと、彼はあくまでリティに対して先輩として振る舞う。

「人には向き、不向きってのがあるんだ。君には向いてなかった。ただそれだけの事だよ」

「そうかもしれません。でも諦めたくないんです」

「人間、諦めと妥協が必要な時もあるんだ」

「私は冒険がしたいんです。それに村も助けてあげたい」

男はリティを諦めさせるつもりで話しかけたが、効果はない。

本来、優秀な冒険者が増える事はすべてにおいて有益である。

しかし男のように四級で満足して、日銭を稼いで暮らしてる者にとっては邪魔者でしかない。ライバルが増えれば、それだけ仕事が取られるからだ。

ましてやリティのような将来有望な新人となれば、何としてでも折りたくもなる。

パーティを組んで上位の魔物を討伐したり、未踏破地帯に挑むといった野心がない彼のような冒険者も多かった。

「やめておけ。そう言って死んでいった奴が……」

「おう、お前こそやめておけ。それ以上はな」

男の講釈を止めようとしたのは三級冒険者のブルームだった。

彼はリティが重戦士《ウォーリア》ディイモスを牽制した場面を見ている。

それ故に彼女の意思の硬さ、何より異質さを知っていた。

「で、でもブルームさん。ディモスさんがこの場にいたなら絶対……」

「そのディモスが黙ったんだぞ」

「……嘘でしょ？」

「次はビッキ鉱山跡……」

依頼書を真剣に見つめるリティの目に宿る何かを、男も感じた。この娘は何があっても止まらない。何より自分の素質をまるで理解していない節すらある。もしこの娘が、それを自覚したらどうなるか。

男はテーブル席に戻り、ドリンクを飲み干した。

第十九話　リティ、絡まれる

重戦士《ウォーリア》ギルド二日目、教官ゴンザとリティの模擬戦は熾烈《しれつ》を極めていた。もはや模擬戦とは、かけ離れている。鬼気迫る二人の表情と迫力。初日でこの二人を止めた教官も、口出し出来ずにいる。

何より教官ゴンザが意地になっていた。教官ゴンザの得意武器の斧ではないとはいえ、リティは槍を握ってまだ二日目だ。

その初心者に後退を迫られる場面が何度もあった。

「クッ！　やるな！」

「はぁぁぁぁっ！」

槍の連突き、これもスキルの一つなのだが誰もリティに教えていない。

無意識なのか、見て習得したのか。それすらも誰もがどうでもよくなるほどの攻めだった。

意表を突かれたゴンザの手に力が入る。

「槍ってのはな！　こう扱うんだ！　百烈突きッ！」

これみよがしに教官ゴンザが、更に練度の高いスキルを放つ。リティのそれよりも完成されたスキルだが、見習いに繰り出すものではない。

大声で教官達がゴンザを止めるが遅い。リティの頬をかすめて、胸を打ち、半分近くの攻撃を受けてしまった。

「う、うげぇ……」

「馬鹿野郎！　ゴンザ！　スキルまで使う事あるか！」

リティが膝をつきそうになるが、まだ崩れない。そんなリティを見て、教官ゴンザは我に返り、やりすぎたと後悔した。

罪悪感が体の芯から湧き上がるが、リティが彼を恨んでいる様子はない。

それどころか、教官ゴンザの本気のスキルを半分以上も凌いだのだ。

「すまなかった。だが、その鎧が役立ったな」

「は、はい。あの、もう一度」

「今のは俺の落ち度だ。だからというわけではないが……最終試験の調整に入る」

「いいんですか……？」

「ハッキリ言おう。お前は見習いのレベルをとっくに超えているんだ。何せお前は槍を握って二日目だぞ？」

剣士《ファイター》修練所の時と同じく、ここには年単位で通っている見習いもいる。剣士《ファイター》修練所の連中は何をしていたんだと、教官ゴンザは心の中で悪態をついた。

その見当違いな怒りは、自分が模擬戦で追いつめられたはらいせでもある。しかしそれを踏まえた上で、教官ゴンザは事実を告げる事にした。

「お前には才能がある。年単位をかけるのが当たり前の称号を、こんな短期間で獲得に至る奴なんてそうはいない。鼻にかけるのもよくないが、自信を持たないといらんトラブルを起こすハメにもなる」

「自信、ですか」

「謙虚もいいがな。おっと、説経臭くなっちまった」

「私には才能がある、私には才能がある……」

何か自己暗示をかけ始めたリティに、すぐリアクションできる者はいなかった。

教官ゴンザは他の教官にこの場を任せて、修練所から出る。

リティの最終試験の許可を取りにいった教官ゴンザに代わったのは、教官デニイルだ。漆黒の肌を持ち、ゴンザを超える上背の持ち主だった。

「ゴンザがあいうなら、認めるしかないな。ところで槍もいいが、斧を使ってみる気はないか？」

「使いたいです！」

「いい返事だ。ゴンザの得意武器でもある斧だが、剣とは違った癖があって面白いぞ」

「楽しみです！」

伸びる見習いはとことん伸ばすのが、教官デニイルの方針だ。

そんな彼が持ってきた片手斧をリティが持つと、やはり好奇心で満ち溢れていた。

剣よりも重くてその分、一撃に賭けなければいけない。リティは実際に持ってみて、それを肌で実感した。

「斧は重くて命中させるのが難しい。その重さを活かしたスキルばかりなのが特徴だな」

「これと盾を持って戦うんですか？」

「両手斧なんてのもあるが、今は片手のみにしておこう。せっかく盾に慣れてきたのだからな」

「斧、斧かー。すごくいい武器ですね」

未知への不安がまったくない。教官デニイルもまたリティを不思議な娘だと評価した。

実際に訓練に入れば基本の動きや基本スキルを見せただけですぐに習得してしまう。教官ゴンザの指導の時もそうだったが、誰もが戸惑うのはほんの最初だけだ。

そんなリティに接してみて、改めて彼は思う。この子に指導者は必要なのか、と。

「スキルの甲羅割りは、硬い魔物に対して有効だ。動きが遅くて、その手の特性を持つ魔物にはうってつけのスキルでもある」

「それをこう……振り回せば、範囲が広がりますね！」

「そ、そうだな。そういった応用も大切だ」

教えてもいないのに、すぐに基本から派生させられる。教官デニイルはより気を引き締めて、リティを最終試験へ導く事にした。

＊　＊　＊

訓練が終わり、夜道を歩くリティ。教官に自信を持てと言われた事、才能があると言われた事。そしてすでに最終試験を受けられるほどに仕上がってると告げられて、リティのテンションは高い。

思わず駆け出しそうになったところで、足を止める。

前方に人影が数人、近付くにつれてそれが重戦士《ウォーリア》ギルドにいた見習いだとわかった。

「あの、何か用ですか？」

「お前、ずいぶんと調子に乗ってるよな。少し褒められたくらいでよ」

「調子に乗る？」

「しかもここにいる先輩に挨拶もせず、いい度胸だよな」

体格がいい青年達がリティを囲む。確かに挨拶をしなかったのはまずいとリティは反省した。それとは別に、剣士《ファイター》ギルドの時とは違う雰囲気に戸惑う。

一際、大きな青年がリティの前に立つ。この人がリーダーだと、リティは悟る。

「挨拶が遅れてすみませんでした。私、ルイズ村から来ましたリティといいます」

「今更、遅いんだよ。ここではな、上下ってのが徹底してるんだ。お前みたいな下っ端はここらで思い知らせる必要がある」

「お、思い知らせるとは？」

背後から近づいてきた青年二人が、リティの両脇を片方ずつ押さえて羽交い絞めにする。

さすがに危険を感じたリティは反射的に、脱出を試みた。

両足で二人の青年の足を思いっきり踏む。フィート平原を疾駆するリティの脚力だ。踏まれた青年達が激痛で呻き、リティの腕を離した。

「うあぁ！　いてぇ！」

「だ、大丈夫ですか？」

「こいつ！　ガキだから手加減してやったってのによぉ！」

リーダー格の青年が、大振りの拳を放つ。カドックの振り下ろしの時のように、その拳をリティが横から叩いた。

一気にガラ空きになった体に、リティの小さな拳が沈む。

ドスン、と当たった段階で決着していた。青年が気を失い、ぐらりと倒れる。

「もう！　何なんですか！　いきなり暴力はひどいですよ！」

「お、おい……」

口から泡を吹いて痙攣するリーダー格の青年の惨状に、他の者達が怯む。元々は嫉妬心に駆られたリーダー格の青年の呼びかけだ。

少し脅かしてやるだけでいい。相手は所詮、子どもだ。それにこっちには人数もある。

そんな勝利のアドバンテージをリーダー格の青年に並べられたものの、結果がこれだった。

これ以上、続ける理由があるだろうか。青年達はリティを見る。

「あの、もういいですか？　早く帰らないと、おじさんとおばさんが心配しますので……」

「そこで何をしている！」

街の警備兵が駆けつけようとしたところで、青年達はリーダー格の男を置き去りにして逃げた。

リティだけが止まり、警備兵の到着を待つ。

やましい事はしていないし、逃げる理由もないと判断したからだ。

「なんだ、これは！　そこの男は……お前がやったのか？」

「実はこういうわけで……」

自分が礼儀正しくなかった事を含めて、リティは正直に話した。それを聞いた警備兵は納得して頷き、失神している青年の頬を叩く。

「おい！　起きろ！」

「んあ……」

「重戦士《ウォーリア》ギルドはお前らのような荒くれが多すぎる。夜も遅いが、今から俺と一緒に来てもらうぞ」

「どこに……？」

「決まっているだろう。警備隊の詰め所だ」

「うぇぇ！　いや、それだけは」

青年の言葉も聞かずに、警備兵は彼を無理に立たせる。

これから彼は何らかの処分を受けるだろう。

逃げた青年達もいずれは見つかって同じ末路を辿るだろうが、リティはその様子をぼんやりと眺めるだけだった。

「ちょ、ちょっと待ってくれよ！　なんであのガキのいう事を信じてるんだよ⁉」

「彼女はこの街に来て日は浅いが、感謝してる者が多い。お前は知らんだろうが、精力的に冒険者の仕事に勤しんでいるんだよ」

「な、何だって？」

「あの六級の依頼を総なめにしたんだぞ。割に合わなかろうとな」

「ゆ、有名なのか？」

「つまり、荒くれが多いと評判の重戦士《ウォーリア》ギルド見習いの証言に信憑性《しんぴょうせい》はないが……後で聞いてやるよ」

リティは警備兵の男を知らなかったが、彼はリティを知っていた。彼の祖父がリティによって助けられた事もある。

祖父はリティを商売の後継者にしたいと嬉しそうに語っていた。初めは警備兵も不審に思ったが実際に目の当たりにすると、心証が変わる。

街中を駆け回っていてよく体力が尽きないなと警備兵は何度も感心したのだ。

「あの、私は怪我してませんから……」

「だとよ。この子に感謝するんだな」

「ううぅ、クソォ……」

大の大人、数人がかりでこの様である。もはや彼に誇るプライドなどなかった。警備兵に連行されるその姿を、リティは少しの間だけ見送った。

しかしすぐに興味を失くして、老夫婦の家へと急ぐ。

青年に対するリティの感情は無だった。襲われて驚いたものの、怪我もしてない上にあの実力だ。リティにとって何も得るものがない。彼女が求める冒険とは程遠い。彼の今後の処遇について思いを巡らせるはずもなく、リティの次の興味は今日の夕食だった。

初めは遠慮していたが、今ではすっかりと甘えてしまっている。

これではいけないと律するが、温かい食事が目の前に出されるとそれもすっかり忘れるリティであった。

第二十話　リティ、重戦士《ウォーリア》ギルドの最終試験を受ける

重戦士《ウォーリア》ギルドにて、ついにリティの最終試験が行われる。

決定までに数日を要したが、これでも急いだほうだ。教官達の押しに支部長が納得して、日程を

前倒しにしたのだ。

彼がすぐに腰を上げたのは異例中の異例だった。

「試験の内容だが、お前の役割はもちろん重戦士《ウォーリア》だ。一歩も怯まず、後衛へ進ませない。そんな存在感をもって壁となれ」

「それなら模擬戦でやりました！」

「フフフ、自信はいいが今回は相手が複数だ。それにそこのラインよりも下がったら失格だぞ」

「これは……」

リティは足元に敷かれている赤のラインを確認する。

そして教官ゴンザとの模擬戦で、何度も後退した事を思い出した。教官デニイルとも模擬戦を行ったが、結果は同じだ。

今まで何でも意欲的に挑戦してきたリティだが、ここで初めて不安を見せた。

しかし構わず、支部長は説明を続ける。

「そこのラインの後ろには後衛がいると思え。弓手《アーチャー》や魔法使い《マジシャン》……どいつも、近接戦は苦手だ。そんな奴らを敵から守るのが重戦士《ウォーリア》の役割でもある。これを一分凌げたら、合格だ」

「その人達が後ろにいるんですね？」

「いや、あくまで仮定だ。さすがに人材を引っ張ってくるほどの余裕はねぇ」

「じゃあ、ラインを死守します！」

不安はあっても恐れはない。この子はすでに強い。そしてもっと強くなると、支部長がスキンへッドを光らせて両手槍を回す。

そこへ二人の教官が、現れた。教官ゴンザとデニイルでは慣れている為、リティとはあまり面識がない相手を選んだのだ。

剣士《ファイター》の最終試験ではカドック一人だったが、こちらのほうが段違いに難易度が高い。

剣士《ファイター》とは違い、パーティ内での役割が明確かつ重要だからこそだった。

支援、回復。これらがパーティの要となるため、絶対に守らなければいけない。

が、教官達は密かに疑問を感じている。

「ま、実際は一人で戦い続けてるアホもいるけどな。だが今回はあくまで試験だからな、従ってくれや」

「はいっ！」

支部長の何気ない言葉に、教官達はリティを重ねた。この子なら、ひょっとしてパーティを組む必要すらないのでは。

彼らにそう思わせるほどの才能を見せつけたリティが、いよいよ最終試験に挑む。

「俺の使用武器は得意な槍だが、他の二人は不得意な剣だ。加減はしてやる」

「はぁぁぁ……ッ！」

「ん？」

「だあぁぁぁぁぁぁぁぁぁぁッ！」

リティが腹の底から声を出しつつ、中腰になって踏ん張る。

その気合いに教官ですらかすかに戦《おのの》く。

しかしいくら才能があるとはいえ、リティは見習いだ。教官達は自分を律して、リティに対して攻撃を開始する。

教官の一人はこの時、ゴンザの気持ちがわかった。彼女の気に当てられるのだ。一人の戦士として、純粋に手合わせをしたい。

そんな達人を駆り立てるほど、リティもまた戦士としてこの場に立っていた。

「気合いだけじゃなぁっ！」

支部長の模擬槍の容赦のない突きが、リティの盾ごと打ち抜かんばかりに放たれた。

更に左右からも教官達が攻め、リティに逃げ場はない。いや、逃げてはいけないのだ。後ろには非力な後衛がいる。

リティはそんな彼らの幻影を作り出し、支部長の模擬槍に対して盾を突き出す。

当たる直前で盾を斜めにして、突きを逸らして落とした。

そしてすぐに模擬槍を踏み、両サイドの二人に対しては重戦士《ウォーリア》のスキル、スピアガード発動。

「クッ！」

「チィッ！」

リティが槍のリーチを活かして、縦横無尽に振り回す。単純な攻撃ならこれで弾ける初歩スキルだ。

教官二人がのけ反っている間に、支部長が息を吹き返す。リティに踏まれた模擬槍を振り上げて、その足を浮かせた。

隙だらけだと見込んだ支部長は、すかさず模擬槍を振り下ろした。

しかしリティは体を空中で回転させつつ、再撃を試みた教官二人と共に支部長の模擬槍すらも弾く。

「なんだよ、あれ……支部長達、全然攻められてないじゃないか」

「スピアガードってあんなに便利だったっけ？」

見習い達が息を呑むのも無理はない。

槍を振り回すだけでなく、リティの体のバネが尋常ではなかった。アクロバチックとも言えるその動きは、さながら槍の舞踏だ。

支部長は自身の胸の高鳴りを抑えきれなくなっていた。

本気を出したい、戦ってみたい。教官ゴンザがスキルを放ったのも頷ける、と。

力が入りすぎた模擬槍の軌道がいよいよ洗練されていく。うまく逸らされてはいるが、リティの槍舞踏も鈍くなっていた。

ラインギリギリのところで踏ん張り、本気になりかけた支部長の槍を真正面から受ける。

「えいやぁぁっ！」

大地に根でも張り巡らせたのか。支部長自身が感じた事だ。

リティの足がラインからはみ出したのは、審判を務めている教官が終了を告げた直後だった。

汗だくの支部長が槍を下ろし、二人の教官も剣を収める。

危なかった、本気になりかけた。いや、最後の最後で本気になってしまった。

支部長はそんな己を恥じて、片手で顔を覆う。

「……剣士《ファイター》ギルドの最終試験を担当した奴は平気だったのかなぁ。こんなん本気になっちまうよ」

「あの、終わりですか？」

「あぁ、よくやったよ。本当にな……」

「支部長、お気持ちは察します。ですが今は合格発表をしましょう」

そう言いながらも、実際にリティの相手をした教官がよくわかっていた。

支部長も暗黙の了解と言わんばかりに、リティの頭を撫でる。

リティがそんな事をされたのは小さい頃以来だ。おかげで彼女は変な声を上げそうになった。

「ふぁ……あの？」

「合格だ。こんなもん協議の必要すらねぇ。よくやったよ」

「私、重戦士《ウォーリア》ですか！」

「あぁ、剣士《ファイター》に続いて二つ目の称号獲得だな」

「やった……私、二つの称号も！」

リティにとって称号獲得はもちろん嬉しい。剣士《ファイター》ギルドでもそうだったように、達成感と認められる快感はたとえようのないものだった。

冒険とは違うが、これも冒険者の醍醐味だとリティは納得する。

しかし本来の目的はそこではない。その名のごとく、重戦士《ウォーリア》の戦いはこれから先も役に立つのだ。

最終試験を終えたばかりだというのに、リティは実戦で試したい衝動に駆られていた。

「それと、うちの連中がすまない事をしたな。奴らには厳正な処分を下したよ」

「え？　あぁー……そうですか」

先日の夜に襲撃してきた見習いの青年達の事だ。リティにとっては些細な出来事の為、すっかり忘れていた。

重戦士《ウォーリア》ギルドから除名され、身柄を拘束された事実を耳にしてもリティの心は動かない。

この事件に関してはリティの証言もあり、ギルド内の揉め事として処理された。

しかし本来であれば、大事である。

「では称号獲得記念として槍と斧を進呈しよう。と思ったが、持てるか？」

「わぁ！　欲しかったんです！　ありがとうございます！」

「剣に加えて槍に斧……パワフルだな」

片手に斧、片手に槍。背中に剣。合計三つの武器を所持しているが、リティの表情は明るい。

しかしこのまま持ち歩いて冒険に出るわけにはいかず、リティもどうするべきか悩んでいた。

「あの、支部長。武器の持ち運びって皆さんはどうしてるんでしょうか？」

「ん？　基本的に得意武器を一つに決めてる奴が多いからなぁ。二つ、三つとなると特殊な手段が必要だな」

「方法があるんですか？」

「背中に数本まとめて背負うか、スキルや魔法で持ち運んだり収納してる奴もいる。収納に適した魔物を飼い馴らしたり契約したり……。あとはうまく召喚できればな」

「うーん、ひとまず背中に背負ってみます」

「それだと鞘の改良も必須になるな。金かかるぞ」

今の時点でリティが選択できる方法だが、それでも限界はある。重さによる制限も馬鹿にならない。

この辺りにリティが執着しているのは、相手によって武器を変えて戦うのが有効だと気づいてるからだ。

他の冒険者もそうしたいと思っているが、妥協しているのが現状だった。

「それはそうと、手続きをするぞ」

「お願いします」

リティが重戦士《ウォーリア》ギルドに費やした実質的な期間は、わずか三日だ。

見習い達はやっかみの言葉すら出さなかった。

見習いの中でも上位に入るリーダーの青年が、あの様である。聞けば自分よりも遥かに小さい少女が、そんな彼をたった一撃で倒したのだ。

そうなれば自分とは持っているものが違うと吹っ切れる者もいる。

そんな自分の中で折り合いをつけた者は素直にリティを祝福して、拍手で称えた。

「頑張れよ！」

「俺もすぐに追いつくからな！」

「たまには立ち寄ってくれよな！」

「皆さん……」

こうして明るく送り出してくれる者達もいる。リティは剣士《ファイター》ギルドの時と同じように、また感情が込み上げてきた。
言葉に出せず、その場で頭を大きく下げるのが精一杯だ。
暴漢の青年達とは違った者達に対して、リティもまた彼らの成功を心の底で願った。
名前：リティ
性別：女
年齢：十五
等級：五
メインジョブ：剣士《ファイター》
習得ジョブ：剣士《ファイター》　重戦士《ウォーリア》

第二十一話　リティ、ビッキ鉱山跡で戦う

トーパスの街から近い距離にあるビッキ鉱山跡はかつて魔石採掘で栄えていた。国外からも出稼ぎ労働者が来るほどで、最盛期は数千人が鉱山近くで住まいを構えたほどだ。

だがそれも長くは続かない。ある日、昆虫型の魔物〝スカルブ〟の住処を掘り当ててしまった事で状況は一変。

彼らは労働者を食い殺し、追い出した。一時期は国が討伐隊を編成してスカルブ討伐に乗り出し

たが、結果は全滅とまではいかなかった。

鉱山の資産価値と人命、どちらを取るか。疲弊した人間側に選択の余地はなく、鉱山を放棄する事で事態の収束を図った。

だからといって放っておけば、スカルブが鉱山の外に溢れ出す。

そこで白羽の矢が立ったのが冒険者だ。彼らに定期的に討伐をしてもらう事で、鉱山に関する一応の決着がついてしまった。

そんな騙し騙しの結論が果たして正解なのか。少なくとも冒険者の稼ぎにはなっているが、国が本腰を入れないのが原因だと憤る者もいる。

「そんなビッキ鉱山跡で繁殖してるスカルブだけど……これ自体は五級の魔物で大した事はないわ」

「でも数が多いんですよね？　ロマさんは一度、行った事があるんですか？」

「先日、ソロで討伐を試みたけど結果はよくなかったわね。洞窟内の狭さもあって戦いにくい。数の多さに加えて、一体当たりの報酬単価も安い。これじゃ誰も寄り付かないわ」

たまたま冒険者ギルドで再会したリティは、ロマとパーティを組む事にした。彼女もあれから精力的に活動をして、地道に実績を積み重ねている。

最後に別れた時から、どこか雰囲気が少しだけ変わったとリティは思った。

リティが重戦士《ウォーリア》の称号を獲得したと知っても、多少の驚きを見せただけだ。剣士《ファイター》の称号をリティが先に獲得した時とはまったく違う。

それはロマの実力だけでなく、内面的な成長の表れでもあった。

「ここがビッキ鉱山跡ですか。ロマさん、ライトの魔法が使えるんですよね」

「えぇ、魔法使い《マジシャン》ギルドの時に教わったわ。後であなたにも教えてあげる」

「助かります」

「それと、ロマさんはやめてと言ったはずよ」

「えぇー、ロマ……」

村での暮らしとはいえ、無礼がないようにと両親に礼儀だけは叩き込まれたのがリティだ。外部の者達にこれだから田舎の人間は、と軽く見られる事にメリットはない。村人達もそれは意識していた。

そんな中で育てられたリティにとって、年上を呼び捨てにするのはなかなか難しい。

「そろそろ入りましょう」

リティは剣と盾、ロマは両手剣だ。狭い入り口をくぐり、暗い洞窟内はロマがライトの魔法を使う。

光の球がロマの手の平から浮上して、松明代わりになる。初歩も初歩の魔法だが、習得にはそれなりに金と時間がかかる。

魔力も消費するのでこれと松明のどちらを、持っていくかも選択の一つだ。

「あまり奥まで進むのはやめましょう。体力の配分を考えて……」

「来ました！」

暗がりの奥から、カサカサと二匹のスカルブがやってくる。六本の足をせわしなく動かし、ドクロのような背中を持つ事から名づけられた魔物だ。

リティはロマの前に立ち、二匹を迎え撃つ。そのうち一匹が上を這って迫ってきた。

「この狭い洞窟内では逃げ場はないわ！」

「そうなんです！　だからこその重戦士《ウォーリア》です！」

槍では狭い洞窟の通路内でつっかえてしまう。斧では小回りが利かない。だからリティは堅実に剣と盾を選択した。

フィート平原のように自由に動き回れないからだ。

どっしりとその場で構えて、上を這って迫るスカルブの背中を斬り裂く。正面から来たスカルブを盾で押さえ、剣で突き刺す。

二匹程度なら、あっという間だった。

「す、すごいわ。リティ、重戦士《ウォーリア》ギルドのおかげで盾を使いこなせるようになったのね」

「踏ん張りが利いて、戦い方の幅が広がりました」

「私も頑張ってみようかしら……」

などと呟くロマだが、そんな余裕がないのはわかっていた。剣士《ファイター》の称号で一年もかかった以上、次の称号を目指すとしても慎重にもなる。

討伐証明であるスカルブの触角を集めながら、自嘲した。

「私はこの分かれ道で引き返したわ。左右から襲ってこられたらどうしようもないもの」

「でも今は二人いますよ」

「そう、だからより多くのスカルブを狩れる」

二股に分かれた洞窟の奥からそれぞれ、スカルブ達がやってくる。

数匹のスカルブをリティは凌ぐが、ロマがやや危ない。

リティのように重戦士《ウォーリア》のスキルもない為、生傷が着実に増えていく。

「ロマさん！」

「そっちに集中して！」

スカルブの数が多い。左右のスカルブの勢いを比べて、リティは気づいた。

ロマ側のほうに多くのスカルブが集中している。何かの偶然か、そもそもこのスカルブ達はどこから湧いてるのか。

掘り当てたというスカルブの巣か。だとすれば、それを潰せば。

リティは、この無限とも思えるスカルブ連鎖を止める方法を考えていた。

頃合いを見て、リティがロマ側に助太刀に入る。

「リティ、ごめんね」

「いいんです。それよりロマさ……。森の統率者みたいに、スカルブのボスはいないんでしょうか？」

「ネームドモンスターの報告はないわね。そもそもこの鉱山、私以外しばらく誰も討伐に来てないみたい」

「酒場の人達は来ないんでしょうか……」

「スカルブの討伐報酬の単価が低すぎるのよ。街への被害がないからってギルドも軽視してる」

一通り捌けたのを見計らい、リティとロマは更に奥へと突入する。

その度にスカルブの猛攻に晒され、さすがの二人も悪戦苦闘となってきた。

スカルブの脅威は数の暴力だ。しかしリティはより奮起して、スカルブの群れに対して押し始める。

リティは確信したのだ。遭遇した分かれ道のうち、左の道の先に何かがいると。

左側から来るスカルブの数、個体の大きさ、速さがどれも他とは違う。

微妙な差なので、必死に剣を振るうロマはまだ気づいてない。

「数が減った今がチャンスです！　左へ！」

「左？」

「行きましょう！」

強引にロマの手を引いて、左に進む。曲道の先、突き当たりとなった場所にそれ。

透明の羽を広げて、二本の足で立つ一際大きな個体のスカルブだ。

長い触角を揺らして、リティ達を察知した。

「女王様でしょうか。卵もたくさんあります」

「放っておいたツケね。こんな個体が次々に生まれて増える。つまりこいつを討伐すれば、スカルブの繁殖を大幅に抑えられるわ」

リティの視界の端にある卵がかすかに動く。すかさずそれを切り裂くと、リティはロマに目で促した。

同時に女王が飛びかかってくる。リティはスライディングでそれをかわして、周辺にある卵を斬り裂いた。

「卵を潰して下さい！　放っておくと孵化して更に数が増えます！　盾を持ってるので、女王の攻撃は任せて下さい！」

女王が卵を破壊し始めるロマを見過ごすはずがない。彼女に飛びかかろうとした矢先、リティがロマの前に出る。

盾で前足の一撃を受けると、反撃の疾風斬りだ。うまく命中して、女王から何色とも形容しがたい液体が垂れる。

教わった通り、リティは攻撃と防御の両立を見事にやりきっていた。

そうこうしているうちに、ロマがあらかた卵の破壊を終えてリティの隣に立つ。

「他のスカルブが集まってきてるわ。森の統率者戦の時に恐れていた状況ね」

「ロマさ……。この女王を倒せますか？　私が後ろに立って、援軍の虫達を抑えます」

「やれるわ」

迷ってる暇はない。リティとロマは背中合わせになり、それぞれを迎撃する態勢だ。

やってきたスカルブを順次、処理するリティ。

ロマは女王の細い足を狙うが、飛び跳ねられて狙いが定まらない。

そうこうしているうちに、女王が口から何かを吐き出した。

「避けてッ！」

後ろで戦うリティに叫ぶロマ。リティは振り返ると同時に盾を突き出し、体を回転させて迫ってきたスカルブを斬る。

ロマは右に避けて、液体を回避した。粘ついた半透明の液体は重い。まともに受けていたら、身動きすら取れなくなっていただろう。

リティはとっさに盾で防御したが、足元にまで液体が浸食してしまった。

本格的に飲まれる前に、リティは立ち位置を変える。

「離れましょう！　二人同時にあれを受けたらお終いです！」

逃げ場も足場もあまりない。こうなれば小細工抜きの真正面からの勝負だ。ロマは決心して、女王に挑む。

女王の複数の足がロマへ迎撃せんと振りかぶる。

ロマは笑った。

自分が一年もどこで何をしていたか。何を習ってきたのか。

こんな魔物程度なら難なく討伐できる人間と毎日のように、彼女は模擬戦を繰り返してきたのだ。

つまり、ロマには視えていた。

「払い薙ぎッ！」

すべての足に対してロマがタイミングを合わせた。パラパラと宙を舞う女王の細い足。

慌てて女王が先程の液体の発射を試みるも遅い。ロマの剣が、女王の頭ごと斬り裂く。

その研ぎ澄まされた疾風斬りは勢い余り、女王の体ごと突き当たりにまで押し飛ばした。

「勝ったんですね⁉」

「安心しないで！　女王の討伐証明を採取するから、終わったらすぐに出るわよ！」

「ではこっちで突破口を開きますッ！」

リティが盾ごとスカルブ達に突進する。シールドアタック、攻防一体のスキルで進撃の際には有効だ。

ロマも採取を終えてリティに続く。

もう何匹、討伐したかわからないスカルブを更に討伐しつつも鉱山跡の入り口を目指した。

「ここまで来れば安心ですね」

「えぇ、討伐した甲斐があったわ」

鉱山跡の入り口の光が見えた段階で、二人は安堵する。

外の空気を味わった後、ほぼ二人同時にその場に座り込んでしまった。

戦っている時は死に物狂いだったが、終わってみれば二人の中で達成感が満ち溢れている。

今回の討伐について、ロマは思った以上に功績を挙げたと確信していた。

「使われなくなった鉱山での虫の魔物の大軍……待ち受ける女王スカルブ……。これこそが冒険ッ！」

謎の感動の余り、立ち上がって叫んだリティに対するロマの感想はたった一つだった。

この子の天井はどこにあるんだろうか、と。

第二十二話　リティ、蜜採取を試みる

リティとロマは、ビッキ鉱山跡の惨状を報告した。

スカルブを定期的に討伐しないと、女王が生まれてしまう事。そのせいでより繁殖してしまう事。

報告を受けた冒険者ギルドトーパス支部は、ビッキ鉱山跡について真剣に対応すると理解を示す。

ビッキ鉱山跡については昔からトーパスの街で議論されている。

鉱山の入り口を爆破して埋め立てるなどの対策も過去に検討されたが、却下された。

単純に落盤による崩落、そして地盤への影響が大きいと判断したからだ。

また一部の住人からの反対もある。労働者として従事していた者や自然環境保全に力を入れている団体の妨害などもあり、結果的にそれらが原因で頓挫する形となった。

「過去にトーパスの街の収益を支えていた場所でもあるからね。過去の思い出にすがるお年寄りもいるのよ」

「でも魔物がいると危ないですよね」

「危ないとわかっていても反対するのよ。人間なんて、自分の身に何か起こらないと危機感なんて抱かないもの」

「埋めてしまえという人達もいるみたいですし、なんだか難しいですね……」

「考えても仕方ないわね。そんな事よりも私達の討伐、かなり評価されたと思うわ。こうやって一つずつ実績を積んで、四級を目指しましょう」

昇級への試験は、冒険者ギルドが直々に各冒険者へ通達する運びとなっている。

別の街に移動した際も、事前に行き先を告げれば問題ない。

今回の一件だけで即昇級試験とはならないと、リティにもわかっていた。

だからこそ、次の冒険に行きたくてたまらない。昇級すれば、更に刺激ある冒険が出来る。

リティにとって、冒険とは生き甲斐だった。

「スカルブ程度の報酬でも、積もれば山になったわね。特に女王の報酬が大きいわ」

「これだけあれば王都に行けますか？」

「旅の資金としては申し分ないわよ。でも私はまだここに滞在して探索しつつ、力をつけるつもり」

「なるほど……。冒険もしたいし村にも帰らないと……」

リティも本音を言えば離れたくない。世話になってる老夫婦の件もあり、ロマが言うように周辺の探索にも興味がある。

スカルブ討伐から帰ってきて夕暮れも過ぎたというのに、リティのバイタリティーは尽きる事を知らなかった。

「さ、私はもう休む。リティも焦る事ないわ。たまには休まないと、倒れちゃうかもよ？」

「そうですよね。私も今日は休みます」

ロマが席を立ち、リティも帰りの支度を始めた。しかしこのまま真っすぐ帰路につく彼女ではない。

依頼の張り紙は随時、更新される。熱心な冒険者ほど、頻繁にチェックするものだ。

張り出された依頼を見て、リティはすぐに明日のスケジュールを構築する。

「すみませーん！　この夜の品出し依頼、受けます！」

ロマに休むと言ったが、空き時間を利用したくなった。二時間程度の作業なら余裕はある。

六級の依頼は実績に繋がりにくいのだが、リティにとっては関係ない。

体を動かして冒険者としての務めを果たす。それも彼女にとってのやりがいでもあった。

＊　＊　＊

リティが翌朝一番で向かった先はバルニ山だ。この山はガルフが多く生息するが一角のみ、風変わりな場所がある。

円形の小規模な湖の周囲に咲き乱れる花。見る者の目を奪うほどの絶景だが、山を知る者は絶対にここで腰を落ち着けない。

花園の周辺の木には五級に指定されてる〝ヴェスパ〟の巣があるからだ。

この巨大蜂の巣から採取できる蜜は高値で取引されている。冒険者へ頻繁に依頼されているのだが、成功率はあまり高くない。

ヴェスパはスカルブ同様、大群の強さを知らしめるタイプだ。それに加えて、彼らは毒を持つ。

そんな大人の頭部ほどの巨大蜂の大軍となれば、まともにぶつかり合っては命がない。

「あの花……！」

もう一つの危険な理由は、リティが見つけた動く花だ。

花園に潜み、擬態する植物型の魔物〝ラフラ〟は人間も捕食対象とする。

かすかな動きを見せる時はあるものの、こちらはほとんど動かないので近付かなければ問題ない。

ただし、その茎や花びらも素材としての価値があるのでリティとしては狙わない理由がなかった。

その等級は四級であり、五級は絶対に近づくなと冒険者ギルドでは釘を刺されてはいるのだが。

「疾風斬りッ！」

リティはラフラを直接狙わず花園、つまり地面にスキルを放った。安定した地面を揺らされ、ラフラはやや傾く。

すかさずリティの追撃によってラフラはダメージを負ったが、そこは四級。触手を伸ばして、リティを絡めとらんと向かう。

払い薙ぎで応戦するが斬ったところで痛みも感じず、部位欠損程度では止まらない。

加えて更に放たれるのは溶解液だった。触手に溶解液、近接を徹底して拒むラフラの攻勢にリティもさすがに頭を悩ませる。

バンデラのように魔法が使えれば。或いは遠距離攻撃の手段があれば。

ないものに対して考えを巡らせても、打開策はない。リティが思うに、この魔物は触手や溶解液で抵抗力を奪った後に捕食する。

大した射程はないが、これでは確かに知らずに近づけばひとたまりもないとリティは唾を飲んだ。

「近づけない、近づきたくない……そうか……！」

自分がそうなればいい。咄嗟の思いつきでリティはまた一つスキルを思いつく。

剣と盾を持ち、そのまま自身を回転させる。勢いがついたところで、ラフラ目掛けて突進した。

触手を斬り退け、溶解液を回転の勢いで弾く。

盾と共に回っているので攻防一体、ラフラを斬り刻んだところまではよかった。

「う、おえぇぇ……」

勝利とは裏腹に、リティの気分は最悪だった。

めげずにバラバラになったラフラの素材各種を採取するも、今のスキルには一考の余地があると判断する。

しかし、これはヴェスパの群れにも対応できるのではとリティは閃いた。

もはや木と一体化しつつあるほどのヴェスパの巣を眺めて、リティは深呼吸をする。

巣を守る兵隊ヴェスパが彼女に気づいた。

「えええいやあぁ！　えいやあぁぁ！」

迫るヴェスパを回転斬りで次々と葬る。

回転の持続は難しいので一度は止めて、剣と槍で応戦を開始した。

背中に槍と盾、腰に剣。リティなりに考えた持ち運びだが、やはり重量がネックとなる。

回転の際にも体力を浪費するので、どうにかならないかと常に考えていた。

剣と槍を両手に持ち、戦う者などいない。

しかしリティはすでに、独自のスタイルを編み出しつつあった。

剣で近距離、片手槍で中距離とそれぞれの迎撃を可能としている。

素早いヴェスパを槍で刺す動体視力とセンスは、誰にでも持ちうるものではない。

回転斬りを小刻みに織り交ぜることで、より精度の高い攻防が完成してしまった。

「あ、もう終わりか」

ヴェスパすべてを全滅させる者はほぼいない。様々な方法はあるが、蜜を採取した後は全力でその場を離れるのが鉄則だ。

非効率極まりないやり方ではあるが、リティにとってはそれすらも糧となった。

ラフラ戦でのスキルの閃き、ヴェスパ戦で回転斬りの迎撃。この依頼一つで、リティはまた一つ成長したのだった。

ラフラの素材、ヴェスパの蜜の採取は本来であれば別々の依頼だ。

特に前者は四級向けの依頼なので、これを五級であるリティが達成報告してしまえば即座に無効。とはならず。

あくまで依頼としての受領を制限しているだけで、結果的に達成したのならば問題はない。

ただしあくまで冒険者ギルドとしては推奨していないので、報酬はなし。つまりただ働きだ。

これは正式に依頼を引き受けられる人間への横取り行為でもあるので、ギルドとしても最低限の配慮でもあった。

「剣と槍、剣と斧、剣と盾……まだまだ試したい……」

しかしリティにとって、そんなものはどうでもよかった。彼女の興味は今、自分が出した結果のみだ。

何より冒険者の実績としては評価される。わずかな期間で五級を終えようとしている少女は疲れ知らず、全力疾走で山を下りていった。

街から近いとはいえ、往復で数時間の距離だがリティは大幅にそれを短縮できる。

その際にも脳内武器協議の後は、次の依頼を思い浮かべていた。

「護衛依頼もいいかな！」

走り出した少女はもう止まらない。

第二十三話　リティ、貴族令嬢を護衛する

「リティさん、あなたに四級への昇級試験の案内が届いてます」

今日も依頼の張り紙を眺めていると、冒険者ギルド受付のシンシアが声をかけてきた。

先日のラフラの素材採取、及びヴェスパの蜜採取はトーパス支部の支部長を動かすのに十分な成果だったからだ。

昇級試験と聞いて、リティが飛びつかないわけがない。

「本当ですか!?　私が四級！」

「昇級試験に合格すれば、ですよ」

「早いですねぇ！」

「まぁ確かにこれほど早く試験の通知がなされるのは異例ですね」

ここ最近のリティの活躍は同じ冒険者も知ってる。ある三級冒険者はやや眉をひそめ、四級冒険者はそんなバカなと内心焦る。

年単位、五級でくすぶっている冒険者に至っては――。

「やっぱりなぁ。結局、才能だよな。あんな女の子に追い抜かれちまうのかぁ」

「そろそろ実家の農家でも継ぐかな……」

「馬鹿野郎。そんなんだから五級止まりなんだよ。見てろ、俺だってすぐに上がってやる」

実際に四級が見えてる冒険者は鼻息荒く負けじと奮起するが、そうでない者を諦めさせるには十分だった。

元々、明日には命があるかわからない冒険者稼業だ。諦めるのも立派な選択肢の一つだと、三級の冒険者は彼らを称える。

「それで試験の内容は何ですか？」

「はい。こちらをご覧下さい」

依頼：デマイル伯爵令嬢の護衛
期間：一日
概要：王都からトーパスの街へ外出されているご令嬢の護衛を頼みたい。

護衛の一人が体調を崩した為、補充人員が必要との事。

昇級試験といっても千差万別だ。五級の時のように、ギルド側が主催する場合もあればリティのようにワンランク上の依頼を任される事もある。

更には支部によってもまちまちで、こればかりは当たり外れもあった。

「はくしゃくれいじょう？」

「デマイル伯爵は王都で財を成している貴族、マルセルユ家の当主です」

貴族や伯爵といった耳慣れない言葉をリティは今一つ理解できなかった。要するに偉い人だという漠然とした解釈が関の山だ。

そんな偉い人の娘を自分が護衛していいのかと、疑問に思わなくもない。

「もちろん任意です。受けますか？」

「受けます！」

「わかりました。では健闘を祈ってます」

初の護衛依頼に、リティのモチベーションが高まる。依頼人や護衛対象の人間性に不安を抱くメンタルはない。

昼下がりのひと時、リティは昼食も忘れて依頼人の元へ向かった。

＊　＊　＊

依頼人であるデマイル伯爵が宿泊しているホテル〝スカイオーシャン〟の前には、二人の男が立っていた。

身なりからしてデマイル伯爵の護衛だと判断したリティは、二人に近づく。

「護衛依頼でやってきましたリティです」

「冒険者カードの提示を」

「はい」

事務的に対応した男がリティの冒険者カードを確認すると、ホテルの中へ入っていく。

もう一人が入り口に立ちはだかって、無言の圧力でホテルへの侵入を許さない。

現在、ホテルは伯爵親子が宿泊しているとあって厳戒態勢だ。

一般の宿泊客はもちろん、従業員の出入りすらも管理されている。

「待たせたな。私がデマイルだ」

「リティです」

やってきたのは高価な衣装で身を包んだ初老の男デマイルだ。その隣にはリティよりも幼いストレートの金髪少女がいた。

ホワイトを基調にした上品なドレスとロングスカートが、いかにも貴族の令嬢という雰囲気に一役買っている。

「君が……？」

「はい。こちらが冒険者カードです」

リティが差し出した冒険者カードを、無言で見つめるデマイル。顎《あご》をさすり、これはどうしたものかと悩むのも無理はない。

街の中とはいえ、自分の娘を任せる護衛の一人だ。それほど高い等級は望んでいなかったが、年齢に関しては完全に彼の予想外だった。

五級ではあるが、年が近い少女とあって安心して任せられる一面もある。デマイルは自身をそう納得させた。

「確認した。少々若いが問題ない。今回の仕事についてだが、娘が一人で街を観光したいと言ってな。親としては少々寂しいが、たまにはと了承した。だが仮にも貴族令嬢、どこでよからぬ輩が狙っているかわからぬ」

「はい。そちらの子を守ればいいんですね」

「そうだ。ほれ、マーム」

父親に促されて、娘のマームはリティに頭を軽く下げる。リティも思わず同じ動作で返すと、マームが挨拶を始めた。

「初めまして、マームです。この度は私の我がままに付き合っていただき、感謝します」

「リティです。今日は頑張って護衛させていただきます」

「マーム様！　私もいるわよ！」

ホテルの前にいた男達とは別の護衛が名乗りでた。青空のような色のロングヘアーを一つ結びにした容姿端麗な女性だ。

身なりからして剣士《ファイター》だろうか。リティは同業者であり、確実に先輩であろう彼女に興味を持った。

名前：ナターシェ
性別：女
年齢：二十三
等級：二
メインジョブ：魔法剣士《マジックファイター》
習得ジョブ：魔法剣士《マジックファイター》　剣士《ファイター》　魔法使い《マジシャン》

「二級⁉」

「一応、先輩だからそれなりに敬ってね」

言われるまでもなく、ナターシェはリティの中で即尊敬の対象となる。

そんなナターシェにマームが、ぴとりと寄り添った。それはナターシェに対する護衛としての信頼の証でもある。

何故もう一人、護衛が必要なのか。リティにはそれがわからなかった。

「行き先はマームに任せてよいが、あまりよろしくない場所は避けるのだぞ。まぁこの街ならば、そんな心配もないだろうが……」

「おっけーです！　それじゃ二人とも、さっそく生鮮市場に行きましょうか！」

「行先はマームさんに任せるのでは……？」

リティの疑問はもっともだが、マームも反対せずに乗り気だ。

頼られる護衛というのは、リティとしても目標になる。

現時点でマームにとってリティは完全に部外者だが、彼女になつかれるのが目的ではない。

護衛として立派に務める。それがリティにとって何より大切だった。

＊　＊　＊

「マーム様！　港町から遠く離れているのに新鮮なお魚がありますよ！　それは冷魔石のおかげなんですって！」

「わぁ！　死んだ目をしてる！」

この辺りはリティが六級の依頼で何度か足を運んだ場所だ。

お嬢様育ちのマームにとっては珍しいのか、市場の前ではしゃいでる。

リティは思った。ナターシェに警戒している素振りがない。護衛としてこれでいいのか、と。

「ナターシェさん、これはなんていうお魚なの？」

「これ？　これはね、これ……タイショウウオですね」

「ショウグンウオですよ、ナターシェさん。タイショウウオと違って、エラの数が多いですし、鱗の大きさも違います」

「リティちゃん、それを言おうと思ってたの」

ナターシェのいい加減な回答を訂正したリティに、マームが目を輝かせる。

ナターシェがわずかにつまらなそうに口を尖らせた。

「リティさん、詳しいですね。お魚の博士なんですか？」

「ええと、まぁ食品はよく扱ったのでわかります」

「すごいですね！　じゃあ、これはわかりますか？」

「ソードフィッシュです。剣のようなエラがたくさんあるのですが、これは下処理されてますね」

「そんなお魚が⁉」

「えー、次行こ？」

ナターシェが片手をぷらぷらさせて、二人を呼ぶ。

次に彼女が案内したのは、肉屋だった。大小の様々な肉が陳列されており、物によっては天井からぶら下げられている。

「マーム様、あれはバーストボアという魔物の肉なんですよ。四級の魔物で、鼻先に魔力を溜めて突進して爆発させるこわーい魔物です」

「こわい！　そんな魔物の肉がここに？」

「これも私を初めとした優秀な冒険者のおかげですね。あ！　こっちはブラストベアの肉⁉　こっちは三級ですよ！」

「さんきゅう！」

どうだ、今度こそ私のほうが上だ。そう言わんばかりの視線をリティに向けたナターシェだが、肩透かしだった。

リティが食い入るようにブラストベアの肉に見入る。

「ナターシェさん、三級の魔物ってやっぱり手強いんですか？」

「え？　ま、まぁね。特にこいつの両手で引き裂かれたら、爆破もおまけでついてくるのよ。バーストボアの上位互換みたいな奴ね」

「す、すごい……。そんな魔物が……。ナターシェさん、もっとお話を聞かせてほしいです」

「へ？　うん」

半ば冗談で後輩をからかうつもりで、敬えなどと発言したナターシェが面食らう。

目を輝かせている人間が二人に増えたのだ。

「ナターシェさんのお話は本当にワクワクしますよ！　ね、〝侵略する斑頭〟という魔物を討伐した時のお話、また聞きたい！」

「そ、そうですね。確か十二回くらい話したと思いますけど、いいですよ」

「ネームドモンスターと呼ばれる二級の魔物で、その長い胴体で森の木々ごと壊すほどの力があるんだよね！」

「そこまで詳細に覚えてる相手に話す意味とは？」

「にきゅうのまものぉ⁉」

何の奇声かと思えば、リティだった。

調子を崩されたナターシェだが、後輩に尊敬されて悪い気はしない。

せがむマームに驚くリティ。ナターシェは何故、デマイルが自分以外の護衛を雇ったのかが理解できなかった。

欠員となったもう一人がいないとはいえ、彼女だけでも護衛としては十分である。

そんなナターシェの疑問を解消するかのように、リティとマームは親交を深めていた。

「フフフ、リティさんって面白いです！」

「私が面白い!?」

リティのような小さな護衛は予想外だったが思いの外、可愛がる事が出来そうだとナターシェも満足した。

第二十四話　リティ、貴族令嬢と仲良くなる

デマイル伯爵の娘、マームは幼い頃に母親を亡くしている。デマイルが仕事で忙しい傍ら、マームの世話は使用人に任せていた。

曲がりなりにも貴族令嬢とあって勉強も疎かには出来ず、遊びの機会も減る。目に入れても痛くないほどの愛娘だ。決して妥協はしない。

不慮の事故で妻を失ったわけでもないが、デマイルはすべてにおいて神経質になっていた。

だから護衛に欠員が出ても、現地で雇おうとする。

「マーム様、こちらのクレープもおいしいですよ！　あ、この串焼きも最高ですね！」

「手で食べるの？」

「そう、ナイフとフォークは必要ないんです。外にはこういった食べ物も存在するんですよ」

「これを、手で……」

お嬢様育ちのマームには、この程度の文化すら新鮮なものに見える。

一方、リティも串焼きをぺろりと食べてしまった。依頼された仕事で駆け回っていたが、こうしてのんびりする暇などなかったと気づく。

護衛という役目があるにも拘わらず、少しは休日の楽しさを学んだリティであった。

「でも、お父様に怒られるかも……」

「私が秘密にしてあげます。リティちゃんも黙っていてくれるよね？」

「え……」

「マームちゃんね、栄養が偏らないように食事も気を使う生活をしてるの。だからこういうものは滅多に食べられないのよ」

「マームさんは嬉しいですか？」

「うれふぃいふぇす！」

マームが口の周りにクリームをつけて、頬張ったまま喋る。その様子で一目瞭然だった。

広場でのピクニックのようなひと時は、彼女が求めていたものだ。父親が自分を大切に思ってくれているのは知っている。尊敬もしている。

しかし、口にこそ出さないが窮屈に思っていた。それをデマイルも察したのか、今回の旅行に踏み切ったのだ。

「マームさんのお父さんは厳しいんですね。では私も黙ってます」

「ありがとうございます、リティさん」

「私もそういうのわかりますから……」

リティもまた、親に木の棒による素振りを咎められた。だからこそ、共感できたのだ。

こういう時くらいは好きにさせてあげたい。またも自分との境遇をマームに重ねたリティは、彼女を尊重した。

「リティさんのお父様はどうですか？」

「え？　はい、厳しいですよ。でも大好きです」

「私と同じですね。お父様が大好きです」

「デマイル伯爵は本当に評判がよくて、私もいい人だと思う。野心があれば、もっと上を目指せたという声もあるくらいにね」

「……お母様の事もありますし」

そそこの付き合いであるナターシェでも、失言する時はある。しまった、と口を手で塞ぐ。

「すみません、マーム様。お父上の心情を軽視した発言でした」

「あ！　別に私こそ、そういう意味で言ったんじゃ！」

「今度、またこっそりと魔法を教えますから許して下さい」

「あ、それは嬉しい……」

「魔法!?」

リティにとって、予想外の発言だった。魔法使い《マジシャン》の称号も持ってるナターシェなら、ある程度の魔法を熟知している。

リティが羨ましがらないわけがない。

「す、すごいですね！　魔法を教えてもらってるんですか！」

「でも、まだほんの低位魔法しか使えません」

「いえいえ、マーム様は才能がありますよ。もっと専門に近い人物から学べば、立派な魔術師《ウィザード》にだってなれます」

「マームさん、冒険者になるんですか？」

「それは……」

リティは、マームが言葉を濁した意味がすぐにわからなかった。しかし、すぐに氷解する。早合点でなければ、マームは冒険者か何かになりたいと思っているはずだと確信している。それを父親に理解を示してもらえるとは思えない。

だからこそのこっそりなのだと。

「少し羨ましくなる時はあります……。もっといろんなところに行って、こんな風においしいものを食べたいとか。その為には誰にも守られずに、一人で行けるようにならないといけませんが……」

「護衛風情の私が言うのも何ですが、マーム様はたまにお父上と込み入った話をされてもいいと思いますよ」

「でも、心配をかけてしまう……」

「そうなるかもしれないし、ならないかもしれない。今回だって、しぶしぶながらもこうして外出まで許してくれたんですよ。それで少しでもマーム様の見聞が広がって、何かに興味を持たれたなら……嬉しいんじゃないですかね」

「……そうかな」

座り込んで膝に目を落とすマームに対して、リティは何か力になれないかと考える。帰路につく際も考えたが、答えは出なかった。

＊　＊　＊

日が落ちる前に、マームをホテルへ送り届ける。雑踏の中、リティはぼんやりとこれでいいのかと思っていた。

護衛は確かに重要な仕事だが、何もなければ今日のように終わる。何故これを四級への昇級試験にしたのか。リティにはわからなかった。

「ホテルが見えてきましたね。マーム様、今日はどうでしたか？」

「楽しかった。ナターシェさんもいてくれたし、リティさんとも出会えたもの」

「そう言ってくださると、私も嬉しいです！」

「私もかわいい後輩と出会えてよかった！」

ナターシェがリティの前に出て笑う。リティの彼女に対する心証はよかった。アルディスのように横暴でもなく、気さくに振る舞って接してくれる貴重な先輩だ。

これで自分にも魔法を教えてくれたら、などと考えなくもなかったが。

「さて、今日も平和に」

まもなく雑踏を抜け、ホテルに近づいた時。視界が白一色になった。それを認識したリティは即座にマームに抱きつく。

「マームさん！　私が守りますから！」

「こ、これって……！」

二級冒険者のナターシェよりも、非常事態に対して即行動できた理由があった。リティは、これと似た現象を知ってるからだ。

とはいえ、ナターシェの仕事も早い。

「サンダーブレードッ！」

「ぐあぁぁっ！」

雷の音と男達の叫び声だけが聞こえた。詳細はわからないが、ナターシェが何者かを撃退したのだ。

リティはそう理解して、マームから離れない。ナターシェのように視界を遮断された状態で、何者かを撃退する力もない。それなら彼女を何者かの手に渡さない事を考えたのだ。

幸い、視界がクリアになると同時に刺客らしき男達が倒れていたので杞憂ではあった。

「はぁ……いやー、びっくりした。まさかこのタイミングで来るとはねぇ」

「ナターシェさん、倒したの？」

「はい、この通り。誰かさんかわからないけど、プロっぽいですね。一日中、遊ばせて油断させた上でこの雑踏での犯行です。あの視界を奪う何かは予想外でしたが」

倒れている男達は顔を布で覆っていた。どこかに潜伏していたのか。或いは変装していたか。

いずれにしても二級冒険者にその存在を気取らせない隠密力を、ナターシェは素直に賞賛する。

「さ、とっとと得物なり何なり奪いましょ。リティちゃんも、こういうのは手早くね」

「はい。拘束しましょう」

冒険者ギルドの講習で習った事だ。手際よく手足を縛り、武器や隠し持っていたアイテムを押収する。

その際にリティは思った。この刺客達はプロで、決して弱くない。

それなのに、あの状況下で一瞬で倒したのがナターシェだ。

「ナターシェさん、すごいです。私なんか何も出来ませんでした……」

「何を言ってんのよ。あなた、すぐにマーム様を守ったでしょ。あの視界の中、そこまで判断してすぐに動ける奴なんてあまり知らないよ」

「あれは……知ってましたから」

「ん？」

リティは言い淀んでしまった。確実な根拠とも断定できず、ましてや話したくない時期の出来事だ。

しかし、それがこの刺客達の正体に繋がるとなれば話さないのもどうか。そんな思いがリティの中で葛藤する。

「ひとまずホテルに戻りましょう。デマイル様が心配だもの」

「あの、リティさん。もう大丈夫ですから……」

「あ、すみません！」

パッと離れたがマームは恥ずかしいのか、顔がほんのりと赤い。すかさず彼女の手を取り、ホテルへとリードする。また刺客がやってこないとも限らないからだ。

ホテルに着いてから、入り口にいた護衛達と相談する。結果、拘束した男達の身柄引き渡しをその護衛に引き継ぐ事にした。

口を割らせるなどの作業は蛇足だ。あくまで護衛として務めているナターシェは迅速だった。

「さてと。これからデマイル様に事の詳細を報告しなきゃ……はぁ」

「やっぱり心配されますよね」

「わ、私は平気だって！　頑張るから！」

父親に心配をかけまいと、強気に振る舞うマーム。その健気な姿勢に打たれて、ナターシェは思わず抱きしめてしまった。

リティが咄嗟にとった行動とはいえ、彼女は妬いていたのだ。

「あの、ナターシェさん？」

「怖がらせちゃってすみません」

護衛の身でありながら、ナターシェは彼女を妹のように思っている。そんな心境の中で、リティにあんな行動をされては穏やかではいられない。気を緩めてはいけないのだが、彼女は我慢できなかった。

そんな横で、リティはまだ思案中だ。あれは何度か見たアイテムだったからだ。

本人の言葉を信じるなら、アイテム名はホワイトショック。特級冒険者である自分にしか作れないと、散々自慢していたのを聞いていたのだ。

同じものがないとも限らないが、リティはそんな彼と刺客達の繋がりを感じずにはいられない。

ユグドラシアの特級冒険者ズールの特製アイテムを、あの刺客達が使った事実。

これをどう具体的に解釈すればいいのか、リティにはまだわからなかった。

第二十五話　リティ、護衛を終える

ホテルの一室にて、ナターシェは事の詳細をデマイルに報告した。

その最中にも、デマイルの表情が今にも崩れそうになる。感情を爆発させまいと、あくまで気丈に振る舞っていた。

愛娘を狙う何者かがいた事、そしてさぞかし恐ろしい思いをしたであろうと。

「そうか……。マーム、ワシの責任だ。怖かっただろう？」

「ううん。ナターシェさんとリティさんのおかげで平気。それに私の我がままを聞いてくれたんだから、お父様は悪くない」

「しかし、しかしだなぁ！」

娘を抱きしめて、涙を流すデマイル。自身の判断で娘を危険に晒してしまったという自責が、彼にのしかかっていた。

しかし問題の本質はそうではなく、それはナターシェが最も理解している。

「デマイル様もマーム様も悪くありません。悪いのは命を狙ってきた連中です」

「そうだ、そうだったな。だが、心当たりがまったくない。いや、ワシ自身も気づかぬうちに誰かの恨みを買ってるかもしれんが……」

「警備隊が捕えた男達のうち二人は元冒険者で、ジョブは暗殺者《アサシン》と盗賊《シーフ》。一人はノージョブで、冒険者ではないようです」

「元冒険者……？」

リティはデマイルとは違った疑問を持った。なぜ今は冒険者ではないのか、と。

そして暗殺者《アサシン》といえば上位職だ。それをあの状況で撃退したのがナターシェだった。

そう考えると、おどけてみせていたナターシェもリティの目には得体の知れないものとして映る。

リティはまじまじと後ろから彼女を観察した。

「過去に違反をしてライセンスを剝奪されています。本人が口を割ったわけではありませんが、支部に確認をとったら一発でしたよ」

「その元冒険者に恨まれる筋合いもない……いや、誰かに雇われたのか？」

「それこそだんまりです。いずれにしても仲間がいないとも限らないので、今夜は厳戒態勢でお守りします」

「そうしてもらえるとありがたい」

「あの……」

リティは意を決して、ホワイトショックについて話す事にした。

自分がユグドラシアにいた事、そこでズールという冒険者が同じものを製造していた事。

もしかしたら、信じてもらえないかもしれない。

しかし、これで少しでもマームの命が脅かされる危険性が減るのならと考えたのだ。

すべてを聞き終えた一同の反応は様々だった。

「あのユグドラシアのズールが、ね。リティちゃん、一ついい？」

「はい……？」

「私からすれば、あなたは今日初めて雇われた護衛なの。その立場で、こういう話をすればどうなるか……わかってる？」

「疑われてもいいです。覚悟はしてますから」

リティが話をでっちあげて、真相から遠ざけようとしている可能性をナターシェは指摘した。

普通に考えれば、到底信じられる話ではない。しかし、本気で疑ってるわけでもない。

彼女はリティを試していた。ホワイトショック下での立ち回りに加え、あの英雄に同行して生き残った少女。

その資質を認めざるを得ないからこそ、リティという冒険者を見極めたかった。

「そのホワイトショックはどういう手順で作られたかわかる？」

「詳しくはわかりませんが、素材はなんとなくわかります」

ナターシェは驚愕する。リティが列挙した素材の中には、とても五級の冒険者が知っているとは思えないものがあったからだ。

拙いながらもリティが説明した製造方法は、聞く者が聞けば仰天する。まさに特級の世界を聞かされたナターシェは内心、畏怖した。

レベルではない。次元が違う。根本的に頭の作りが違うのだ。

努力もあるかもしれないが、特級になるべくしてなった。

平静を装うのに苦労しているというのに、この少女は事も無げに述べている。

このリティという子は一体。ナターシェの中で際限のない疑問が渦巻いていた。

「失礼します」

聞き覚えのある声なのか、そのノックの主をデマイルが通す。入ってきたのは痩せ型の色白な青年だった。

「ニルスよ、調子はどうだ？」

「はい、おかげ様で少しは……。すみません、大事な時に体調を崩してしまって……」

「良い。普段の働きぶりは知っているからな。お、そうだ。あの子がお前の代わりに護衛を務めてくれたのだ」

「あぁ、これはどうも……」

ニルスが申し訳なさそうに、頭を下げる。リティもそれに応えると、彼の視線が気になった。頼りない護衛だと思われているのかもしれない。思わずリティは目をそらしてしまった。

「ニルスは三級の冒険者でな。見た目はこの通りだが腕は立つ。ナターシェと並んで、頼りにしておるのだよ」

「いやいや、肝心な時にこの様です。聞けば大変な事態になっていたそうで……」

「ナターシェとリティのおかげで、愛娘は無事だ」

「それは本当によかった……。二人とも、すまない」

デマイルが頼りにしている護衛ニルスを、リティは観察していた。

機嫌がいいデマイルとは裏腹に、マームはまだ父親に寄り添ったままだ。

ナターシェにもなついているのに、彼の登場には特に関心がないのか。リティはどうにも気になっていた。

「リティ、今日は本当にご苦労だったな。明日、ワシのほうから冒険者ギルドに伝えておこう。素晴らしい働きぶりだったとな」

「い、いいんですか？」

「マームを見ていればわかる。この子が気に入ったのだ。君はいい冒険者になるぞ？　ハッハッハッハッ！」

「はぁ……」

あまりの親馬鹿ぶりに、さすがのリティもリアクションを取れない。慣れているはずのナターシェですら苦笑する。

彼女もリティへの評価は高いので、それ自体に文句はないがやはりユグドラシアの話は気になっていた。

あのアルディスが弟子を取っていたなどと知られたら、我もと押しかける者が後を絶たないだろう。

「リティちゃんはこの話を他の誰かにしたことある？」

「ありません」

「正解ね。あのユグドラシアだもの。ホワイトショックの件がなかったら、私も信じなかった」

「ですよね……」

「すまない。マームが眠そうにしている、今夜はこの辺でいいかな？」

眠そう、というよりすでに寝ている。

一日中、遊んだ上にあれだけの騒動だ。心身ともに疲れていて当然だった。リティもたった一日の護衛だったが、貴重な体験をしたと思っている。

彼らは明日には帰るそうで、その際は見送りたいとリティは伝えた。

もし王都に立ち寄る事があるなら、力になるという言葉も励みになる。

これから冒険者ギルドに立ち寄り、一日を終える決心をしてリティはホテルを出た。

＊　＊　＊

夜道、何か違和感がある。リティがホテルで味わった感覚だ。

ねっとりと見られている視線。どこからか、何者かが自分を観察している。

リティはあえて無視して歩く。

あえて隙を見せていれば、視線の主が出てくると思ったからだ。そう、マームを襲った刺客のように。

しかし、このかすかに感じる威圧感。もしこれが襲いかかってきたら――。

「……たぁッ！」

背後からの強襲を旋回して、その襲撃を剣で防ぐ。その威力たるや、リティのガードを容易く崩しかける。

警戒していた上で、この威力。リティはその襲撃者の実力を瞬時に見抜いた。格上だ。

敵がここで容赦のない追撃をしていれば、確実に危なかった。

しかし敵はリティの防御を賞賛するかのように、棒立ちだ。

「すごいなぁ。本当に五級？　すごい力だね」

「……あなたはニルスさんですね」

「え？　よくわかったね」

顔を覆っている布を外し、その素顔を晒す。細身で色白の青年ニルスが、両手に鉤爪を装着している。

ホテルでリティと会った時とは、別人のような雰囲気だ。街灯に照らされたその顔で、ニルスは嫌らしく笑っていた。

「わずかな間でしたが、印象はあります。私を気にしていたようでしたし」

「そりゃ君があんな話をするものだからね。まさかあの方と繋がっていたなんてさぁ……」

「あの方？」

「君、もしかしたら知りすぎてるかもしれない。だからここで果ててもらうよ」

ニルスの二の腕が膨れ上がる。その腕から繰り出される爪の一撃は、先程とは比べものにならない。払い薙ぎ、受け、スピアガード。リティが知っている防御スキルでは到底凌げるものではなかった。

武器を持ったまま吹っ飛ばされ、石畳を転がり難を逃れはしたが風圧だけですでにダメージを受けていた。

「うぅぅ……」

「僕のジョブって何だと思う？　これ、初対面で当てられた奴はまずいないんだ。この爪がなければね」

「武闘士《グラップラー》……」

「正解！　必要な時だけ、その筋肉を引き出すようにしてあるんだ！　強化魔法のちょっとした応用だねぇ。こうすれば、大体の奴らは舐めてくれるだろう？　出来る奴は実力を隠すのさ」

格闘士《マーシャル》の上位職、武闘士《グラップラー》。練り上げた全身が武器であり、殺傷力は本物と同等かそれ以上だ。軽装であるが故に動きに小回りが利く分、最強のアタッカーと呼ぶ者も多い。防具面で手薄になりがちなのが欠点だが、猛者によっては些細な事である。

リティによる現時点の分析では、勝算は薄い。ジョブギルドの教官達と同じ三級だが、今をもって実感した。

彼らは本当に手加減していた、と。

「どう？　怖い？」

「はい……」

「ハハハハハッ！　冒険者ってのはね、こうやって思いもよらないところで死ぬんだ！　でも君はまだいいほうさ……」

鉤爪をカチカチと鳴らして、ニルスはまた笑う。リティは彼をひたすら見ていた。

「中には死んだことにすら気づかない奴もいる。惨めなもんさ、だから冒険者は怖い。でもね、そんな冒険者が今の世の中を賑やかしている……。そりゃ憧れるよなぁ、君みたいな子どもがさ。だから死ぬんだけどね」

この男の思想、動機にリティは関心を持っていない。だからリティはひたすら考えていた。

「そう、理由もわからずに君は死ぬんだ。フフフッ！　どうかな？　おしっこ漏らして逃げ出したくなった？」

「いえ……」

「へぇ？」

「あなたが言った通り、冒険者はいつ死んでもおかしくない危険な仕事です」

「うんうん……」

ニルスは最初こそ、リティが強がっているのだと思い込んでいた。しかし、その通る声に恐怖はない。

鉤爪による強襲を受けても、それを意に介していない精神力。

自分の優位性を信じているはずだが、ニルスは何故か笑えなくなっていた。

「でもそれが冒険ですよね。命が危ないという事は、命を賭ける価値があるんです」

「頭がおかしくなったのかな？　君はもうここで死ぬんだよ？」

「いいえ……」

ニルスが自然と身を引いた。気温は高くなかったが、やけに肌寒く感じたのだ。

そこにいる少女が剣だけでなく、槍を手にした。まだやる気か。そもそも剣と槍、やはりいかれている。

そう、リティという少女にニルスはいかれてるという印象を持ってしまった。

「楽しいです」

リティは笑っていた。それは自分の勝利を確信したニルスの笑いとは違う。

心の底から、今の状況を楽しんでいる。圧倒的に実力差があるはずなのに。どうして。

ニルスの表情が引きつった。

第二十六話　リティ、襲撃者と戦う

先にニルスが動いた。この状況で笑みを浮かべるリティに気圧されまいという勇み足だ。スキルは元より、身体能力も経験もまるで違う。瞬殺だ、ニルスはそう信じたのだが——。

「……チッ！」

槍での薙ぎ払いで牽制された。

するとリティが走り、攻めてくる。

「遅……えっ⁉」

槍を地面に突き立て、そのままリティは自分の体を飛ばした。棒高跳びの要領で、ニルスの上を取る。

すかさず片手の剣での疾風斬りだが、さすがにニルスも甘くない。かわして、リティの着地地点を予想してからの反撃。

「昇襲ッ！」

下から流れるような鉤爪の連撃。着地寸前で逃げ場がないリティだが空中で体を捻り、回転。

さながらミキサーと化したリティが、武闘士《グラップラー》のスキル〝昇襲〟を相殺する。

弾かれた勢いで、再び距離を取って着地した。

「なかなかやるね。意外と面倒だ」

「面倒？」

「すぐに決着をつけてあげるよ。今、君がやってみせた回転……それ少し足りてないね」

ニルスが両腕を伸ばし、自身を回転させた。それはリティの比ではなく、武闘士《グラップラー》のスキル〝円転爪〟だ。

攻防一体かつ敵陣への奇襲にも長ける高難易度のスキルを、ニルスはやってみせた。

薙ぎ払い、受け、回転、スピアガード。リティのスキルで防ぐ手段がない。

そんな彼女が焦りの表情を見せて安心したのか、ニルスはまた笑う。

「今度こそ怖いだろう？　上位職なんて、君にとっては――」

「面倒でも怖くもないです。すごくワクワクします」

「は？」

「だってこれが冒険ですよね？」

またも理解不能な事を言い出す。ニルスにとって、それは癪に障る発言だった。

どうせここで終わりだ。そう自分に言い聞かせ、ニルスは止めに入る。

回転したままリティに突っ込み、そのまま肉塊――ニルスはそう確信した。が、リティは意外な行動に出る。

剣を捨てて、槍を両手で構えた。

「そんな槍で円転爪をッ！」

リティに迫った瞬間、ニルスは気づいてしまった。彼女の狙いが、自身の足元である事を。

彼女はただ集中していた。その細い槍で、ただ一点。

「やぁぁっ！」

「うおおぉっ⁉」

突いたのは、ニルスの足元だ。石畳と軸足、その隙間をついて回転を殺した。

一気にバランスを崩して、両手を広げて無防備となったニルスは当然激しく転倒する。

その拍子で自身の鉤爪で怪我を負ってしまい、血を飛び散らせた。

「いぎゃあぁぁぁ！」

「……私の勝ちでいいですよね？」

勝利宣言する少女にニルスが激しい憎悪を募らせるも、負った傷は浅くない。

強化魔法での威力底上げが仇となったのだ。回転を殺されたばかりか、その威力がニルス自身に返ってきてしまった。

ニルスは胸に深く刻んでしまった傷を押さえながら、リティを見上げる。

「何故、お前みたいな奴が武闘士《グラップラー》のスキルを！」

「自分も回ってる時、思ったんです。こうされたら危ないなって……。だから瞬間的ならいいかなと」

「嘘だ。僕がこんなガキに！」

「なんでこんな事をしたんですか？」

「お前ェ！　ズール様に何か貰っただろ！　そうでなければ僕が負けるわけない！」

要領を得ない有様だが、リティはニルスに剣を突きつけて情報を引き出そうとしている。

「私は何も貰ってません。才能がないと見捨てられましたから」

「そ、そうなのか？　ハハッ！　そうだろうね！　さすがはズール様！」

「ズールさんはすごい人ですよ」

「そうとも！　僕みたいな〝追放冒険者〟を雇ってくれるし、たとえ冒険者ライセンスを剝奪されたって関係ない！　あの人は平等だ！　あの人は――あ……」

突然、ニルスの表情が強張る。そして歯の根が合わず、涙すら浮かべた。

「ち、違う。やばい、今のはなしだ、違うんだってちがあがぼぼッ」

「え？　えぇ⁉」

ニルスが口から大量の血を吐き出し、体を激しく痙攣させる。そして終わった頃には完全に動かなくなっていた。

リティがその脈を確かめるが、結果は想像通りだ。

「なんです、これ……」

さすがのリティも、よろめいてしまう。ようやく騒ぎを聞きつけてやってきた警備隊を驚愕させるほどの吐血量だ。

彼らもすぐには言葉が出なかった。

＊　＊　＊

ホテル「スカイオーシャン」に逆戻りとなったリティ。警備兵達を交えて、事情聴取を受けている。

ナターシェから傷の手当てを受けて、体はほとんど問題ない。

ニルスがリティと交戦したのちに死亡という事実を一番受け止められないのは、雇い主だった。

マームが寝入ったのが不幸中の幸いである。

「あのニルスが、なぜ……」

「以前、彼が少しだけ話してくれたんです。自分はこんなはずじゃなかった、もっと上に行けたはずだと……」

「ナターシェ、それは本当か？」

「彼は〝追放冒険者〟だったみたいです。現状の評価に満足できず、何者かの甘言に乗ってしまったのでしょう」

「そいつが黒幕か？　なぜ我が娘を狙った？」

「そこまでは……」

何らかの理由でパーティから追放されて、行き場がなくなった者を追放冒険者という。

或いは冒険者ライセンスを剝奪された者でもある。

そういう者は大抵何らかの問題を抱えており、他に行っても似たような結果になる。

リティの昇級試験を担当したロガイもその一人だ。彼のように教官の道を選んだ者はまだいい。

大体は現実を受け入れられず、プライドを捨てられずに道を踏み外してしまうのだ。

これが能力がない者ならば、さして問題はない。問題なのはそうでない場合である。

「時として悪の道にいっちゃう人もいるみたいです。昼間に襲ってきた刺客達もその類いと見ていいかもしれません」

「そのような者達がいるのか……。悪いようにはしてなかったというのに、ニルス……」

「マーム様も、彼にだけはなつかなかったですね。どこか察していたのかも……」

追放冒険者と聞いて、リティは考えた。何故、追放されてしまうのか。

同じ志を持つはずの冒険者でも、そうなってしまう場合があるのか。

ニルスの事情はよくわからないが、リティは彼を通してより決意する。

「悲しいですね。私はそうなりたくないです」

「うん。リティちゃんには真っすぐでいてほしいな」

「警備隊の者です」

やってきた警備兵の一人がリティに詰め寄る。先日の暴漢騒動の時は見逃されたが、立て続けとなればそうもいかない。

以前とは違う警備兵で、その目はどこか光ってた。

リティが状況をありのままに説明すると警備兵がなるほど、と一言。

「五級冒険者が三級をね……。確かに遺体の損傷からみて、自らの武器によるものだとわかった。だが、仮にも三級だ。そんな死に様をするなんてね」

「警備兵の方よ、こちらのリティの潔白はワシが証明する」

「し、しかしデマイル様。あなたが雇っている護衛が殺されたのですよ？」

「ワシの責任でもあるな。存分に追及してくれて構わんぞ」

「う……それは、いえ」

睨みを利かされた警備兵が、何も言わずに部屋から出ていった。親馬鹿で甘いイメージはあるが、彼は立派な伯爵貴族だ。

もしマームが起きていれば、今の父親に恐怖しただろう。マームはそんな父親を見た事がないのだから。

「ふぅ……リティ、面倒な事に巻き込んですまなかった。今、警備兵の彼にああ言ったがな。ニルスという人間を見抜けなかったワシの責任でもある」

「いえ、いいんです。冒険者をしていれば、こういう事もあると思いますから」

「そう言ってもらえると少しは気が楽になる。そうだな、ギルドに登録していた報酬だがな。少し上乗せしよう」

「え！　そんな、ですから別に」

「君への評価の上乗せという意味でもある。ワシからギルドに伝えておくよ」

有無を言わさないデマイルの決定を、リティはもはや拒否できなかった。

思わぬ高評価を受けたことに悪い気はしないが、ニルスの件は釈然としていない様子だ。

予めナターシェによって、ズールの事を口止めされた件についても同様だった。

「ナターシェさん。本当に黒幕の事を話さなくていいんですか？」

「迷ったんだけどね……」

ユグドラシアというビッグネームが、彼女の判断を鈍らせている。ユグドラシアを妬んだニルスが、いい加減な発言をしたとも限らないからだ。ホワイトショックの存在を考慮すれば限りなく黒だと、ナターシェは確信していたが――。

「ややこしくなりそうだから、ひとまず黙ってようね」

この判断が正しいかどうか、わからないままリティは帰路についた。

＊　＊　＊

翌日、冒険者ギルドで出会ったのはナターシェだった。外では立派な馬車が待っており、デマイルとマームが乗っている。

ちょうどリティが四級に昇級するということで、見届けにきたのだ。

「ニルスの事は私もちょっと引っかかってね……。警備隊に聞いたんだけど、昨日の昼間に襲ってきた連中を指示していたのも彼だったみたい」

「では体調を崩したというのは……」

「部屋に籠った振りをして動いていたみたいね。デマイル様の人の好さを逆手にとった嫌な奴よ、まったく……」

「なぜそんな事を？」

「警備隊がいいところまで喋らせたんだけど、血を吐いて全員死んだ」

その言葉だけで、ニルスと同じ末路を辿ったのがリティにもわかった。ズールが彼らに何かしたのか。

黒幕が彼だとすれば、何が目的なのか。アルディスは、ユグドラシアは。

今のリティではどうやっても真相に辿り着けそうにない。しかしそれは、ある意味で嬉しかった。

「これも冒険して解明できればいいなぁ」

「一応、警告しておくけど私は身を退くわ。相手が悪すぎる」

「もちろん普通にいろんなところを冒険したいですけどね。でも、もし……その人達が関わってくるなら」

ナターシェは身を震わせた。リティの目が笑ってなく、口元だけがうっすらと歪んだからだ。

「これも冒険って思い込まないと、それこそ面倒じゃないですか」

「それこそ……？」

己の理想とする冒険というものがリティの中にある。しかしそこから外れたからといって、失望したり投げ出したりしない。

思わぬ強敵との遭遇、命の危機、それすらも楽しめるというのは紛れもない彼女の資質だ。

しかし本当に危ない時に笑える人間など、そういない。

ナターシェはそんなリティの本質に気づき、二の腕をさすった。

名前：リティ
性別：女
年齢：十五
等級：四
メインジョブ：剣士《ファイター》
習得ジョブ：剣士《ファイター》　重戦士《ウォーリア》

第二十七話　リティ、貴族令嬢を見送る

街の出口で、デマイルとマームを見送るリティ。一人欠けてしまったが、ナターシェ他二人の護衛がいるので彼女は安心していた。

しかしリティにはまだ心残りがある。魔法を教わってまでやりたい事があるというマームの真意についてだ。

リティにとって、やりたい事が出来ないというのは他人事とは思えなかった。

「リティさん。この度は本当にお世話になりました。それと四級、おめでとうございます」

「ありがとうございます。マームさんもお元気で。私もいつか王都へ行きます」

「その時はぜひ立ち寄って下さい」

「うむ、歓迎するぞ」

馬車の窓から顔を出したマームの横にはデマイルがいる。彼がいる手前、マームの本音を聞くのに躊躇した。

が、リティは勇気を振り絞る。

「マームさん。もしやりたい事があるなら、私も力になります」

「え、あの？」

「私、考えたんです。昨日、警備隊の人にも少し疑われました。でもデマイルさんの言う事は素直に聞きましたよね。これってつまり、私という人間への信用が足りてないんです」

マームもデマイルも、話の要点が見えずに言葉を返せない。しかしマームには、確かに内に秘めているものがある。

それをこの場で言い出す勇気は彼女にないが、リティは見抜いていた。

「今の私はまだ四級になったばかりです。実績も信用も実力も足りてません。信用されなくて当然なんです。でも……もし、私が力も実績もつけたら。きっと多くの方々が認めてくれると思うんです」

「リティさん、お気持ちは嬉しいですが」

「私もやりたい事がやれない日々を送ってました。でもこうして冒険者になってよかったと思ってます。だからマームさんには後悔してほしくないんです」

リティに気圧され、マームが何度も瞬きをする。胸に手を当てて、マームは何かをじっくりと考え込んだ。

自分のやりたい事を父親に言えば反対されると考えて、彼女は怖くて言い出せなかった。

「お父様。私……」

「マーム？」

言葉が出てこない。心配をかけてしまう、怒られるかもしれない。そんな思いがマームの中で反芻して心臓が高鳴り、口を噤んでしまう。

ナターシェが馬車の外で、マームに握り拳を作ってみせている。

そこへリティも同じポーズをとって見せた。

マームは大きく深呼吸をしてから、グッと拳を握る。

「私……魔法使い《マジシャン》になりたいです」

「なっ、何だって⁉」

「本を読んだりしているうちに、憧れたんです。それに回復魔法も使えるようになれば、お母様みたいに苦しむ人もいなくなるかなって……」

「マ、マーム。しかしだな……」

「お父様の気持ちはわかります。だから今すぐじゃなくていいんです」

そう言って、マームは視線をリティに移す。そして父親へ戻すと、手を馬車の外へ向けた。

意図を察したリティとナターシェがどく。

「……ファイアッ！」

マームの手の平から一瞬だけ噴き出た勢いのある炎。攻撃魔法と呼ぶには足りていないが、それはリティを大きく上回る威力だった。

デマイルが大きく口を開けたまま、声を出そうとしている。

「マ、マーム、お前、いつの間に……」

「黙っていて、ごめんなさい。今はまだこの程度ですが、これからたくさん勉強したいんです。リティさんの言う通り……いつかお父様に心配をかけないように上達したら。その時は……」

「マームよ……」

控えめで大人しかった実の娘とは思えない行動と発言に、デマイルは必死に言葉を探している。

自分の教育が間違っていたのか。いや、そこまで考えていた事に親としてまったく気づかなかった。自分は親失格ではないのか、と。

「その時は、どうか認めてほしいんです！」

「……そうか」

デマイルは、声を絞り出すのが精一杯だった。そこまで自身について考えている娘に何を言えようかと、彼は覚悟を決めている。ただでさえ多忙を理由に、今までそういった話をしてこなかったのだから。

すべては娘との距離を縮めなかった自分の責任だと、デマイルは理解した。

「少し考えさせてくれ。ただし……お前と一緒にな」

「お父様……！」

「いや、なんというか。何せあの魔法を見せつけられた後ではな。心の整理もしたくなる」

「はい、二人でたくさん話しましょう！」

「すまなかったな。ワシもまだまだ勉強せねばならん事がたくさんあるようだ」

デマイルが娘を抱き寄せる。気づけばナターシェや他の護衛二人も涙を浮かべていた。彼らもデマイル親子とは付き合いが長い。情の一つも湧く。

リティはやはり二人に、故郷の両親と自分を重ねていた。ホームシックというわけではないが、早く顔を見せたいとより強く願う。その為には。

「マームさん。今の私はまだまだ未熟ですが、いつか胸を張れる実績を積んだ時……必ず迎えに行きます！」

「リティさん……」

「デマイルさんも心配させないほど……いえ！　安心して任せられる冒険者になります！　その時まで待っていて下さい！」

「……わかりました。私も負けないほど勉強します」

馬車の外に手を出したマームがリティと握手を交わす。二人で笑い合い、そして手を離した。

それを確認したナターシェが馬車に乗り、手綱を強く握る。

「ではその為にはまず王都に戻りませんとね。私も引き続きマーム様に協力します」

「はい！　ナターシェさん！」

「ん？　協力？　はて？　どういうことだ？」

「あっ……！　さて、出発！」

「おい、ナターシェ！　どういう意味なのだ!?」

半ば口を滑らせたナターシェがデマイルに問いつめられる中、馬車が遠ざかっていく。

ここまで来たらうまくいくだろうと、リティは楽観して馬車が見えなくなるまで眺めていた。

＊　＊　＊

リティが冒険者ギルドに戻ると、見慣れない男達がギルド支部長と話している。テーブルでくつろいでいる冒険者達も、男達の会話に耳を傾けていた。明らかにいい雰囲気ではないとリティは感づいている。

「ですから、支部長。処置を間違えなければ問題ないのですよ。あそこにはまだ資源的価値があります」

「私は反対です。あなた達はスカルブの恐ろしさをわかっていない」

「あんなものザコでしょう。数だけですよ」

男と支部長のやり取りを観察するリティに、ロマが手招きをする。

「ロマさん、何があったんですか？」

「あの支部長と話してる男は隣国から来た商人でね。遥々やってきて、ビッキ鉱山跡に目をつけたの。あそこを掘り起こそうってね」

「へぇぇ、でもスカルブがいますよね」

「そう。だからああやって、冒険者ギルドに協力を仰いでるの」


「あんな弱小の魔物など、今の魔道具をもってすればどうとでもなるのだよ」


小太りの男が二人に近づく。冒険者らしき者達が、彼の周囲についていた。

その一人が、ギルド内を見渡している。

「どうやらこの国には豪商ディィビデの名が通ってないらしい。お前達、知らんのか？　この方は宝石商にして、放棄された鉱山の資産的価値を見出して何度も再生させているんだ。現に隣国じゃ知らん奴はいない。レグリア鉱山の話はかなり有名なんだがな」

「フン、腰抜けギルドに用はない。行くぞ」

ディビデが護衛を引き連れて、ギルドから出ていく。その不遜な態度に、気を悪くしている冒険者がいるのがリティに伝わってきた。舌打ちや悪態がその証拠だ。

「ふぅ、妙なのが来ちゃったわね」

「でも、もしビッキ鉱山跡が再利用されるなら良い事では？」

「スカルブの巣の規模もわからないし、リスクが大きすぎるわ」

「まずいな……。連中、勝手なことをしなきゃいいが」

支部長が頭を抱えて奥に戻っていく。リティもスカルブの厄介さは肌で感じているから、リスクについては理解できた。

もし、あれ以上の数が出てきたらどうなるか。そう考えると、支部長が渋るのも仕方ないとリティも納得する。バフォロにしろスカルブにしろ、群れになればその脅威は何倍にも膨れ上がるのだから。

第二十八話　リティ、待機を命じられる

翌日、リティが冒険者ギルドに行くと慌ただしい雰囲気だった。息を切らした一人の冒険者が、ギルド支部長に何か話している。

みるみる険しい顔になるギルド支部長が、拳で壁を打った。その威力たるや、壁を貫通してしまうほどだ。

我に返ったギルド支部長が、やや後悔した面持ちで壁を撫でる。

「……修理代は俺が持つ。それで、その話は確かなのだな？」

「はい。今じゃ入り口が何倍もの大きさですよ」

「魔導具を使ってこじ開けたのか……。早急に手を打たねばな」

魔導具についてリティは質問したかったが、そんな空気ではないと気づく。

支部長が数人の職員を連れて、更にこの場にいる何人かの冒険者に声をかけた。

「連中を全力で止める。ブルーム、お願いできるか。もちろん報酬は出す」

「付き合いますよ」

「ケニー、頼む」

「はいはい、はいっと。といっても、ガチのぶつかり合いになるならそれこそやばいですよ」

「そうしてでも、止めねばならん」

恐らくは三級を中心に声をかけたのだろう。リティは勧誘されず、素通りされてしまった。やはり今の自分には実績も信用もないのだと、リティは強く歯ぎしりをする。

しかしこれで落ち込むどころか、奮起するのが彼女である。

自分も、とリティが名乗り出ようとした時。ロマが支部長を呼び止めた。

「支部長、あの人達がやろうとしてる事って領主の許可が必要ですよね？」

「もちろんだ。だがそんなものを取るような殊勝さは持ち合わせてないだろう。第一、許可されるはずもない」

「それでしたら、警備隊を通じて王都に連絡もするべきでは？」

「もちろん並行してそちらも進める」

リティが参加できないまま、話が進んでいた。

たまらず、彼女はロマへ質問する。

「ロマさん。なぜ王都への連絡が必要なんですか？」

「スカルブの巣の規模がわかってないからよ。もし、とてつもない数だった時のために騎士団の派遣が必要なの」

「この街に襲ってくるんですか？」

「可能性はあるわ」

「それなのに、あの人達は⁉」

「……だから焦ってるのよ」

リティのワンテンポ遅れた怒りに、ロマは呆れた。たまにゾッとする閃きを見せる時もあれば、今のように素っ頓狂な反応もする。

そんなリティをロマは相変わらず理解できなかったが、そういうところが愛おしいと思っていた。

ロマは彼女を友達として見ているはずだが、どこか妹のようにも感じているのだ。

「あのディビデという人を止めないと！」

「私達は待機よ。それに支部長がいるから問題ないわ」

「あの人、やっぱり強いんですか」

「元一級冒険者〝爆拳〟のリーガル。二級以下の魔物なら、スキルなしでも討伐できるともっぱらの噂ね」

「ひぇぇぇ！　それならぜひお供したいです！　見たいです！」

「あのね……」

少しは尻込みするかと思ったが、ロマの見当外れだった。

誰もが化け物呼ばわりする人物だというのに、リティは尚も興奮している。

この子は好奇心の為なら竜の巣にでも飛び込みかねないと、ロマは本気で思った。

「さてと、これから俺達はあいつらを止めに行く。お前らはここで待機してくれ。少なくとも今日いっぱいは活動を休んでほしい」

「支部長、なぜです？」

「万が一に備えて、街の守りが必要だからだ」

「でしたら、私も！」

「ダメだッ！　ディビデが連れていた冒険者はほぼ三級で構成されている！　ぶつかり合いにでもなったら、四級のお前じゃ足手まといだ！」

支部長に一喝されて、リティは黙るしかなかった。

先日、三級のニルスを倒した功績を口にしようかとリティは本気で考える。

しかしあれは相手がリティを侮っていたが故の勝利だった。格下と見下し、スキルばかりの大味な攻めに終始していたのが何よりの証拠だ。

それはリティ自身が一番よくわかっていた。

「他の者達もだ！　冒険者は俺の部下でも何でもないが、こればかりは頼む！」

「いいよ。支部長がいるなら安心でしょ」

「早く行かないと、手遅れになるぜ」

「そうだな……すまん。ここは頼んだぞ」

支部長が精鋭達を引き連れて消えた。戦力外通告を受けた冒険者達の中には内心、穏やかではない者もいる。

リティもその一人だ。彼女にとって何より残念なのは、冒険の匂いがするのに置いていかれた事である。

しかし強くなければ、それも許されない。静まり返ったギルド内で、リティは決心した。

「私、行きます」

「まさか支部長達を追うの？　今度こそ本気で怒られるわよ」

「冒険者が冒険をしたらいけませんか」

「街の守りも大切な仕事なの。この街には戦えない人が大勢いるのよ」

「戦えない人……」

リティはあの老夫婦を思い浮かべる。依頼を通して親しくなった街の人達。もしスカルブの群れが来たら、守ってやれるのはリティ達や警備隊だけだ。冒険という目先の目的ばかり見て、リティは大切なものを見落としていた。

「……ここで待機します」

「それでいいの。本当は私だって行きたかった」

「ロマさんも？」

「ふふふ、だからお互いに我慢しましょう」

テーブルに顎をつけて、いかにもつまらなそうにするリティの頭をロマが撫でる。

口とは裏腹に、リーガル支部長はリティに四級への昇級試験を課した。それも貴族の護衛という、プレッシャーがかかる依頼だ。

もっとも、そのプレッシャーもリティには関係なかったが本来はとても繊細な仕事だった。たとえ何も襲ってこなくても、護衛対象が何らかの理由で怪我でもすれば責任を問われる。今回は大事には至らなかったが、貴族の中には人格に問題がある人物も多い。

そういう前提も含めて、リーガル支部長は貴族の護衛を昇級試験として選んだのだった。

＊　＊　＊

そこはリーガル支部長達が知るビッキ鉱山跡の入り口ではなかった。明らかに強引に広げられていたからだ。

瓦礫が散乱していて、その荒々しい手段の爪痕を残している。

「マジでやりやがったのか！　クソッ！　すぐに追うぞ！」

「し、支部長。奥から誰か来ます」

よろめきながら、武器を杖がわりにして歩いてきたのはディビデを護衛していた冒険者の一人だった。

額から血を流し、支部長一行を見ると糸が切れたようにその場に座り込む。

「お前、ディビデはどうした⁉」

「やばい、ダメだ、助けてくれ、ここは、やばい……」

「何があった！　おい！　回復魔法を！」

治癒師《ヒーラー》の冒険者が、ディビデの護衛を回復してやるが一向に落ち着きを取り戻さない。

わなわなと震えて、要領を得なかった。彼も三級の実力を有するはず。そんな彼をここまで怯えさせた何かがいる。支部長一行は悟った。

「ディビデは無事なのか？」

「わから、ない……護衛とか、どうでもいい、もう無理だ……」

「置いて逃げてきたのか？」

「あぁ……」

相応の実績を積み、本部からも認められた冒険者がこの有様だ。本来ならば叱責するところだが、支部長は彼に構わなかった。

その時、奥から巨大な昆虫が這い出てくる。

「き、来た……ひぃぃ！」

「お前は引っ込んでろ」

巨大な鎌を持つ昆虫型の魔物が、支部長達を捉える。

その刃に付着しているドス黒い血が、一行にあらかたの事態を把握させた。

第二十九話　リティ、街を防衛する

支部長達がビッキ鉱山跡に発ってから丸一日が経過した。人々が仕事を終えて帰宅して、夜の晩酌を楽しんで夜が明ける。

リティは待機を命じられたが、黙っていられる性分ではない。緊急時に動ければ問題ないと判断して、街の中を駆けまわって依頼をこなしていた。

日が昇りかけた早朝、警備隊が声を張り上げて駆け回る。

「魔物が迫ってくる！　冒険者は東門前に集まってくれ！　他の者達は家から出るなッ！」

着替えを手早く済ませて、老夫婦の家を飛び出したリティが我先にと東門前へと走る。

その勢いたるや、魔物よりも警備隊を驚かせた。

「は、早いな！」

「魔物はスカルブですか⁉」

「そうだ。数も多いし、奴らは血に飢えている。人間が集まるこの場所を目指しているんだろう」

「支部長達は？」

「わからない……」

警備隊の一人が不安げに首を横に振る。やがて他の冒険者達も集まってきて、事態を把握した。

魔物の正体がスカルブだと知り、彼らも支部長達の安否を気にかけるが答えは出ない。

「少しでも壁の上からの矢で仕留める。念のために君達もここで待機していてほしい」

「あの魔物は壁を這いますよ。それに数が多いなら、外で食い止めるべきです」

「冒険者マニュアルにも記載されているだろう。緊急時には常駐する警備隊の指示に従う義務がある」

「……本当に食い止められるんですね」

「来たッ！　矢を放てぇ！」

壁の上に待機していた警備隊が矢を放った。つまりすぐそこまで迫っているのだ。ここからでは見えないが、恐らく矢が乱れ飛んでいるだろう。

リティはもどかしかった。ここに呼び出されておきながら、何もせずに待機。しかも万が一、一匹でもどこかから侵入してきたら。

そう考えた時、リティは動いた。建物と壁を蹴り、いわゆる三角飛びして登る。

「なっ！　何をしている！」

「私も参戦します！　街を守るためにここにいるんですよ！」

「勝手な真似は慎め！」

警備隊の制止も聞かず、リティは我慢の限界だった。非常事態の中、何もせずにいるのが得策とは思えなかったからだ。

「壁を軽々と越えやがった！　なんて身体能力だよ……！」

「槍一本で何をする気だ！」

さすがのリティも複数の武器を背負ったまま、それをこなすのは難しい。そこで彼女は槍だけを持って壁の上に立った。

弓矢でスカルブを掃射する警備隊の横で、リティはスカルブの様子を見た。わさわさと這い寄ってくるスカルブの数はおよそ数十。

だいぶ数は減っているが、少しずつ距離を詰められているのを確認する。

「クソッ！　外したか！」

「あの、貸して下さい」

「は……？　いや、なんでここにいる？」

「借りますッ！」

警備隊の一人から弓と矢を奪い、ぎりぎりと弦を引く。

ユグドラシアのズールが弓を使っていたこともあるが、彼の得意武器はナイフだ。数える程度の機会しか見ていない。

しかしリティはバルニ山にて、剣士《ファイター》ギルド支部長のスキルを見ている。

「てやぁっ！」

拙いながらも放たれた矢はスカルブに命中する。続けてもう一発、更にもう一発。命中精度はあまりよろしくないが、隣にいる警備隊のそれとほぼ変わらない。

なかなか当たらずに歯がゆい思いをしているリティだが、警備隊は呆然としていた。

弓手《アーチャー》の称号こそ持っていないが、彼もそれなりに訓練を受けたのだ。弓引きも不得意ではない。

この少女はどうだろう。どこかで経験でもあったのか、悪い腕ではないというのが警備隊の評価だった。

「これだけじゃダメです！　私、壁の手前で戦うので皆さんは引き続きお願いします！」

「おい！　さっきから何なんだ！」

警備兵達もリティの事はよく知っていた。もはや街の名物となっているほどの知名度だ。ここ最近は四級になったのもあって、知る者は更に増えている。

この行動はもはや暴挙といってもいいが、その勢いに圧倒された者達にほとんど口を挟ませない。ましてや、壁から飛び降りてスカルブ相手に槍で立ち回った以上はもう従うしかなかった。

「クッ！　あの少女よりも奥のスカルブに矢を放て！」

矢の援護射撃に加えてリティの近接戦闘だ。スカルブも数を少しずつ減らし、残るは見慣れない個体のみとなった。

それは通常のスカルブよりも一回り大きく、バフォロと同程度だ。

「スカルブソルジャー……四級に指定されている上位種だ！　それが二匹も！」

「矢でも大してダメージを与えられんぞ！」

初めて見るスカルブの上位種に、リティは攻めの算段を立てる。槍での百裂突きによる牽制を行ったが、敵は予想以上に速かった。

高速で地上を這い回り、リティを追い回す。さすがに二匹とあっては、リティもダメージは避けられなかった。

噛みつきは避けたものの、体当たりで吹き飛ばされてしまう。

全身の骨や内臓が悲鳴を上げているようだった。しかし痛みで悶えている暇はない。

「危ないッ！」

スカルブソルジャーの追撃を、寸前でリティは槍で棒高跳びのようにかわす。そして着地したと同時に、槍を両手で持って構えた。

一匹のスカルブソルジャーがまたも突進してきたところに、力強い一突き。ただしそれはニルス戦で見せた足元による一撃だった。

ひっくり返って仰向けになったスカルブソルジャーに飛びかかり、腹に百裂突きを入れて討伐。

もう一匹が襲いかかるも、槍での足払いでスカルブソルジャーを横転させた。

「とどめッ！」

槍で頭を刺し、もう一匹の討伐も完了した。絶命を確認したリティは、警備隊のほうへ向いて手を振る。

「全滅させました！」

警備隊はその呼びかけに応えられなかった。今の状況を飲み込み、当たり前のように反応できる者などここにはいない。

数を減らしていたとはいえ、四級込みのスカルブの群れを実質一人で全滅させたのだ。

あの状況においては、矢の援護射撃など気休めでしかない。

弓を持つ手が震える者もいた。頼もしい味方であるはずが、畏怖してしまったのだ。

「あの、さすがにここからは登れないので扉を開けてもらえませんか？」

「あ、あぁ。そうだな」

三角飛びは壁と壁が対になっていなければ出来ない。

ゆっくりと開く扉に、リティは素早く飛び込む。壁の内側からは何が起こってるのか把握できないが、冒険者全員が察した。

スカルブの群れを一人で全滅させた少女に、やはり誰もがぎこちない反応をする。

「その槍だけで戦ったのか？」

「はい。剣にしようかと思ったんですが、広範囲で動けるならこっちのほうがいいかなと……」

「四級、いたんだよな？」

「はい。いたた……言われたら、体当たりされたのを思い出しちゃいました……」

スカルブソルジャーの高速移動からの体当たりは同じ四級の重戦士《ウォーリア》ですら、真正面から止めるのは困難だ。

そのまま後衛まで突撃されて蹴散らされたパーティも多い。まともに受けてその程度で済むリティのタフネスさに青ざめる者もいる。

「……ひとまず手当を」

「あ！　回復魔法ですか⁉　初めてされます！」

「そうなの？　五級の私じゃ大して回復できないかもしれないけどさ」

五級冒険者の女性である治癒師《ヒーラー》、ライラが回復魔法を使うとリティが目を細める。回復下位魔法ヒールだというのに、至福の表情だ。

実際、怪我が完治したわけではない。リティにとって初めての回復魔法である事に意義があった。

「回復魔法って、見るよりも気持ちいいですねぇ」

「お、大袈裟だね。でも、久しぶりにこんなに感謝されて嬉しいよ」

回復や支援はパーティの心臓部といってもいい。故に重宝されるものだが、一方で至らなければ冷遇される場合も多かった。

ライラもその一人で、支援の件でパーティメンバーと大喧嘩をしている。最後は報酬ごと投げつけて離脱したが、内心では後悔して自信を失っていた。

「これで私、また戦えます！　ありがとうございます！」

「あぁ、それはよかったよ。本当に……」

「いや、無理はするなよ。それに俺達だっているんだぜ」

重戦士《ウォーリア》ディモスをはじめとしたトーパス支部の冒険者達が並び立つ。一時はリティの底力に怯んだが、すぐに負けじと奮起した。

ディモスは最初こそ彼女を馬鹿にしていたが、今は違う。その破竹の勢いで駆け上がる様を見て、認めたのだ。

彼女が自分に言った言葉は戯言でも何でもない。冒険という夢を本気で追っている。

口先だけの人間など彼は好きではなかったが、結果を出したリティを今やディモスは気に入っていた。

「今度、奴らが攻めてきたら俺が立つ」

「後衛は任せてくれ。五級の魔法使《マジシャン》いだが、スカルブ程度なら少しは数を減らせる」

「おい！　戦況はどうだ!?」

駆けつけたのは剣士《ファイター》、及び重戦士《ウォーリア》ギルドの教官達だ。支部長の二人が警備隊と話して、今後について話し合っている。

彼らの実力を知っているだけに、リティは心が躍った。この頼もしい人達となら、と希望を抱くも——

「き、来たぞぉぉ！　さっきよりも数が多い！　スカルブソルジャーも複数いる！」

「皆の者！　時間がない！　前衛と後衛の役割を忘れずに迎え撃て！」

剣士《ファイター》ギルド支部長の号令で、全員が扉をくぐる。砂煙を立てて迫る虫の大軍に、一同が怯まないわけがない。

ある者は本気で逃げ出したいと考えた。あの数の問題だけではない。

四級が交じっているからでもない。自分達だけで、どれほど戦い続けられるか。矢もいずれ尽きる。そうなれば殲滅力は格段に落ちるだろう。

物資は？　増援は？　敵の数は？　リーガル支部長達は？

「私達が生きるんですッ！」

恐れをなした冒険者の一人が、リティの言葉によって我に返った。これは戦いでもあり、生存競争でもある。

戦わなければ死ぬだけだ。後の事を考えている余裕などない。

武器を握りしめて、冒険者は雄叫びを上げた。

第三十話　リティ、反撃を考える

スカルブの群れを撃退した時には、満身創痍な冒険者が目立った。死者は出なかったものの、重傷者が目立つ。

特にスカルブソルジャーに突進されて、壁に激突した五級冒険者が深刻な容態だ。急いで運び込まれたものの、意識がない。

「矢も尽きたらしいな。もう援護射撃は期待できねぇ」

「ディモス、二人も背負っていたら大変だろう。俺が一人、背負う」

「お前は自分の心配をしろ。片足が完全に壊れてんじゃねえか」

「それはそうだが……」

ディモスが怪力を活かして負傷者を運び、片足を引きずってる冒険者が脂汗を流している。四級の彼が実質、戦力外となってしまった。

魔法使い《マジシャン》の冒険者も魔力を使いすぎたせいで、回復まで時間がかかる。治癒師《ヒーラー》のライラも同様だ。

負傷者全員を回復するだけの魔力などない。

「急いで扉を閉めよう。剣士《ファイター》ギルドも総員で夜通しの警備に当たらせてもらう」

「私も重傷者優先で、回復に当たらせてもらうわ」

「ライラ、君は無理をするな。あまり魔力を使いすぎると、命にも関わる」

「ギリギリまでやらせて、お願い」

少し前までのライラならば、我先にと休んでいただろう。しかし彼女は自分の在り方を見つけたのだ。

嫌な思いをする事もあるが、リティのように感謝をする人間もいる。どうせ避けられないのなら後者のような人間を期待しよう、と。

「こっちも負傷してる人、三人です！」

「さすがに運べねえだろ？」

「平気です！」

三人まとめて背負って走り出したリティに、ディモスが引きつった表情を見せる。そんな彼女を見て、ライラもまた癒やされたのだ。あの子を見ていると、実に下らないことで苛々していたと己を振り返る。

リティのおかげで救助作業が大幅に進んでいるのだ。彼女に感謝しつつ、ライラは運び込まれた重傷者に対して体の芯から魔力を絞り出して回復魔法をかけた。

「う……うう……」

「よかった、意識を取り戻したわ。後は病院に運んでちょうだい」

「はい！」

病院と街の入り口を何往復してるのかわからないリティだが、疲れがまるで見えない。彼女も激闘を繰り広げたはずなのだが、もしかして無理をしているのではないか。

そんな邪推をライラにさせるほど、リティのそれはもはや奇行だった。

「門を閉めるぞ！」

警備隊が門を閉めて、無傷の冒険者達が腰を下ろす。冒険者ギルド支部長の二人と警備隊の隊長が話し合っていた。それを横で聞いていたディモスが、舌打ちをする。

「現時点で戦力が半減だとよ」

「で、でもよ！　支部長達もそうだけど、三級の冒険者は強いじゃん？　だったら……」

「体力も気力も無限じゃねぇ。食い物もな。どうすりゃ終わる？」

「それは……」

言い淀んだ冒険者が沈黙する。どうすれば終わるというディモスの言葉を、リティは本気で受け止めた。ディモスの言う通り、このまま戦い続けても疲弊するだけだ。

街の住人が家から外に出てきて、不安そうにこちらを窺っている。

「あの連中がパニックを起こすのも時間の問題だ。そうなりゃ街の治安は一気に悪化する。要するにな……外も中も詰んでるんだよ」

「リーガル支部長達はどうなったんだ!?　なんでこんな事にッ！」

「お前が真っ先にパニックになってどうする」

ディモスが取り乱した冒険者を冷静になだめる。リティは考えた。このまま戦い続けるよりも、根本的な原因を取り除くのが優先だと。

その為には知らなければいけない情報の事を、リティは質問する。

「ディモスさん。スカルブはどういう魔物なんですか？　地中にいた魔物なんですよね？」

「地中か、そこらにいる生き物を餌に細々と生きてる魔物さ。だから数さえ増えなけりゃ問題はないんだ。だが、ビッキ鉱山の労働で奴らの巣を刺激した上に繁殖されちまってるからな」

「それで冒険者が定期的に討伐をしていたんですよね？」

『そうだ。そんな騙し騙しの事をやってるから……なんて言いたくはねぇがな。なんだかんだで本気で討伐に当たらなかった俺達にも責任がある」

数が増えたせいで、餌をまかないきれなくなっている。それで地上に出て、人間を襲い始めたのだ。

リティは以前、討伐したスカルブの女王を思い出した。

あの一件で繁殖も抑えられたはずだとリティは考えたが、その認識が間違いである事はこの状況が証明していた。

「スカルブの生みの親……女王を討伐しました。それでは解決にならないんでしょうか？」

「いや、効果はあるはずだ。だが腑に落ちねぇ……。原因はあのディビデが余計なことをしたからってのはわかる。だがなぁ……」

「……襲ってきたスカルブ、なんか変なんですよね。体の大きさや触角もそうですけど……」

「以前から鉱山にいたスカルブとは別の個体の可能性もあるわね」

今まで黙っていたロマが口を開いた。彼女もずっと考えていたのだ。誰もそれを否定しない。この異常事態において、自分達が持つ常識に何の意味もないからだ。

「あのディビデ達が、別のスカルブの巣を掘り当ててしまったとしたら？」

「確かに、今まであれだけのスカルブソルジャーが湧いた事なんてなかったもんな」

「となると、巣の規模も魔物の質も今までとは段違いね。スカルブソルジャーだけじゃない、もっと強い種がいる可能性だってある」

「タイムリーだな。こちらでもそう話がまとまったところだ」

警備隊の隊長が、冒険者一同に呼びかけた。スカルブの死体を検証した結果、以前からビッキ鉱山跡にいた種とは別の種の可能性が高いと彼は話す。

更には捌いた腹の中から、別のスカルブの死体が出てきたという事実を知った冒険者達のショックは大きい。

「つまり、隊長さんよ。ビッキ鉱山跡にいたスカルブは新しい巣のスカルブに食われたってのか？」

「その通りだ、ディモスさん。スカルブは好戦的な魔物だから、同族だろうが平然と襲って餌にする。この見立てが正しければ、更に強いスカルブがやってくる可能性が高い」

「お、お終いだ！　そんなのどうしようもない！」

冒険者の一人が叫ぶ。そうなれば、明らかに五級の彼が生き残れる戦いではない。次に攻めてきたら、本格的な終わりを意味すると宣言されたようなものだ。

そんな中、リティはずっと思案していた。

「前のスカルブは、私達が女王を倒したことで繁殖が抑えられました。だったら新しいスカルブの巣にも女王がいるんですよね」

「そうなるな。だが結論が出た以上、手を出すべきではない。何とかなるのならば、すでにリーガル支部長達がやっている」

「……無事ですよね？」

その問いかけに何の意味もない事はリティもわかっていた。あれから何日も経つのに、この惨状だ。普通に考えれば絶望的であると、リティも認めるしかなかった。

先程の冒険者が胸に手を当てて、自身の動悸を抑えている。

「もう少し待てば王都から増援がやってくるんだろ⁉」

「何日かかるかわからんし、それまでもつかどうか。それに、派遣されない可能性すらある」

「ディモスさん！　なんでそんな事を言うんだ！」

「だから、てめぇがパニックになってどうする！　一番不安なのはあいつらなんだぞッ！」

ディモスがあいつらと親指で指したのは、まだこちらを窺っている住民達だ。何か囁き合っており、その内容までは聞こえない。そんな様子を見たリティが、彼らに駆け寄る。

「皆さん、安心して下さい！　私が女王を倒して、すぐに止めてみせますから！」

リティの発言を受け入れられなかったのは、住人だけではない。ディモス達、冒険者こそ真っ先に彼女を制止しにかかる。

「お前、何を言ってやがる！　さっきの説明で状況がわかっただろう⁉」

「でも、このまま戦い続けてもこちらが負けます。スカルブの繁殖力を考えれば尚更です」

「だからって死にに行くのか！」

「それが冒険ですよね？」

リティはもう自分を抑えられなくなっていた。リーガル支部長達にお預けされて、言いたいことも我慢していたのだ。

ディモスは初めてリティと会った時のことを思い出す。リティのその目は、目標だけを見据えている時のものだとわかった。その先に邪魔をする障害があれば容赦しないとも。

ディモスはまたもや言い返せなかった。

「死ぬかもしれません。でも、恐れていたら冒険なんて出来ません。私は冒険がしたいんです」

「だ、だが勝算なんか……」

「いや、リティの言う通りだな」

剣士《ファイター》ギルドの支部長が、小さく何度も頷いている。重戦士《ウォーリア》ギルドの支部長もまた、リティ側に立って無言の支持を表明していた。

ディモスは頭をかいて、どちらかの支部長の言葉を待つ。

「理屈としてリティが正しい。出した早馬が王都までたどり着いた保証もない。それに次に奴らが攻めてくれば、今度こそ街への侵入を許してしまうだろう。今の戦力ではな……」

「じゃあ、何か。剣士《ファイター》ギルド支部長、誰が化け物の巣に飛び込むんですかね」

「もちろん街の防衛も疎かには出来ん。ワシが行こう……と言いたいところだが、体力面で恐らく力にはなれんだろう」

「決断するべきだな……」

警備隊長の呟きに、冒険者達が様々な表情を見せる。防衛戦ですら負傷者が大量に出たのだ。化け物の巣に乗り込むなど、自殺行為でしかないと誰もが思っている。

リティが言う冒険とは、十分に力も実績もある人間がやるからこそ成り立つ。己の分もわきまえないのは勇気ではなく、ただの無謀だ。

そう反論することも出来たのだが、誰一人として口にしなかった。いや、出来なかったのだ。

「私が行きます」

リティが勇ましく申し出る。防衛戦での一番の功労者だ。この状況でも積極的に発言して、案を出す。恐れもない。

泣き言を喚くだけの自分を鑑みる冒険者。意気消沈して体力も気力もない冒険者。やる気はあっても勇気がない冒険者。特に彼女に助けられた冒険者は口を閉ざした。

第三十一話　リティ、スカルブの巣に入る

先頭を歩いているのはディモスと重戦士《ウォーリア》ギルド支部長、教官ゴンザだ。続いてリティにロマ、教官トイトーにジェームス。

後衛にライラ他、魔法職。リティとロマに関してはスカルブ戦における一番の経験者だからだ。

狭い洞窟内の場合、大人数はかえって枷になるので今のメンバーが限界だった。

「出来ればカドックさんも欲しかったな……」

「わかるがな、ディモスさん。あの歳で無理はさせられねぇ」

騎士《ナイト》カドックや剣士《ファイター》ギルド支部長のように、老齢の人間は防衛に当たっていた。ダンジョン探索のような長期戦は、彼らには荷が重いと判断されたのだ。

「見ろ。あの複数の穴を……！」

「せかせかとスカルブが出入りしてやがるな」

ディモスが指した先には、本来の入り口の他にいくつもの大小の穴が空いていた。そこからスカルブが顔を覗かせては出ていく。

街に向かう様子はないが、恐らく餌を探しているのだろうと支部長達は結論づけた。

「あそこが一番、餌を運んでいるスカルブが入っていくな。突入先は決まりだ」

「支部長、何故です？」

「あの餌は自分達用の他にも、女王へと捧げる為でもある。女王が子を産むには栄養が必要だからな」

「つまりあそこから女王の居場所へと繋がっているんですね」

「あぁ、それにあの量からして先日の襲撃でだいぶ数を減らしたらしい。狙い通りだ」

昨夜から朝にかけて、襲撃がなかった理由が明かされた。

スカルブの繁殖力が高いとはいえ、無限に産み出せるわけではない。産むには餌も時間も必要になる。

今が反撃の好機だと、誰もが察した。約一名を除いては。

「で、でもあれだけの数だ。私達だけでやれるかどうか……」

「トイトーさんよ、あんたが気弱なのは知ってるが今だけは控えてくれ。それにかわいい後輩が見てる」

「そうだね。頑張るよ……」

リティが講習で初めて出会った時のトイトーは、経験豊富でたくましく見えた。

しかし今はスカルブ相手に身震いしている。そんなトイトーにリティは失望するわけでもなく、依然として頼りにしていた。

彼は三級の実力者なのだ。突入先を決めた支部長も含めて、知識も経験も自分とは比較にならない。学ばせてもらい、頼る。そして報いる。リティは密かに目標を立てていた。

「奴らの最後尾が入ったところで突入だ。気を引き締めろよ」

「はいっ……！」

重戦士《ウォーリア》ギルド支部長を先頭に、岩陰に隠れて息をひそめる。そして彼が片手を上げたと同時に先陣をきった。

その迫力たるや、バフォロの突進を彷彿とさせるが比較にならない。その奇襲で最後尾のスカルブから立て続けに先頭まで、一掃せんばかりだ。

「俺達も続くぞぉ！」

続いてディモスが走り、教官ゴンザが最後尾につく。洞窟内での挟み撃ちを防ぐためだ。

前後で後衛を守り、中衛にリティ達のような身軽な剣士《ファイター》がつく。

内部に侵入した一行を驚かせたのは、以前のビッキ鉱山跡の面影すらなくなっているところだった。枝分かれの通路、それが上下や左右と節操がない。

通過する魔物のサイズに合わせて、通路はそこそこの幅に調整されていた。

つまり、冒険者達が知るスカルブの二倍や三倍の個体がいるという証に他ならない。

「オイオイ……こんなでけぇ巣が街の近くにあったのかよ。こりゃ遅かれ早かれ、やばかったかもな」

「どれかが、女王の居場所へと繋がってるんですよね」

「そうだ、リティ。だからコイツが行こうとした先が正解かもな」

支部長がコイツと指したのは、彼が最後に倒したスカルブの事だ。この餌を運んでいたスカルブが踏み入れた通路が正解の可能性が高い。

それ以外の見当がつかない以上、誰も反対しなかった。

一行は歩を進め、迫りくるスカルブを迎え撃つ。スカルブソルジャー数体が通路の上下左右を這って襲ってくるなど、特に四級以下の冒険者にはトラウマでしかない。

「通すかぁ！」

支部長が壁となり、スカルブソルジャーの突進を防御する。大槍で頭部から串刺しにして、上を這うスカルブソルジャーにぶつけた。

互いに衝突したスカルブソルジャーの体が千切れて、一気に二匹も仕留めてしまった。

「スパイラルトラストォッ！」

支部長の大槍が竜巻を帯びたかのように、スカルブソルジャーへと突き刺さる。頭部から胴体まで、後ろ足を残したままスカルブソルジャーが消え去った。

四級の魔物達をたった一人で倒してしまった支部長の手腕に、一番感情を揺さぶられているのはリティだ。

とても防御に傾倒した重戦士《ウォーリア》とは思えない突破力、そして自身との差。模擬戦とはいえ、リティは自分が彼に認められたのが信じられなかった。

「支部長ってすっごく強いんですねぇ！　でも、あまり守ってませんよね？」

「ん？　俺は守る暇があったら攻めろの信条で戦ってるからな。おかげでパーティを組んだ時にはよく揉めたぜ。いや、守れよってな。ハッハッハッハッ！」

「重戦士《ウォーリア》なのに、ですか？」

「ギルドで教えているのはあくまで正攻法だからな。お前も自分に合ったスタイルを見つけるといい」

こんな状況で、あの少女は何を言ってるのか。冒険者の中には、彼女を理解できない者が多かった。

リティのテンションを見て、今の深刻な事態を理解しているのかと憤る者もいる。

緊張感がないとも取れるリティへの評価だが、本人はやはり楽しんでいた。

「私もスパイラルトラストをやってみたいです！」

「見よう見真似で出来りゃ苦労しないぞ。それよりも、ついに来やがったか。挟み撃ちだ」

前後から迫るスカルブとスカルブソルジャー達。正面は支部長とディモス、後ろは教官ゴンザとトイトーだ。口とは裏腹にスカルブ数匹をまとめて切り捨てるトイトーの実力、ゴンザの強固な守りと隙がない。

更には後衛の魔法職のダメ押しで、スカルブの群れを寄せ付けなかった。

問題ない。そう思わせるほどの戦力だが、一行の精神力を削ったのは複雑な迷路だった。

＊　＊　＊

「一体、どこまで続いてやがるんだ⁉」

「腰を落ち着けよう。時間的にもう夜だろう」

ディモスが叫びたくなるのも無理はない。進めど進めど、女王の元へ辿り着けない。そのくせ敵は容赦なく襲ってくる。

支部長の判断により、小部屋になった場所を制圧して休息を取る事にした。虫の死骸だらけだが、誰も文句は言わない。

「一時間ずつ、交代で見張ろう」

「一時間も？　支部長、さすがにもたついてる場合じゃないんじゃないか？」

「こっちの体力も有限だからな。本当はもっと休みたいくらいだ」

「合計二時間のロスは大きいよなぁ……」

そう呟いた冒険者自身も、休息自体はありがたかった。その休息を決行した支部長は内心で冷や汗をかいている。

　いくら繁殖力が高いスカルブとはいえ、これほどの規模など彼も聞いたことがない。放置すれば、いずれは巣が街の地下にも及ぶだろう。

　攻めに転じるのは少し甘かったか、彼はそう結論づけたくなった。

「広い巣ですね。未踏破地帯を散策している冒険者も、こんな気持ちだったんでしょうか」

「スカルブの巣を未踏破というにはちょっとな……」

「でも、支部長。誰もどこがゴールかわからない、どうなってるのかもわからないんですよね。立派な未知のダンジョンでは？」

「そうだな、確かにな……」

「でしたら、未踏破地帯ですよ！　ここを私達が踏破しましょう！　すごく評価されますし、きっと達成感もありますよ！」

「フ、フフ……」

　支部長は単に馬鹿にして笑ったわけではない。ここにきて、まだ冒険者としての初心を持ち続ける人間がいたからだ。

　この状況で、なぜこんな発想が出来るのか。この子には絶望というものがないのか。

　年長者でもあり、経験者でもある自分が折れている場合ではない。支部長は両手で自分の頬を叩く。

「よし！　休憩したら気合い入れて進むぞ！　虫ごときに俺達がやられてたまるかよ！」

「支部長！　あのスパイラルトラストを試したいです！　見張りいいですか？」

「リティ、お前は二時間いっぱい休んでろ。他の連中もだ。見張りは俺達、経験者がやる」

「えっ……」

「俺達とお前らじゃ、歩調を合わせられんだろ。当たり前だ」

該当する冒険者達にとってはありがたかったが、気まずさが勝るところもある。そんな空気を察したのか、支部長が全員に目線を合わせるかのように見渡した。

「まぁ、何だ。上にいるってことは、こういう事なんだ。俺は支部長の立場だが、他の奴らも概ね同じ思いだろう。後進を生かさずして、何が冒険者だってな。そうでなけりゃ、ここまで冒険者が栄える事もなかっただろうよ」

支部長は気恥ずかしそうに、顎を撫でる。そんな彼の言葉に、リティを含めた四級以下の冒険者が耳を傾けていた。

とはいえ、ディモスだけはいい年齢だ。そんな彼はもちろん、自分を支部長側に置いている。

「だからお前らは安心してゆっくり歩け。こんなところですまないがな。そのかわり、アレだ。なんつーか……」

「お前らは絶対に死なせねぇよ。それだけは約束してやる」

「おい、ディモスさんよ。口を挟まないでほしいぜ」

「恥ずかしいなら、とっとと話を打ち切れ。顎を撫ですぎだ」

ディモスに癖を暴露された支部長が、慌てて顎から手を離す。

支部長の言うこんな場所ではあったが、彼の言葉には力があった。絶望の空気が流れつつあった一行に活力を与えたのだ。

「リティ、休みましょ」

「そうですね、ロマさん。皆さんも、体力を回復させてまた頑張りましょう！」

「あの、その経験者というのはやはり……」

自分も、と確認をとろうとした教官トイトーに目で答えを出す支部長。教官トイトーはがっくりと肩を落としたものの、決して拒否はしない。

後輩の前で情けない姿を見せまいと、気弱ながらも彼なりに真剣だった。後進を生かさずして。

自身もそうされて育ったことを教官トイトーも思い出したのだ。

「ここは私達に任せてくれ。な、ジェームス？」

「あぁ、特にリティ。君はしっかりと休め」

「私ですか？」

「はやる気持ちを抑えるんだ。いいな」

二人の熟練者もやる気になってくれて、支部長としても結果的に胸を撫で下ろす形となった。

何せ休息を取ると決めた段階では熟練者関係なく、支部長としては分担する予定だったのだ。

方向転換させたきっかけはリティである。彼女の初心に当てられて、支部長自身も立ち止まって考える事が出来たのだ。

久しく忘れていた冒険心を思い出させてくれたからというのもある。

しかし何より本当に大切にすべきは、彼女のような人間だ。あの子をはじめとした未来の大器が成長すれば、スカルブなど物の数ではない。

そう俯瞰するきっかけを与えてくれたリティに、重戦士《ウォーリア》ギルド支部長であるルドウェンは心の内で礼を述べた。

第三十二話　リティ、巣の中枢に向かう

休憩を繰り返して奥まで進んだものの、未だ最奥が見えない。行き止まりにぶち当たり、後方から奇襲されては引き返し。

物資も危うく、探索時間は延びていく。もうどの程度の時間が経ったのか、誰も確認しようとはしなかった。

問題なのは体力だけではない。狭い洞窟内、太陽の光もない、いつスカルブに襲われるかもわからない。ストレスにストレスが重なり、精神が極限状態を迎えている者もいる。

「し、支部長……。引き返しましょう。さすがにこのままでは、全滅してしまいます……」

「そうだな。悔しいが、これまでとしよう」

「そ、そんな……」

頭ではわかっていても、リティは探索をやめたくなかった。この誰もが体力と神経をすり減らす一方で、彼女は未だモチベーションすら落ちていないのだ。

先の戦闘からして、リティの動きに衰えがない時点で皆も薄々感づいている。バイタル、メンタルの両方においてこの子は規格外だと、味方であるはずなのに自分達とは別の存在だと感じていた。

ルドウェンも彼女の素質は認めていたが、その様子だけは許容しない。

「体力ってのは気づかないうちに消耗してるもんだ。それに他の皆の事も考えろ」

「わかってます……」

「マッピングもある程度は済ませた。次からはもう少し楽に進めるはずだ」

深い迷宮に潜る場合、マップ作成は必須だ。ダンジョンによっては何日、或いは月単位で攻略する事もある。ルドウェンが手元の自作マップを見て、少しだけ疲れた表情を見せた。

埋まっていない枝分かれの先のどれかが、女王の元へと続いてるはずだと確信している。しかしルドウェンは改めて決断を下す。

「……引き返そう。おーい、ゴンザ！」

「わかった！　じゃあ……」

ルドウェンの呼びかけに後方の教官ゴンザが答えたものの、彼は固まってしまった。今しがた、自分達が通過したドーム状のような場所を陣取っている魔物がいたからだ。

何だ、あれは。ゴンザは即座にルドウェンへと伝えることが出来なかった。その様子を察したルドウェンが、冒険者達をかきわけてゴンザの隣につく。

「支部長、ありゃ何ですかい」

「女王の護衛だ。巣の規模から嫌な予感はしていたが、あれが生まれていたのかよ」

「まさか……」

カマキリの化け物のわずかな挙動を見極めたのはルドウェンだ。先制一番槍を放ち、追撃すら許さぬ猛攻。スパイラルトラストが腹部に命中して、魔物が洞窟の壁に背中を打ち付けた。

「ゴンザ！　ディモスさんッ！」

ルドウェンの呼びかけで、三人が立ちはだかる防壁が完成した。後衛の魔法使い《マジシャン》が氷柱《アイスニードル》を放ち、死角からトイトーとジェームスが仕掛ける。

熟練冒険者の華麗な連携に、リティは目を奪われてしまった。何かしなければ、そう思うほど何も出来ない。ただ、ただ感動していたのだ。

「クソッ！　タフだな！」

「だが、だいぶ痛めつけた！」

息を切らしたルドウェン達の前で、カマキリの魔物がゆるりと揺れる。その途端、教官ゴンザとディモスの体に数か所の切り傷が発生した。

血が噴き出したが、教官ゴンザは構うことなく斧で応戦。ディモスは苦しい表情を見せながらも立つ。ゴンザはともかく、ディモスが危うい。そう判断したリティは我に返った。

「ディモスさん！」

「リティ、ダメよ！」

リティを止めたのはロマだ。彼女だけではない。リティ以外の者達には、あのカマキリの魔物が何であるか理解している。沸騰しかける興奮の最中、リティは自身を静めた。

そしてルドウェン達が大立ち回りしているあの魔物の動きを観察し始める。

「ネームドモンスター〝忠実なる執行刃〟……。女王の護衛よ」

「女王の護衛……」

初めて知る魔物だが、リティはその護衛という言葉で閃いた。勝手な動きをすれば怒られるかもしれない。ましてや、三級のゴンザを含めたベテラン前衛を容易く傷つけたあの速度だ。

しかしリティはその動きを網膜に焼き付ける。そして飛び出した。

「お、お前ッ！」

ルドウェンの言葉を無視して、リティは一つの通路に走る。忠実なる執行刃は当然、追うがリティは逃げた。

傍から見れば仲間を置いて自分だけ助かろうとしているようだ。リティのその脚力による速度も相まって、忠実なる執行刃は諦めて止まった。ルドウェン達のほうへと向いて、ドーム状の場所に戻っていく。

「ここじゃない……！　次！」

リティも引き返し、今度は別の通路に向けて走る。忠実なる執行刃がリティに背を見せているが、突然振り向いた。先程とは違い、リティを猛追する。

「チッ！　あいつ、何をやってやがる！」

放たれる大鎌をリティは盾を持ちながら、体を回転させて弾いた。それでもバランスを崩し、壁に体を打ち付けてしまう。

しかしリティは痛みに構わず、飛ぶようにしてルドウェン達の元へと復帰した。

「支部長、あちらが正解の道です」

「お前、まさかそれを確かめるために……」

「女王を無視して逃げるならあまり追わないみたいです。他のスカルブと違いますね」

「護衛ってだけで、そんな危険な賭けに出たのか……」

忠実なる執行刃が正解らしき通路を塞ぐ。頑なにそこから動こうとしない魔物にルドウェンが再びスパイラルトラストを放った。それを魔物がかわした先にリティの疾風斬り、ジェームスやトイトーの多連斬。全段はヒットしないものの、着実にダメージを与えていく。

魔物の大鎌の攻撃が放たれようとした際に、リティがまた正解の道へと急ぐ。そのたびに魔物が反応して、そちらに攻撃を仕掛ける。

その隙を支部長達が突く。

リティが正解へ走る。

その隙を。

この繰り返しだ。

単調な攻めではあったが、女王の護衛をやり遂げようとしているのだろう。しかしその名の通り、忠実さが仇となった。

「あと一押しだ！」

ルドウェンが言う通り、忠実なる執行刃はもう立つ事すら出来ない。複数ある手足を地面につけて堪えるのみだ。

「はぁぁぁッ！　スパイラルトラストーッ！」

リティが片手槍から放った付け焼刃のスキルだが、満身創痍の魔物への止めとしては十分だった。頭部に命中したものの、その硬さ故に破壊とまではいかない。しかし、ぐしゃりと潰れるようにして倒れた魔物。ルドウェンがすかさず全員の生存を確かめた。

「無事みたいだな。リティにゴンザ、ディモス。回復してもらえ」

ライラの回復魔法を受けて、三人に再び活力が漲る。その様子を確かめたルドウェンは、魔物の死骸へと近づいた。

忠実なる執行刃、最低でも三級の魔物だ。同じ等級でも、三級の冒険者が必ずしも太刀打ちできるとは限らない。魔物の種類や個体差、地形など様々な要素を考えれば三級でも足りないほどだ。故に三級以下を震え上がらせるには十分の魔物である。

「商人のおっさんは護衛を引き連れていたらしいが、こいつに皆殺しにされた可能性すらあるな」

「支部長よ、俺は生きた心地がしないぜ……」

「ディモスさん……。確かに四級に戦わせる魔物じゃないな。だが、こいつの猛攻を凌いだのはさすがだよ」

「リティのハメ技がなけりゃ、どうなってたか」

ハメ技の意味を理解してないリティだけが達成感に打ち震えていた。初めて会った格上の魔物に対して、一瞬で攻略法を思いつくなど熟練者でもそう簡単ではない。ルドウェンは無意識のうちに腕をさする。寒いどころか、蒸し暑さが極まっているというのに。

「支部長、さすがに引き返しましょうや。今みたいなのがまた襲ってきたら、今度こそ終わりだぜ」

ディモスの言葉にも、ルドウェンは反応しない。先程まで撤退を決意していた彼が、ここにきて自問自答していた。

先日の群れ撃退に加えて自分達は今、巣でかなりのスカルブを討伐している。普通に考えれば、しばらくの間は攻められる心配はないとも考えられた。

しかし、忠実なる執行刃がいるほどの巣となれば話は変わってくる。強いスカルブを産めるほどの女王となれば、早い段階で手を打っておく必要があるからだ。

強い個体を産める女王の力、それに比例して上がる兵隊の質。これらを考慮すれば、時間が経つほど危険度は段違いに跳ね上がる。餌の問題もあるが、他から補給でもされたら終わりだ。

「いや……この巣はここで潰しておく必要がある」

ルドウェンが大槍を向けた先は、正解とされた道だ。気でも狂ったのかと勘ぐる冒険者もいるが、意見の内訳としては半々だった。支部長と同じ考えを持つ者、引き返して援軍を待ったほうがいいと考える者。

いずれも、こうして悩んでいる時間がないことはわかっていた。

「私、行きます」

ルドウェンと並び、リティが女王討伐への決意を表明した。その並びについたのが一人、また一人。出遅れたトイトーも最終的には加わり、一行は中枢に向けて歩き出した。

近付くにつれて、一行の鼻を異様な匂いが刺激する。何の匂いとも形容できず、不快感しかないものだった。そして開けた場所で待ち構えていたものは。

「忠実なる執行刃、三匹……」

女王本体よりも、見知ったものの視覚情報のほうが一行に絶望を与える。

先程の激闘でその脅威を知っている彼らからすれば、端で干からびているディビデ一味など背景に過ぎない。

「お、ま、えら……」

その時、それらに埋もれているリーガル支部長の声が聞こえた。

第三十三話　リティ、スカルブクイーンに挑む

端にいるリーガル達の様子を数人が確認した。ディビデ達に植え付けられているのは、無数の卵だ。人間を栄養源として子に与えるスカルブという構図を想像して、全員が戦慄する。

リーガル支部長はかろうじて息があるが、他は絶望的だった。付き添った三級冒険者達はほぼ骨と皮だけになっており、卵すらない。すでに吸いつくしたという証だった。

せめてリーガルだけでも助けたいが、すぐ側であの巨大カマキリが目を光らせている。どうしたものかと、支部長はこの状況で必死に考えを巡らせていた。

「オォ、たくさんのニンゲン。良い」

全員が耳を疑う。今、目の前の魔物が喋ったのだ。当然のように二足歩行、数枚の透明な羽、幾重にも重なる牙。驚くべきはそのサイズだ。

一行の裏をかくように、スカルブの女王は成人女性とさして変わらない大きさだった。その体のラインも同様に、虫の魔物でありながら女性に近いシルエットとなっている。

「ワタシは知った。たくさん食べるにはたくさん、ないといけない。たくさん、それほどない。ワタシは知った。たくさんはニンゲンがある」

ぎこちない言葉ではあるが、その魔物は確かに人語で話している。人語を話す魔物自体はそう珍しくない。

ただしそれらは例外なく上級の魔物だ。最低でも一級以上、その事実を知る重戦士《ウォーリア》ギルドの支部長であるルドウェンだからまだ事態を飲み込めた。他の者達はただ唖然とするしかない。

「ニンゲン、小さい。多いから、おいしい。食べれば、強い」

「小さいのに多いんですか？」

迷わず突っ込んだリティに女王が、無機質な目を向ける。そして上機嫌をアピールするかのように、歯を鳴らした。

「お前、多そう」

「来るぞッ！」

リティに、その言葉の意味を理解する余裕などなかった。一匹でも厄介な忠実なる執行刃、それが三匹もいる。この状況を打破するには、圧倒的に戦力が足りない。

リティはまずリーガル支部長の救出が先決だと考えた。瀕死《ひんし》ではあるが最低限の回復をすれば、まだ戦える可能性があるからだ。情け容赦のない仕打ちではあるが、それほどの危機だとリティは直観した。

「リティッ！　頼むぞ！」

ルドウェンがリティに託す。彼としても、まだ四級の彼女に無謀な事をさせている自覚はあった。しかしこの常識外れの相手には、同じく常識外れだ。まだ未熟ではあるが、もはやリティに賭けるしかなかった。

「女王ッ！」

女王を狙っていることを他のメンバーに伝えるリティ。つまりやる事は先程と同じだ。

今回は相手が三匹とあって、自分一人では受け切れない。だからゴンザ達、熟練者達が連携してそれを担当する。三匹の猛攻を耐えれられるかどうか、それは誰もが危惧していた。

リティが攻め、逃げ、続いてロマをはじめとした剣士《ファイター》が遊撃する。これまでの戦いを潜り抜けてきた者達の動きは、驚くほど洗練されていた。経験が冒険者達を強くして、全員がこの生存競争を勝ち抜くという意思を持っている。三匹のネームドモンスターに対抗する余地はあった。

わずかな時間だけでもいい。ルドウェンがリーガルを助けて、彼を復帰させる。「次」がすべてだ。

「うあぁぁッ！」

「ジェームスッ！」

が、程なくして教官ジェームスが倒れてしまう。同僚の彼が命の危機に瀕して叫んでいる教官トイトーとは逆に、リティが魔物にスパイラルトラストを打ち込む。

ジェームスを倒した隙を狙ったのだ。一人倒して油断している、そのわずかな隙だった。熟練者である彼が倒されたショックなど、リティは微塵も感じていない。トイトーは己を律した。

「へっ！　ようやく気づいたか！」

ルドウェンが女王を狙って走ったと、忠実なる執行刃は判断した。三匹全員がそちらへ向かう。そこへスキルを叩き込み、一匹の動きがようやく鈍った。しかし相手は合計三匹である。

二匹が大鎌を振れば、確実に誰かがダメージを受ける。それがゴンザであったり、ジェームスであったり。リティは気づいていた。今、この状況を維持するには熟練者が必要不可欠だと。

もし彼らが軒並み倒れたら、瞬く間に全滅する。「次」へ走るルドウェンがいよいよリーガル目前まで迫った。

「がはッ！」

女王の腕が、支部長の腹を刺していた。かろうじて急所は外していたものの、恐るべきはその速度だ。あの堅牢な支部長に接近して、いとも容易く攻撃できる敏捷性。その腕力。

彼を食らおうと、女王の口が肩にかかる。

「ああああぁぁぁぁぁぁッ！」

巣に響くのはリティの声だ。不意の大声には何であろうと反応する。わずかな隙を生む。それに加えて、女王めがけて突進してくるのだから女王も目を奪われる。

それも一匹の忠実なる執行刃によって阻まれてしまうのだが、少なくともルドウェンは行動を起こせた。

「でかしたッ……！」

ルドウェンが女王の顔面に拳を叩き込み、更に百裂突きで引き剝がした。その際に出血らしい出血がない女王のタフネスさに驚く。

ルドウェンは手持ちのアイテムをリーガルに飲ませる。しかしその風貌《ふうぼう》からして、戦線への復帰は疑わしい。痩せて筋力が落ちているのが見て取れたからだ。

産みつけられた卵を潰したものの、手遅れでない事を支部長は祈った。

「子どもを、殺した。お前、殺す」

「うるせぇッ！　虫けらッ！」

雄叫びを上げて果敢に女王に挑むルドウェン。しかし、実力の差は歴然だった。最低でも一級の脅威を有する女王に、二級の彼が勝てる道理などない。

しかし、彼としてはそれでもよかった。このまま全員で挑んでも、恐らく女王相手では全滅は免れないからだ。

「支部長！　援護します！」

「リティッ！　俺の戦いを見ておけッ！　ついでにカマキリの相手もな！」

無茶振りという言葉がよく似合うと、支部長は薄ら笑いを浮かべた。彼は四級のリティに賭けたのだ。その異様なまでの学習能力、身体能力、そして戦闘センス。

それはもはや異能と呼ぶべき域に達している。彼が持ちうる常識をリティは簡単に打ち破った。ヤケクソではあるが、それでもルドウェンは彼女に賭ける事にしたのだ。

このクソッタレな状況を打破するには同じ常識破りをぶつけるしかない、と。

新人を守るのが務めだと言いながら、矛盾している己の行動に彼自身も吐き気を催すほど嫌悪していた。

「ぐぁぁッ……！」

「脆《もろ》い」

ルドウェンが片腕を押さえて膝をついた。その片腕から、ありったけの血が流れている。誰が見ても、使い物にならない。それをまさに見下す女王。

「リティッ！」

ロマが叫んだ時には、リティに忠実なる執行刃の大鎌が向かっていた。しかし、リティはごく自然にそれをしゃがんでかわす。そして立つと同時に疾風斬りで、腕を跳ね飛ばしてしまった。

「……ッ！」

「何を驚いているんですか。そんな暇ないですよ」

言葉が通じるかもわからない魔物に、リティは話しかけた。そんな暇はない、まさにリティとしてはその通りだった。

ルドウェンが体を張って自分に女王の動きやパターンを教えてくれている。その最中、このカマキリを相手にしているのだ。ジェームスが倒れた際にも動じなかったように、リティはひたすら集中していた。感情すらも心の奥底に押し込み、目標だけを見据えている。

それは他の者達も同じだった。腕を失ってうろたえた魔物に、攻撃スキルを叩き込む。

「オォ、オオオ、私の強い子が。なぜ？」

「てめぇもだ。そんな暇ねぇだろ」

ルドウェンの大槍が女王の肩にヒットする。本来は両手持ちの大槍だが、支部長は片手で持ったのだ。火事場の馬鹿力か、はたまた意地か。彼自身にもわかっていない。ただ必死だった。

「オ、オオォォッ⁉」

ルドウェンの大槍が透明の羽を貫く。

「よかったぜ。少しでも、その速度を殺せてよ」

「ニンゲン、弱いが、私、うけた。なぜ？」

そんな暇はない。リティは何度でも、心の中で呟いた。忠実なる執行刃の頭を、斧でかち割って止めを刺した時も。二匹に対して先程はね飛ばした大鎌を投げつけて、ブーメランの要領でダメージを与えた時も。常に「次」を考えている。

「疾風斬りッ！」

「氷属性低位魔法《フリーズバレット》ッ！」

ロマと魔法使い《マジシャン》の男による怒濤の追撃で、二匹目の忠実なる執行刃がふらつく。

それをリティが飛んで蹴り飛ばして、三匹目にぶつけた。将棋倒しのように二匹とも倒れたところで、更なる追撃の嵐だ。

「女王を守る前に自分達の身を守るのが先決だったわね」

ロマの言葉通り、冒険者達の連携によって女王を守る最後の護衛すらも瀕死だった。これに止めを刺せば残るは――。

「これも弱い！」

女王が高速で護衛に食いつき、食い破った。小さな体から想像もできないほどの早食いだ。わずか数口だろうか。その大鎌すらも残さぬ食い意地に、一行は改めて戦慄する。

女王を実直に守ろうとしていたはずの忠実なる執行刃は、女王によって食い尽くされてしまった。

「弱い。もっと、強い子、ないと」

スカルブは同族をも平気で食らう。その情報は全員が予め知っていたが、自分の子すらも食う女王の残虐性は知らなかった。所詮は魔物と頭ではわかっていても、目の当たりにすれば違った感想にもなる。

今から、この救いようのない化け物を討伐しなければいけないのか。いや、出来るのか。誰もがここにきて、初めて武器を持つ手が震える。

「想像以上で楽しいです」

唯一の例外は当然、リティではあったが。

第三十四話　リティ、活路を見つける

ルドウェンのおかげで速度が落ちたとはいえ、女王は依然速い。動き回るのではなくて背中合わせで固まり、死角を減らす。

この速度の前では前衛も後衛も無意味だからだ。ディモスやゴンザ、魔法使い《マジシャン》の青年。

三人が同時に切り刻まれ、立っていたのはゴンザのみだった。ディモスが血を流して、青年に至ってはおびただしい出血量だ。

ディモスはともかく、明らかに青年は絶望的だった。

初めてパーティメンバーの死を実感したリティは、さすがに身が震える。ついさっきまで共にしていた人間の命が消えるという、冒険者の通過儀礼。

これに耐え切れずに引退を考える者も多いが、リティは歯を食いしばった。

「今のは私が遊撃できていれば、もっと左に……」

ルドウェンが身を挺して自分に女王の行動を見せてくれた。それならば、今の青年の死も無駄にしてはいけないとリティは己を奮い立たせる。

驚異的な集中力を以て、リティは女王の攻撃を見切ろうと必死だ。それが功を成して、女王の細腕の初動を見極めてロマの命を救う。

リティの剣が女王の腕を弾くも、斬るという結果は残せない。その細身に似合わず、女王は硬すぎるのだ。

「お前、やはり多い。子の餌、もったいない。お前……食う」

雑な噛みつきの連続だが、リティは完全にかわしきれない。かすっただけでも、肉を持っていかれるのだ。

それを飲み込んだ女王が身震いする。

「やはり、多い！　強い人間、いや。多い人間はうまい！　これは……そう、カクベツというのだ！」

「段々と言葉がハッキリしている……」

リティの疑問は誰もが持っていた。何故、スカルプがここまで流暢に人語を話せるのか。

女王もまた学習していた。これまでも餌にしてきた人間の影響だ。この特異性からして、この魔物の等級は一級に止まらない。

今だから一級なのだ。明日には、数日後には。経験者であるルドウェンが、それを最も肌で実感していた。

「ロマさんッ！」

再びロマへ細腕を突き刺そうとしたところで、リティの斧が炸裂した。腕に斬り込み、硬いはずの女王の腕を切り落としたのだ。

一番驚いたのは女王だった。リティを〝多い〟と認識はしていたが、こうも早く自分へダメージを与えるなどと予想していなかったのだ。

「もう……誰も死なせませんから」

「うう、うくううあぁぁ……！」

ルドウェンに羽を貫かれ、今はリティに腕を切り落とされた。そもそも巣の中枢にまで侵入された挙句の話だ。

女王となる前の女王は弱かった。他の女王候補にばかり餌を与えられ、自身には回ってこない。そんな状況であれば、同族だろうが食らう。

自身よりも更に弱い卵を食らい、生まれたての子を食らい。同族食いは珍しくないスカルブだが、女王はひたすら同族のみを食らった。

そんな女王は、いつしか巣の頂点として君臨する。自分は強い。魔物ながら、そう自信をつけた女王は躍進したのだ。

「ワタシは、弱く、ないッ！」

女王の口から、スプレーのごとく何かが放たれた。反射的にかわしたリティだが、他のメンバーはそうもいかない。

受けてしまい、間もなく効果が現れ始めた。ロマが両膝をつき、ゴンザが呻き。一瞬にして、ほぼ全員が戦闘不能となったのだ。

「皆さん!?」

「ど、毒だ……。ライラ、解毒の魔法は……」

ゴンザに言われずとも、彼女はとっくにやっている。しかしライラの解毒魔法ではさしたる効果は得られない。

それに彼女自身も長くはもたない状態だ。全員の呼吸が荒くなり、もはや戦う事も出来ないのは明白だった。

リティは自分の心臓の高鳴りをしっかりと感じている。全滅がすぐそこに迫っていたからだ。

友人のロマや世話になった教官達、支部長。その命の灯が揺らいでいる。

「リティッ！　焦るな！」

女王をすぐに倒さなければというリティのはやる気持ちを、動けないながらもルドウェンが制した。雑な動きになれば、それこそ本末転倒だからだ。

ルドウェンの一喝で、リティの頭の中がクリアになる。助けられた。リティは、すでに立てないルドウェンに心の中で感謝した。

「おおぉ、やはり弱い。ワタシが一番」

「頑張って追い抜く！」

一番という女王の発言を真に受けたリティが攻める。その最中、リティは自身の手札では女王を攻略できないとわかっていた。

今ほどリティは頭をフル回転させたことはない。今までの些細な事柄を掘り起こし、わずかなヒントでも見つけようと努める。

そして女王の口が開いた時、毒霧を警戒した。が、放たれたのは――――。

「ギイアアアアアアアアアアッ！」

その奇声で、思わず両手で耳を塞いでしまった。巣の壁に亀裂が入り、メンバーの武具も同様だ。耳や鼻から血を流し始め、毒と超音波のダブルアタックで瀕死だった。

武器を手放したリティを、女王が見逃すはずがない。再び食らおうと襲いかかり、リティも逃れようと身を退く。

しかし、超音波のせいで反応が遅れたリティがかわせる道理もなく。その凶悪な口がリティの肩に触れる寸前だった。

「ブラストナァァアックルッ！」

「ンギッ⁉」

女王の側面が爆発して、吹っ飛ぶ。その一撃が効いたのか、女王はすぐに立ち上がれなかった。噛みつく直前だったせいもあって、女王は口から血を流していた。

その間にリティは武器を拾い、攻撃の主を確認する。

「ありがとよ。おかげで何とか立てた」

「リ、リーガル支部長！」

立てた、という言葉通りだった。筋肉質だったその体はだいぶ痩せて、今はまたふらつく。

膝をつきかけているリーガル支部長に、リティは肩を貸そうとするが拒否された。

「お前はあいつを倒すんだ。俺も全然もたんぞ、これは……。他の奴らもやばい、すぐに治療しないと……」

「……はい！」

「いいな。泣き言はなしか」

リーガルの言葉に、リティは無言で肯定した。何せその勝機を見出せたのは、他ならないリーガルのおかげなのだ。

礼を言いたいが、成功するまでは安心できない。だから、リティは短くリーガルに伝えた。

「やれそうですから」

顔下半分を血まみれにしながらも、女王はリティとリーガルにぎらついた目を向ける。

女王にとって、この二人はもはや食料ではない。憎悪すべきであり、殺すべき対象だ。

「もう二度と、毒なんて出させませんせん」

腕を失くし、羽を一枚失おうとも。絶対に殺す。生まれて初めて芽生えた怒りの感情に、女王は翻弄されていた。

「殺す！」

などと女王が意気込みを叫んでいる余裕はなかった。何故なら、リティは口にせずとも向かっている。

リティは今、この瞬間しかないと思っていたのだ。女王が怒りに支配されて、それが頂点に達した時だ。だからこそ、あえて〝毒〟と強調して挑発した。

リーガルのおかげで思いついた、この一撃。リーガルによって女王は口を損傷している。あの硬い女王にも弱点はあると、リティは確信した。自らの牙によって、自身を傷つけたのだ。

リティを噛む寸前、リーガルによって浴びせられたスキルで女王は自身を噛んでしまった。何ともマヌケではあるが、そんなわずかなヒントで辿り着いたリティの勝機。

女王が全力の攻撃を放つ時に、それを叩き込む。

「はぁぁッ！」

女王が口を開けた瞬間、リティの蹴りが顎に直撃する。それは何かが放たれようとしていた瞬間だった。

発射寸前で口を閉じられた女王の目や肛門部分から、じわりと何かがにじみ出る。

人間のそれとは違うが、血だった。そして――。

「ブハアアァァァァアッ！」

それぞれの穴から、パーティを壊滅に追いやった毒霧が噴出する。外に向かうはずの毒が、女王の体内で滞留して破裂してしまった。

仮に女王が冷静であれば、違った結果になっていたかもしれない。しかし、怒りに任せた攻撃は寸前では止められなかった。

ましてや、今の今まで予想もしてなかった攻撃である。

「ア、ギャ、アアアァ！」

「スカルブを観察していて、気づいた。あなたには鼻がない。体の構造まではわからないけど、穴が少ないのかなって。一か八か……成功してよかった」

女王が自身の毒で死ぬことはない。しかし女王も人間同様、内側は柔らかかった。

体内から破壊された女王はしぶとくも、まだ立っている。その体から流れる様々な液体もまた、人間を糧にして得たものか。

リティが朽ちかけのスカルブの女王に対して抱いた、唯一の感情だった。

「ヨクモ、よく、も……」

未練を口にしながらも、女王は前のめりに倒れる。流れる血、まだかすかに羽ばたく透明の羽。

リティは女王に止めを刺そうと、剣を振り上げた。

第三十五話　リティ、決着をつける

毒と超音波で瀕死のメンバーにリティが対応する。リーガルの指示で、手持ちの回復薬をすべて使用した。

ルドウェン、片腕と出血により重傷。リーガルも外傷と衰弱により危険な状態だ。起き上がって女王に一撃を浴びせられたのが奇跡だった。

〝爆拳〟の異名を持つ彼であれば、本来なら女王相手でも後れを取ることはない。

しかし今回のような惨事に至ったのは、強欲商人ディビデ一行のせいだった。

「俺達が奴らに追いついた時には、すでに手遅れだった。あんな人間でも、死なれちゃ寝覚めが悪いからな」

リティが回復薬を処方している最中、リーガルは語った。ネームドモンスター〝忠実なる執行刃〟が逃げるディビデの護衛を追ったのは、彼が残り一人だったから。

リティのハメ技が効いたのは、他にも向かってくる連中がいたからこそだった。それを聞いたリティは、また状況に助けられたと理解する。

「まだディビデ達は生きていた。ただし、卵に養分を吸われて時間の問題でもあったがな」

十匹近いネームドモンスターから、リーガルが彼らを救うのは至難の業だった。その際にリーガルが負傷した事で、戦局は一変。パーティが総崩れとなり、餌食となった。

ネームドモンスターが四匹に減っていたのも、リーガル達のおかげだ。リティ達よりも遥かに厳しい条件で彼は戦っていた。

それを聞いたリティが、リーガルを助けたなどと実感できるはずもない。

「リーガル支部長に助けられました」

「お互い様だ。それより、他の連中はどうなっている？」

「一人殺されて……残る全員の応急処置はしましたが、早く適切な治療を受けないと……」

「……よく見りゃお前もひどい怪我だな」

女王に各所を食いちぎられ、リティも呼吸が荒い。肝心のライラも毒のせいで意識不明だ。

リティはどうすべきか悩んだが、一人で全員を外まで連れていくのは無理だと判断した。一人、二人ずつ背負うにしても道中にはまだスカルブが残っているからだ。

その状況で戦闘など出来るわけもなく、彼女は決断した。

「私が街へ行って」

「グギギ……」

背後からの擬音に反応して、リティは振り向く。女王が再び羽を動かしていたのだ。リティは反射的に女王への攻撃を試みた。

女王の体が浮いて、瀕死とは思えない飛行を見せつける。そしてリティとは反対の方向へ飛んだ。

「逃げる⁉」

「瀕死で俺達は殺れないから、他の人間を襲うつもりだ！　補給でもされたら手遅れになる！」

武器は槍だけを持って、リティも駆け出した。全身の痛みで泣きたくなるところを堪えて、飛ぶ女王の背中を追う。

残っていたスカルブがリティを襲うが、それを跳び箱のごとくかわす。途中でふらふらと落ちそうになるも、女王の命がけの根性は並ではなかった。

「逃がさない！　逃がさないッ！」

手負いの相手になかなか追いつけない焦りがリティを襲う。残してきた仲間の事もあり、戦っていた時よりも己の無力を感じた。

女王は確実にトーパスの街へ向かっている。リティは全身の細胞に呼びかけた。限界を超えてでも女王を討て、と。

「やぁぁッ！」

片手槍でのスパイラルトラストは、背中の羽にわずかに届く。チリリ、とスキルをかすらせて羽の一部が破れた。

女王が万全ならかすり傷ではあったが、今はわずかな速度低下すら命取りになる。そのおかげでリティも女王との距離を縮められた。

「巣の外……！」

外では朝日が昇っていた。少なくともリティ達は一晩中、戦っていたのだ。

朝の喧噪の中、依頼で駆け回っていた事を思い出す。元気に挨拶をすれば、返してくれる。モモルの実を貰えた事も、次の依頼を期待された事も。

街の皆の顔を思い出しながら、リティはスパイラルトラストの際に突き出した槍を斜面に引っかけた。槍高跳びで、速度が落ちた女王の真上に到達。

そのまま槍で追撃を放とうとしたところで、激痛が走った。

「あぐっ……！」

たとえどこから血が出ようとも、リティは堪えた。追撃は未遂に終わったが、女王に飛びつく。

リティの体重が加わったことで、女王は低空飛行を維持。

あと少し遅ければ、そのまま高度を上げられていただろう。

「ギギギッ！　落と、す……！」

「無理！」

ふらふらと飛んでいる様は、まさに虫の息だった。しかしここにきて尚、リティに乗られても飛ぶ力はある。

その生命力の強さに呆れる暇もなく、リティの眼前にトーパスの街が見えた。

いよいよリミットが迫る。ここまでやって止めを刺し切れず、犠牲が出るなどリティには耐えられなかった。リティが槍を女王の首に回して、一気に力を入れて締めた。

「ググッ……」

「このまま落ちて！」

「ゲ、ガガ、ウ……」

ここで女王を締め落とせば、リティも共に落下する。しかし、そんな事に構ってはいられなかった。トーパスの街が鼻先まで来た時、視界の端に何かの集団が映る。それが馬に乗って武装した集団だと気づき、光明が見えた。リティは大きく息を吸って、大声で叫ぶ。

「助けて下さい！　これがスカルブの女王です！」

その集団が王都からの増援だと確信したリティが助けを求めた。

これで巣の中にいる仲間も助かるかもしれないとリティは希望を抱く。未だ健在の女王ではあるが、リティにとってここが正念場だった。

王都からの部隊が、空中に漂う女王とリティに注目する。

「あれは女の子と……魔物!?」

「矢での援護は危険だ！　あのままだと、街の中に落ちるぞ！」

部隊の中の一人が予想した通り、女王が街の上空にまで来てしまった。

何事かと、街の住民も空に注視し始める。リティが、見た事もない魔物と一緒に空を漂っているのを何人かが確認した。それが次第に高度を落とし、ついには街の中にまで到達してしまう。

「ギ、ギギ、ここ、ニンゲンの、街……」

「ハァ、ハァ……！」

攻撃しないと。そう焦るほど、リティの呼吸が乱れる。ダメージも蓄積していて、本来ならば戦える状態ではない。常識を超えたメンタルが、今のリティを動かしていた。

落下して立ち上がれない女王に何とか槍を向ける。血を吐こうが構わない。街の人は元より、その先には見知った老夫婦が不安そうに見ていたからだ。

逃げて、そう叫びたいが声すら出ない。

「リティちゃん……？」

「に、げ、ゲホッ……」

「ニ、ン、ゲン……」

女王が一歩ずつ老夫婦に近づき、リティも追う。しかし、もう槍を持つ手も上がらなかった。

警備隊が駆けつけるが、リティは彼らを意識していない。ここで腕が千切れても構わないと覚悟して、歯を食いしばった。

「ニン、ゲ……」

満身創痍の一撃が、女王の背中に突き刺さる。甲高い悲鳴を上げた後、女王がその場に座り込んだ。リティと同じく、もう立てない。

集まる野次馬に逃げるように促したいが、リティにはその力すらも残されていなかったのだ。

このまま力尽きるのが楽だとリティも悟るが、意地と気力がそうさせなかった。

「何だこれは⁉」

「リティを介抱しろ！　そこの虫に念入りに止めを刺しておけッ！」

「支部長、もう死んでます……」

剣士《ファイター》ギルド支部長と誰かのやり取りを聞いていたリティだが、この辺りが最後の記憶となる。意識が暗黒に落ちたが、片手槍だけは手放していなかった。

＊　＊　＊

リティが目を開けて最初に見たのは、ロマだった。手を握り、俯いている。

頭や至るところに包帯を巻いており、きちんとした治療の証があった。リティが声を出す前に、ロマが気づく。

「気がついた……！」

「ロマさん……無事だったんですね……」

「それはこっちのセリフよ！」

大粒の涙を流し始めたロマに、リティは困惑する。ここにきて、ようやく自分は助かったのだと認識した。

スカルブの女王を追ってトーパスの街まで来た事。その後で真っ先に気にかかったのは女王である。

「じょ、女王は⁉」

「警備隊が死体を管理しているわ。犠牲者は誰も出ていないみたいだから安心して」

「他の方々は！」

「リーガル支部長はまだ寝たきりだけど、命に別状はない。他の皆も、王都からの増援が来てくれたおかげで間一髪。ただ一人は……」

魔法使い《マジシャン》の青年だけは助からなかったとロマはリティに伝える。

パーティメンバーの死を改めて実感したリティ。こればかりはポジティブに考えられず、さすがの彼女も言葉を失った。

そんなリティを元気づけるかのように、ロマは話題を変える。

「リティ、今は自分の心配をして」

リティは自分が三日以上も意識が戻らなかった状態だと、ロマから聞かされる。女王に一撃を与えて倒れた時、誰もが死んだと思っていたのだ。

病院に運び込まれた時も同様だった。それがみるみるうちに回復に向かい、医療従事者を驚かせたのがつい最近である。

「あの時、回復アイテムがもう少し足りてなかったら全滅だった。生き残ったのが奇跡よ」

「でも一人……」

「……今は休んで。私もようやく歩けるようになったところだもの」

見ればロマも包帯を巻いて、怪我の程度が窺える。彼女の怪我もひどいが、回復アイテムという延命があった。

対してリティは自身に使う前に女王を追ってしまったのだ。冷静になるにつれて、リティは幸運に感謝した。

そしてロマが未だ手を握ったままだと気づく。

「あの……」

「ご、ごめんなさい。つい……」

「いいえ、心配してくれたんですね」

「え、えぇ」

少しだけ頬を赤くしたロマが、慌てて手を引っ込める。そんなに恥ずかしがる事もないのに、とリティは思うも再び睡魔が襲ってきた。

「……おやすみ」

リティが寝落ちしたのを確認して、ロマも自分のベッドへと戻る。これが夢ではなく、現実だともう少し実感していたい。リティもロマも、同じことを考えながら眠りについたのであった。

第三十六話　リティ、スカウトされる

入院して意識が戻ってからというもの、リティの噂を聞きつけた人々がやってきた。純粋にお礼を言いにきた者達が、何かしら見舞いの品を置いていく。

お供え物のように、置き場所がなくなるほどの量だがリティはきっちりといただいた。

その上で老夫婦の手作りサンドイッチも食べるのだから、医療関係者含めて誰もがこう言う。

「もう退院できそうね」

「そうですねー。早く冒険者ギルドに行きたいです」

誰もが死んだと思う程の重傷だったはずだが、今や病室を宙返りやバク転で賑わせる。他の皆はまだ動けないんだからとロマに注意されるのが、病室の日常だ。

「女王を追い詰めた少女冒険者の噂が街中でもち切りみたいね」

「うーん……」

スカルブの女王とリティの空中戦は多くの者達が目撃している。この街での知名度もすっかり上がったリティだが、これを皮切りにもはや知らぬ者はいない状況となったのだ。

しかし、リティとしては釈然としなかった。

「皆さんも頑張ったのに、なんだか変ですよね」

支部長をはじめとした多くの者達が討伐に関わっている。

ところが街ではリティが英雄のように祭り上げられていた。それがリティの居心地を悪くしており、自分の功績だけじゃないと説明したところで軽く流されるだけだ。

共に戦った支部長達はまだ退院できず、中には起き上がれない者もいる。リティはどれだけ褒められようと、他の者達の存在を強調し続けた。

「未熟な私が皆さんに助けられたんです。たくさん勉強になりましたし、英雄だなんてとんでもないですよ」

「リティは真面目ね。そこが強さの源泉でもあるのだろうけど……」

「ロマさんの遊撃も、驚きました。あのカマキリの魔物の死角を的確についてましたし……」

あの戦いの中でそこまで見ていたのかと、ロマはあまり褒められた気がしなかった。そっちのほうがよっぽど驚く、と突っ込みたかったが彼女はあえて言葉を飲み込む。

「それはそうとリティ。気に病む必要はないわ。さっき廊下で、剣士《ファイター》ギルドの見習いの人達と会ったの」

「あの人達もお見舞いに？」

「そう。ジェームスさんやトイトーさんが心配みたい。早く復帰して訓練指導してほしいだなんて言われてたわね。見ている人は見ているのよ」

「見習いの人達にとっては教官達が英雄なんですね」

彼らが討伐を成し遂げた事で、剣士《ファイター》ギルド全体の士気や実績も底上げされる。

それは重戦士《ウォーリア》ギルドも同様で、ゴンザに至っては毎日むさくるしい連中ばかりやってきて嫌になると毒づいていた。

その他大勢の中にも、きちんとした理解者がいる。リティはむしろそっちのほうが幸せであり、大切な事だと思った。

「失礼する。リティという少女がこの病室だと聞いたのだが……」

「私です」

病室を訪ねてきたのは、白銀の鎧をまとった女騎士だった。銀のショートカットが、やや男勝りなイメージを与える。

目元もきつく、とっつきにくそうな雰囲気はあったがリティは魅せられる。大人の女性たるスタイルの内に秘められた肉体の練度。ナターシェと出会った時以上に、リティはそれを強く感じた。

「あなたがそうか。私はイリシス、王国騎士団第三部隊の隊長を務めている者だ」

「だ、第三部隊⁉　あなたが聖騎士《パラディン》の！」

リティの発言の前にロマが割り込んだ。慣れているのか、彼女はロマに特別な反応は見せなかった。

ロマが興奮するその強者は、栄えある王国騎士団の一つを束ねる紅一点だ。最強部隊の一角〝シルバーフェンリル〟隊の隊長を務める彼女の功績は、冒険者に換算すれば特級にも届く。

各国からも引く手数多で、手中に収めようと見合いを申し込む他国の節操のなさは国内でも語り種だ。もちろん未だに彼女が出向いた事はない。

「国内で唯一、聖騎士《パラディン》の称号を授与された女性騎士……まさかこんなところで会えるなんて」

「ロマさん、その聖騎士《パラディン》もジョブなんですか？」

「冒険者ギルドの他に何らかの特権者が認定したジョブを名誉職《レアル》というの。あのユグドラシアの人達も全員、そうだったはずよ」

「そ、そうなんですか」

「あの人達の場合は、独自のスタイルを築いて国に認めさせたケースだけどね」

普通ならば眩暈がするほどの高みの話だが、リティは興奮を鎮めるので精一杯だ。ユグドラシアと同等に位置する人間が自分に何の用かと、イリシスを見上げる。

そんなリティの前に、ロマが疑問をぶつけた。

『あなたほどの方が、わざわざスカルブ討伐に？』

「ビッキ鉱山跡のスカルブは私も以前から気にかけていたのだ。以前から会議でも議題に上げていたのだがな……」

「気にかけていただいていたんですか」

「重鎮達の重い腰を上げられなかった私の責任でもあるからな。今回は半ば強引に出撃した」

話しながらもイリシスはリティのベッドに腰をかけてきた。少し遠慮のない人だなとロマは思ったが、些末事として流す。

「そ、それでそんなすごい人が私に？」

「そう、そうだ。リティ、シルバーフェンリル隊に入る気はないか？」

「はい、シルバーフェンリル隊に……」

言いかけたところでリティは口を閉じる。自分は何を誘われたのかと我が耳を疑うが、イリシスは微笑みでそれを否定した。

「ええええぇぇ！　いや、あの！　えっ！」

「冗談の類いではないぞ。本気だ」

「いえいえいえ！　なぜ私をそんなすごい部隊に⁉」

「君もすごいからだ」

「私、四級ですよ⁉」

「関係ない」

要領を得ないやり取りに、ロマもついていけない。心なしか彼女とリティの距離が縮まっているのを気にしている。ベッドのシーツに手をついて、ややリラックス状態だ。

「もしかして、恐れ多いと感じているか？」

「もちろんですよ！」

「気にするな」

「と言われましても……」

「ふむ」

イリシスがリティに近づき、腕や脇を触る。続けて腰、太ももと布団の中にまで手を伸ばしてきた。

リティは咄嗟に逃れようとしたが、動けない。いや、逃げられないのだ。単純な力だけではない。リティがスカルブの女王相手に散々やっていた初動読みをされている。

この人は自分に何をしているのか。言い知れぬ恐怖を感じたリティはイリシスに頭突きを放った。

「ぶふっ！」

「あ……」

まさかダイレクトに鼻先にヒットするとはリティも思わなかった。涙目になって鼻を押さえるイリシスは我に返ったように、頭を下げる。

「ごめんなさい……」

「いや、こちらこそ夢中になりすぎた。なに、少し体つきが気になってな。不快にさせたのならすまなかった」

「いえ、少しビックリしましたけど……」

「フィジカルモンスター」

「え？」

途端にイリシスが神妙な顔つきになる。リティの頭から隅々まで観察して、腕組みをして何かを考え込んだ。

一方、ロマはイリシスに不信感を抱いていた。彼女はイリシスに対して得体の知れない感情を抱いている。それが何かわからないロマは歯ぎしりをして堪えた。

「リティ、答えは急がない。ただこれだけは約束しよう。もし君が入隊すれば、今の倍以上の速度で強くなれる」

「……本当ですか？」

「君達が倒したスカルブクイーン……報告での判断だが、一級相当と見ていいだろうな」

「はぁ、すごく強かったですから」

「しかし、私が知る未踏破地帯ではせいぜい下の中といったところだろう」

「げのちゅう？」

「……イリシスさん。何が言いたいの？」

ロマのやや刺のある追及にもイリシスは動じない。真意は不明だが、イリシスはリティを煽っている。

その上で何としてでも獲得したいと考えているのだ。続けてロマが何か言いかけたが、先にイリシスが口を開く。

「というより、未踏破地帯では一級より下の等級に認定された魔物がいない。そうだな、スカルプクイーン相当の魔物が同時に何匹も襲いかかってくる状況を想定してほしい」

「……想像できません」

「そんな想像すら出来ない世界なのだ。つまり普通に冒険者を続けていたのでは、到達は難しい」

「イリシスさん！　いい加減にして！」

ロマが激昂した。ここにきてイリシスがようやく表情を変えて驚く。リティも何事かとロマをまじまじと見つめた。

「リティは冒険をするのが夢なんです！　もちろんあなたがいうような恐ろしい魔物もいるし、簡単じゃないはず……。でも……そうやって脅しかけて入隊を迫るのは感心しないわ！」

「脅しではないのだがな」

「やり方の問題よ！　とにかく！　リティにきちんと判断させてあげて！」

「そうだな。すまなかった」

「……は？」

また頭を下げたイリシスにロマは拍子抜けする。

凜としていると思えば、どこか常識がない。そこへ謝罪する礼儀は持ち合わせている。そんな人物に、ロマは困惑する一方だ。

ベッドから降りて立ったイリシスは、リティとロマを見比べた。

「勧誘となるとすぐに熱くなってしまう癖がある。それに君の言う通りだ。リティには夢があって本気で追っている」

「そ、そうよ。それがわかったら……」

「そしてそれをきちんと理解しているパートナーがいる」

「なっ……！」

「君がムキになるのも無理はない。無神経な事をしてしまった」

先程とは違い、かすかに俯いて暗い雰囲気だ。本気で怒らせてしまった事を悔いている。それはロマにも伝わった。しかし、その上でどう切り返していいのかわからずにいる。

「冒険とは良いパーティに恵まれ、人としても成長できる機会でもある。それこそが冒険者の醍醐味だったな。それにリティに……君、名前を教えてほしい」

「ロマよ」

「ロマ、君のようなパートナーに巡り合えたリティは幸せ者だろう」

「だ、だからパートナーってどういう……」

「今回は断られてしまったが、気が変わる事もあるだろう。まだこの街に滞在しているので、いつでも声をかけてほしい。もちろん、ロマ。君にも言っている」

いつの間にか勧誘対象になっていた事にロマは驚く。謎の余韻を残して、イリシスは病室を出て行った。

散々イリシスに引っかき回されたが、今は静かだ。物静かな雰囲気でいて、根は嵐のような性質。それが戦いにも反映されているとしたら、とリティの妄想は捗る。結果、彼女はイリシスに興味を持った。

「はぁ、あのイリシスがあんな人だったなんて。それにパートナーってどういうことよ。私達は友達であって、ね？　リティ？」

「え？　えっと……」

「パートナーって……なんだか大袈裟よね。それに二回しかパーティを組んだことないのよ。さすがに早すぎるわ」

「ロマさん？」

イリシス以上に、リティにとって今はロマがわからない。

イリシス、シルバーフェンリル隊、そして勧誘。スカルブクイーンよりも強い魔物がいる未踏破地帯。リティの冒険心は刺激される一方だった。

第三十七話　リティ、休日を実行する

「リティさんだ！」

「退院したの!?」

「これがスカルブの女王を倒した子かぁ」

リティが退院して病院を出て歩くなり、なかなかの熱狂だった。たまには休日を取る、出来る人間は休み方もうまい。

そんなロマのアドバイスを実行しようと決めたのだ。その矢先に騒がれては休めるものも休めない。珍獣でも観察するかのような大衆をリティは振り切った。

「あ！　早い！」

「すみません今日は休日を実行すると決めてるんです！」

「休日を実行って……」

何かをはき違えたリティの発言に、大衆は首をかしげる。元気よく、猶且つ超速度で走り去る少女を唖然として見送るしかなかった。

当のリティは逃げたものの、実は重大な問題に直面している。

「……休日って？」

村では基本的に畑仕事の手伝いばかり。たまに子ども達の遊び相手をする事はあっても、義務の範疇。

木の棒による素振りも訓練。ユグドラシア時代は論外として、冒険者になってからのリティの活動はそれのみである。たまにはのんびり過ごしたら、と言われたところでどうすればいいのかわからなかった。

そこでリティはマーム達と食事をした広場に行って座ってみた。もちろん手元には串焼きの他にパンだが。

「おいしい」

それ以外の感想がなかった。外で食事をしている以外、普段とちがう点がない。

ここでもリティの姿を確認した者達が詰め寄ってくる。今度はジャンプで群れを飛び越えるというパフォーマンスを見せつけた。

それで沸き立つ大衆を引き離し、向かった先は剣士《ファイター》ギルドだ。わからないなら学ぶしかない。まだ教官であるトイトーとジェームスが入院中なので、リティはカドックに会いにいった。

＊　＊　＊

「はぁ？　休日の実行？」

理解できなかったのは模擬戦で汗を流していたカドックだけではない。訓練に励んでいる見習いの中には、最終試験の調整を行っている者もいる。

そんなところへ、たった二ヵ月で称号を習得した少女が来たのだ。リティの本題よりも、彼らの好奇心が優先されてしまうのは当然だった。

「あの！　ぜひお手合わせを！」

「いいですよ」

「次は俺だ！」

「はい」

「……休日なんじゃないのか？」

カドックの突っ込みに、リティは冷静になる。これは休日ではないのかとリティは自問自答した。確かにこれならいつもと変わらないとリティは思い直すが、一度引き受けてしまった模擬戦は断りにくい。

早く終わらせる為に休憩なしの連戦だったが、見習い達に強い現実を見せつけてしまった。

「全然敵わねぇ。あの時より遥かに強くなってる……」

「お、俺の妹より年下の子にぃ」

「オレなんか娘と同じ年だぞ。これじゃ再就職はいつになるかねぇ」

「おっさんはさすがにこんなことやってる場合じゃないだろ」

様々な発言が飛び交うが、リティは改めてカドックに休日の過ごし方を聞いた。

酒を嗜み、チーズをかじる。家庭菜園を妻と育てて、作物の成長を喜ぶというささやかな日常。

リティはいいですねと共感したものの、酒は飲めない。結婚もしていないので、そうする相手もない。参考程度にとどめて、次に向かったのは重戦士《ウォーリア》ギルドだ。

＊＊＊

「そりゃお前、婚活よ」

「こんかつ？」

退院したものの、まだ模擬戦などは出来ないゴンザが堂々と答える。婚活の意味を説明されてようやくわかったものの、リティは釈然としない。

何故なら、それは趣味ではないと思ったからだ。とはいえ、リティも試しに婚活というものをやってみようかと考えた。しかし、意欲が湧かない。

そもそもリティに結婚願望があれば、冒険などに興味を持つはずがなかった。

「……でよぉ、明らかにナヨナヨした男とあの女性がくっついたのよ。まったく、あんなのがいいのかね」

「はぁ……」

「いいか、リティ。男を選ぶなら、何といっても逞しさだ！　そうでなきゃ家庭は支えられん！」

「はぁ……」

生返事を繰り返すリティに構わず、ゴンザの愚痴がヒートアップする。参考にすらならなそうなので、帰りたいとリティは願う。

そんなリティだったが、何故かゴンザへの哀れみがあってハッキリと言えないのであった。

「リティ、せっかく来てくれたんだから模擬戦の相手くらいしてくれよな」

「いいですよ」

見かねたのか、見習いがリティに模擬戦を申し込んだ。剣士《ファイター》ギルドに続いて、連戦に次ぐ連戦だったがリティにとってはいい汗を流す場だった。

見習い達を完敗させた後、リティはまたも休日を実行中だという事を思い出す。

＊　＊　＊

無意識のうちに冒険者ギルドへ辿りついたところで、リティはハッとした。休日実行から遠のいてると思いつつ、依頼の掲示板へと誘い込まれる。

退院できたとはいえ、無理は禁物だと釘を刺されたばかりだ。危うく引き受けようとしたところで、ギルド奥にいるイリシスがリティの目に映る。

「リティ、来ていたのか」

「イリシスさん、何してるんですか？」

「スカルブの件で冒険者ギルドに協力してもらいたい事を報告したのだ。完全駆除にはまだ時間がかかるのでな」

「じゃあ、私も」

「その前に武器を新調したらどうだ？」

イリシスに指摘されて、武器を手にとる。刃こぼれが凄まじく、片手槍などはいつ折れてもおかしくない。斧もひどい有様だ。各ギルドでもらった時から使い続けているのだから、こうなるのも当然である。

目先の依頼ばかりに囚われて、大切な部分を見落としていたとリティは反省した。

「我々は支給されるが、冒険者はすべて自腹なのだから大変だな。そうだ、これから買い物に行かないか？」

「イリシスさんとですか？　お仕事はいいんですか？」

「あらかた終わったところだ」

「また始まった……」

部下らしき騎士《ナイト》が意味深なセリフを呟く。リティにはその意味がまったくわからなかった。そこへ部下がそそくさとリティに近づき、耳打ちをする。

「気をつけろよ。あの人、そっち側じゃないかともっぱらの噂なんだ」

「はい？」

「後の事は任せたぞ」

聞こえたのか、イリシスは構わずリティを手招きする。その表情は緩く、どこか熱っぽい。

リティは騎士《ナイト》の発言の意味を考えたが、まったく答えが出なかった。

＊　＊　＊

「良い武器が揃っているな」

「高いッ……！」

冒険者の報酬でリティの懐もだいぶ潤ったとはいえ、武器は高い。中には全財産を出しても届かないものもある。

しかし初めて訪れる武器屋で、見たこともない新品の武器が目白押しとあってリティのテンションはやはり高い。

「このマークは名工産だな。鍛冶師によってはこういった値打ち物もある。魔導具なら尚更だ」

「こ、これって手にとってもいいんでしょうか」

「問題ないぞ」

異常な値がついてる剣を手にとったリティは、あまりの軽さに驚愕する。値が張るだけあって、扱いやすさも段違いだとわかったのだ。

しかしどんな金属を使って打ったのか、リティには想像も出来なかった。

「うー、これはすごい剣です」

「持ち方を少し変えてみたほうがいいな」

「え……」

イリシスがリティの腕を取り、姿勢を正す。腰にも同時に手を回して、リティとしてはありがたかった。

リティにとって今まで以上に楽な構えとなり、早く冒険に出て試したいという衝動が強まる。

「この片手槍も、軽くていいですね。でも、先端が細いかも……」

「見た目に反して丈夫に出来ている。より鋭く突き刺さるようになっているぞ」

「うーん……」

手持ちの金とリティの相談が始まった。購入するなら、どちらか一方だ。ただその一方のみでも、斧も揃えたいリティにとっては痛手である。

武器がこんなにも高いとは想像もしていなかっただけに、リティはここでもっとも頭を悩ませていた。

「この槍ならば、構えはこうだな」

「あ、はい」

またもイリシスが片手槍の持ち方指導をする。リティにとってはありがたかったし、体を密着させるほど熱心だ。イリシスの情熱に応えるには、やはり結果を出すしかない。

その為には、この武器を買えるまでに稼げるようになりたいとリティは強く思う。

「この斧も、思ったより重くないです」

「まとめて買ってあげよう」

「え、冗談ですよね？」

剣、槍、斧をまとめて抱えたイリシスが店主の元へ持っていく。さすがに慌てたリティが追いかけた。

冗談ではないのはわかったが、この唐突な好意を受け取れるほどリティは図太くない。

四級の冒険者の稼ぎではなかなか手が届かないほどのものばかりだから、尚更だった。

「それはさすがにいいですよ！　頑張って稼いでいつか買いますから！」

「前途ある冒険者への投資だと思っている。いい冒険者がいい武器を手にすることが出来ないのは嘆かわしい。私としてはもっと冒険者ギルドには、その辺りに力を入れてほしいと思ってるほどだ」

「私なんかが……」

「その過小評価が気になるな。過去に何かあったのか？」

何かを見抜かれたようで、リティはかすかに狼狽した。イリシスはその様子に気づいていたが、あえて追及しない。

「まぁいい。店主、これをまとめて買おう」

「はい、どうも！　いやー、高名な騎士の方に買っていただけるとは！」

「私はこれで買うが、もう少し値は下げたほうがいいかもしれんな。そのほうが結果的に売れ行きが安定するはずだ」

「はい、そりゃもう！」

リティには目が眩むほどの合計金額だが、イリシスは気前よく現金を置く。高名な騎士というより、これが大人買いかとリティは違う世界を垣間見た。

イリシスの言う通り、実力者は資産に応じて実力を高められる。これからはそこも意識していこうとリティは決心した。

「買ったのはいいが、持てるか？」

「はい。これをこうして……」

「……その状態で戦っていたのか？」

「そうです」

「これはいけない。早急に何とかすべきだ。例えば収納スキルや魔法、何かと契約するなど……」

イリシスが真剣な表情になり、何かを思いついたように手を叩く。

「スキルや魔法は習得難易度が段違いな上に、素質も必要だ。一番簡単なのが契約だな。そうだ、王都なら当てがある」

「本当ですか⁉」

「召喚師《サモナー》ギルドがあってな。あの者達なら、いい契約先の獣を知っているかもしれん」

「召喚師《サモナー》ギルド……。召喚魔法ですか」

「それも運と素質も必要だが、スキルや魔法よりはマシだ」

スキルや魔法と違い、契約先の召喚獣によっては扱いにくい場合がある。それに加えて厳しい契約条件を迫られる事もあり、運の要素が強い。

しかし、持ち運びの問題を最も解決している手段が契約というのが事実だ。

こう説明されたリティは、王都行きを早めなければいけないと考える。

「詳しい事はあちらで聞くといい」

「はい。あの、ここまでしてくださって本当に」

「次は服装だな」

「服?」

「スパッツなんかがお勧めだ。女の子冒険者に人気だぞ」

唐突な話題転換に、リティは面食らう。スパッツなどという聞いた事もない単語に加えて急かすイリシスに、リティの理解が追いつかない。

そして武器屋と併設した防具屋に移動した後の行動は迅速だった。更衣室で着替えを手伝うというイリシスの申し出を断るのに一苦労だ。

スパッツの快適さに心が躍ったリティは、結果的に充実した一日を過ごせたと実感する。

「む、少しサイズが合わないかもしれないな。こちらも試そう」

「あの、これにします」

やたらと試着の試行回数が多いとは感じたが、リティはさして気にしない。

むしろイリシスのような、他人を気にかけられるような女性になりたいと思うほどだった。

第三十八話　リティ、遥か高みを意識する

半ば強引に部隊を動かしたとあって、シルバーフェンリル隊の長居は許されない。事後処理を手早く終えて、早朝にイリシス達はトーパスの街を出ていく。

しかし、その際に彼女はわざわざリティが居候している老夫婦の家を訪ねてきたのだ。気の毒になるほど恐縮した老夫婦をよそに、リティは改めて礼を言った。

「イリシスさん、本当にお世話になりました」

「先行投資だ、気にするな。それより最後に一つ、聞いておきたいことがあってな」

「何でしょう？」

「以前、あのユグドラシアと行動を共にしていた事はないか？」

核心に迫った質問に、リティは心臓を鷲掴みにされた気分になった。

リティは誤魔化そうかと考えるが、その事実は横にいる老夫婦が知っている。二人のように、どこかで見ていたのかもしれない。リティはそう予想した。

「……どこでそれを？」

「やはりそうなのか」

リティは隠さない事にした。これ以上、自分を騙したアルディスに配慮する必要がないと判断したからだ。

過去にトイトーにも自信を持てと助言された事を思い出した。そして目の前にいるイリシスにも、自分への過小評価を気にされたのだ。今の自分は十分に成長している。それは自分の力でもあり、周囲のおかげでもあるのだ。

対してユグドラシアのアルディスはどうか。他人への配慮もなく、リティを奴隷のように扱った。少なくとも彼のおかげで成長できたとは、リティも今や微塵も思っていない。

ここにいる老夫婦。剣士《ファイター》や重戦士《ウォーリア》ギルドの人達、冒険者ギルドの人達、ロマをはじめとしたスカルブ戦でパーティを組んだ人達。リティはアルディス達以外のすべての人間に感謝できるのだ。

「思い出したのだ。いつか部下達が噂していた事があった。ユグドラシアが見慣れない女の子を連れて歩いてるらしいとな」

「それだけで私だと？」

「ピンク色の髪や背格好などの特徴と一致していたものでな。いや、まさかそうだとは……。よくない扱いを受けていなかったか？」

「……はい」

「そうか。よく……無事だった」

そしてイリシスは一瞬だけ憎々しく唇を歪める。歯ぎしりの音が聞こえるほど、リティに感情が伝わってきた。

彼女は激しく怒ってるのだ。ユグドラシアの不穏な噂が事実であった事、このリティという前途ある少女を虐げていた事。

本質が騎士たる彼女にとって、ユグドラシアの蛮行は許せるものではなかった。

「見下げた連中だな」

リティは直観した。この人ならユグドラシアと同等かもしれない、と。当事者であるリティでさえ、アルディスに激しい憎悪は向けられなかった。

怒りこそあれど、殺意を向けられるかといえば微妙なところだったのだ。

しかしイリシスはリティとは違う怒りの本質を露わにしている。

「力との向き合い方も実力のうち。父の教えであり、私も真理だと思っている。迷走しているようでは弱者同然。心が育っていない。リティ、君は絶対に間違えるな」

「難しい事はわかりませんが、間違いたくないです」

「今はそれでいい。向き合うのをやめてしまえば、待っているのは自滅だ」

「自滅?」

あのユグドラシアが自滅するのかと考えたが、リティには想像できなかった。

「……さて、そろそろ出発の時間だな」

「私、必ず王都に行きます。また会いましょう」

「そうだな。私も楽しみにしている。そうだ、最後に一つだけいいか？」

「はい……ふぎゅっ!?」

イリシスのハグでリティが覆われてしまった。豊かな胸に顔が埋もれて、苦しそうにしている。

数秒の後、解放されたがリティにはこの行動の意味が理解できなかった。

「ふふ、続きは王都でな」

「続くんですか!?」

片手を上げて、立ち去るイリシス。リティは彼女を素敵な女性だと思っているが、どうもわからなかった。

しかし、それも大人の女性という自分とは違う存在だからだ。だから大人になればわかるのかもしれないと、リティは楽観した。

＊　＊　＊

翌日、リティが冒険者ギルドを訪ねるとリーガル支部長に呼び止められる。包帯を巻いて痛々しい姿な上に、まだ痩せた体だ。彼は面会謝絶だったのでリティはスカルブの女王戦以来、一度も会ってない。

「あの時はありがとうございました」

「礼を言うのはこっちだ。お前達をひよっこと侮っていた過去の自分をぶん殴ってやりたい」

「それはやめて下さい」

「けどまぁ、お前は俺の想像の遥か上を行ったよ。四級で一級討伐を成し遂げた奴なんか、冒険者ギルドの歴史の中でもいないはずだ」

軟化したリーガル支部長にリティは恐縮する。彼の実力は知っているし、その上でこの殊勝な態度だ。

彼がスカルブの女王に放った一撃は今でもリティの目に焼き付いている。武器での戦いもいいが、素手による格闘術も磨きたいと決心させるほどだった。

「おっと、話が逸れたな。いや、大した話じゃないんだ。そこにいるディモスさんもそうだが、三級に上がりたいだろ？」

「はい！　とてつもなく上がりたいです！」

「そうか。とてつもなく上がりたいか。おい、ディモスさん。あなたにも世話になったな」

「なんだよ、突然……」

面倒な素振りを見せるが、頬が緩んでまんざらでもない様子。彼もスカルブの女王戦に加わっていた一員だ。

長年、四級止まりだが実力はすでに証明されている。彼もまた強いのだ。彼の昇級を阻んでいるのは昇級試験であり、リーガルはその話をしようとしていた。

「入院している連中にも話す予定だが、王都で三級への昇級試験を受けるといい。俺から推薦しよう」

「ケッ、何度かやってるけどな」

「そう腐るな、ディモスさん。何事もタイミングと運だからな。もう一度、受けてもいいんじゃないか。あの戦いを乗り越えたんだ、絶対いけるぞ」

「無責任な事を言いやがる……」

後頭部をかきながら、ディモスの表情はやはり緩い。リティは言われなくても、やる気だ。三級へ昇級できれば、冒険者ギルド本部が認める冒険者となる。つまり本部からの依頼が回ってくる可能性があるのだ。そこでリティはふと疑問を持った。

「あの、なぜ王都なんですか？　三級なら冒険者ギルド本部では？」

「王都などの各国の主要な場所には、本部から派遣された者が勤めている。それに冒険者ギルド本部は、お前の実力じゃ辿り着く事すらできん」

「え！　なぜです⁉」

「聞いちゃうか？」

「聞いちゃいます！」

にやけるリーガルが、もったいぶる。ディモスはやれやれと呆れ顔だ。身を乗り出すリティに、リーガルは脅すような口調で説明を始めた。

「冒険者ギルド本部は〝世界の果て〟付近にある。当然、周囲は最近まで未踏破地帯だった場所だ」

「と、遠いんですね！」

「世界の果ての先を解き明かそうと彼らは日夜、冒険に挑んでいる。この世界で一番冒険をしているのが何を隠そう冒険者ギルド本部なのだ」

「ひえぇぇぇぇぇっ！」

そんなに驚かなくても、とリーガルはリティのリアクションに突っ込んだ。これを説明すると、高みを目指している者の中には意気消沈する者もいる。だからリーガルはあまり話さないのだ。

「そんな彼らですら、世界の果て目前で足止めをくらってるんだ」

「私はまだまだ、ぜーんぜんなんですねぇ……」

「落ち込ませたかな？　ちなみにその世界の果てはな……」

「言わないで下さい！　私が冒険しますから！　だから追いついて、その為には！　三級になります！」

「だよなぁ」

リーガルの中でもっと事実を話して、脅かしてやりたいという悪戯《いたずら》心さえ芽生える。それほどリティの精神の底が見えないのだ。やせ我慢や虚勢の類いではない事はリーガルからも見てわかる。天井に届かんばかりにジャンプする謎のアクションを見せるほど、彼女のテンションが高いのだから。

「ま、とにかく王都に行ってみろ。しかし、そうなると当然この街とはお別れだがな」

「あ……」

慣れ親しんだトーパスの街、世話になった老夫婦、各ギルドの人達。リティは全員に別れを告げなければいけない。

老夫婦は笑って送り出してくれるだろうが、リティは少なからず感傷に浸ってしまうだろう。出会いあれば別れあり。それも冒険者なのだが、すんなりと受け入れるにはリティは若すぎた。

「……でも、一生の別れでもありませんし」

「そうだ。強くなってまた顔を見せてくれりゃ、こっちも嬉しいね」

強くなる。リティは目先の目標を強く意識する事で、感傷を忘れた。

第三十九話　リティ、トーパスの街を出る

「そう、王都に行くのね。私も完治したら、追いかけるわ」

「はい、待ってます」

リティは入院中のロマに王都行きを伝えた。本当は一緒に行きたかったと思っているが、リティの中で様々なモチベーションが高まっている。

召喚師《サモナー》ギルドや三級への昇級という目標は、王都行きを明日に決行するほどだった。

「私も四級に昇級した上に、リーガル支部長の推薦も貰った。うかうかしてると、追い抜いちゃうわよ？」

「負けません！」

「でしょうね」

そう自嘲するほど、リティの潜在能力には敵わないとロマは悟っていた。しかし、そこに負の感情はない。

以前ならロマの中で嫉妬の一つも芽生えたものだが、今は驚くほど冷静だった。それはスカルブの女王戦を経て、リティと同じものを得たからだろう。大切なのは誰かよりも強い事とは限らない。今、自分に何が出来て誰の役に立てるか。それこそが、ロマの当初の目標だった〝男超え〟ともなる。ましてやディモスやライラのように役割を果たした者達を目の当たりにすれば、思考を矯正されるのは当然だった。

「それで、準備は済ませたの？」

「全然です」

「……大丈夫なの？」

「これから冒険者ギルドで街の皆さんの依頼を受けます。それが終わってから準備を進めます」

「明日に発つというのに……」

リティのバイタリティーなら午前中だけでも、かなりの数をこなせる。その際にそれぞれ別れの挨拶を済ませようとしているのだ。

ロマともしばらくの間はお別れとなるので、内心ではもう少し話をしていたいと思っている。

「ではロマさん。そろそろ行きます」

「四級なのに六級の依頼をね……あなたらしいわ。頑張ってね」

そう手を振るロマに、リティは少しだけ涙腺が緩くなった。一生の別れでもない。王都で再会すると約束したのだ。

しかし、ロマはリティにとって同年代で初めて出来た友達だ。たとえ少しの別れだろうと、若いリティの感情は揺さぶられるのであった。

＊　＊　＊

ロマと別れ、病院を出た後のリティは大忙しだった。六級の雑用のような依頼を漁り、ほぼこなす。街の名物冒険者とあって、すべての人々がリティの王都行きを祝福してくれた。

「寂しくなるねぇ」

「またいつか戻ってくるんだろ？」

「もちろんです！」

配達や庭の雑草取り、害虫駆除など瞬く間に解決してしまう。一人で何人分の仕事をしているんだと囁かれるほどだ。

足腰が悪い老人宅への買い物など、街中を走り回っているはずだが彼女の息切れは見えない。元々持っていたバイタリティーが、これまでの戦いを通じて更に高まっているのだ。

高まりすぎて、魔物討伐を引き受けようとしたほどだった。王都までの道のりは遠くないとはいえ、道中は何が起こるかわからない。

仕事は夕刻までにして、残りは準備に当てようとリティは考えた。

「王都でも、こんな風に役に立てたらいいなぁ」

一人、そう呟くほど冒険以外に魅力を感じてしまった。誰かの役に立つ。シンプルだが、これもまたいい。

もし自分が冒険の話を聞かなかったら、こういう道もあったかもしれないとリティは妄想した。

＊　＊　＊

その日の夜は老夫婦がリティにご馳走を作ってくれた。彼女が大好物なものばかりが並んでいて独占できる状態だ。

が、自分だけ食べるなどリティは良しとしない。大半がリティの胃に収まるものの、三人で食事をしたという思い出を残しておきたかったのだ。

「ご馳走様！」

「相変わらずいい食べっぷりだね。またいつでもこの街を訪ねてくれよ」

「絶対来ますよ。お別れは少しの間だけです」

とは強がったものの、明日を迎えるのが惜しいと感じている。黙っていると、何かが込み上げてくる気がした。

だからリティは口数を増やして、少しでも明るく振る舞おうと努める。

「いきなり訪ねてきた私を受け入れてくださって……今でも感謝してます」

「ハハハッ、あの時からずっと驚かされっぱなしだよ」

「すみません」

「いやいや、違う。あの魔物が飛んできた時はぶったまげたけどね。それにしがみついていたリティちゃんで更に驚いたさ」

リティもまた、スカルブの女王を仕留めきれずにこの街への侵入を許した時は肝を冷やした。まして や目の前にはこの老夫婦がいただ。

生きているのが不思議だと何度も病院で聞かされたが、リティ自身もよく動けたなと疑問だった。何故、となればやはり気力だ。その活力はやはり。

「お世話になった人もいましたし、誰も死なせたくありませんでしたから」

「……リティちゃんのような若い子に苦労させてるよなぁ」

「私が選んだ道なので、気にしないで下さい」

「選んだ道、か。辛くなったらいつでも来ていいんだよ」

あの修羅場を見ても、老夫婦にとってリティはまだ子どもなのだ。口の周りについているソースがその印象を確固たるものにしている。

「明日はお弁当を作ってあげるからね。今日は早く寝たほうがいい」

「はい。そうします」

もっと何か話したかったが、打ち切ったのは老夫婦のほうだ。気づかう振りをして、自分達の感情を抑えたのだ。

少し察したリティが、あえて後片付けの手伝いをせずに寝床に向かった。

「……寂しくなるな、本当に」

「えぇ」

腰を上げて、二人は食器を片付け始める。しかし、その手際は悪かった。

＊　＊　＊

「リティ、これを持っていけ」

早朝、街を出ようとしたリティは驚愕した。彼女を囲む人々。

リーガル支部長の後ろにいるのは冒険者だけではない。リティが依頼で回った先の人々もいる。

「これは？」

「スカルブの女王の羽が仕込んである靴だ。俺が魔導具として製作依頼をした」

「ま、まどうぐ?!　しかもスカルブの女王の羽って……」

「これを履けば、そのクソ重そうな荷物の重量が軽減される。速度向上の効果もあるから便利だぞ」

リティが戸惑うのは当然だった。あれだけ苦労したスカルブの女王の戦利品ともいえる羽を使った魔導具だ。全員の勝利と考えているリティがすんなりと受け取れるはずがない。

「でも、これは」

「パーティメンバーの総意だ。この場にいない奴もいるが、気にするな」

「本当ですか？」

「この魔導具の製作費は俺とあいつら、そしてここにいる全員で出し合ったんだ」

「え……」

「世話になりっぱなしだったからな」

住人の誰かが答える。魔導具といえば、通常の武器や防具と比べても桁が変わるほどの高級品だ。靴を両手に乗せた時、リティは堪えていた涙がついに溢れそうになる。

「こ、こんなすごいものを、私に……」

「全員がお前を認めている。そして期待しているんだ。お前なら、いつか世界の果てすら越えられるってな」

「先行投資ですか……？」

「ハハハッ、どこで覚えたのか知らないがまぁそうだな！」

リティが唇を噛んで震える様は、もはや涙を堪えられていない証拠だ。ユグドラシアに散々な扱いを受けた時も泣かなかったのに、この時だけは限界だった。

「みなさんっ……こんな私に、すみませんっ！」

「いや、謝るな。まぁ何だ。辛いだろうし、それを履いて飛び出せ」

「はいっ！」

鼻水まで出始めたリティが、羽靴を履く。途端、体が浮いた感覚を覚えた。

ほんの一部ではあるが、あのスカルブの女王の力を受け継いでいるのだ。確かにこれなら跳べる。

いや、飛べるとリティは確信する。

「わたし、行きます！」

「おう！　達者でな！」

「頑張れよ！」

「また来てくれなー！」

まるでトーパスの街そのものがリティを祝福しているようだった。その中にはあの老夫婦も含まれてる。目元を布で拭い、二人もまたリティと同じだった。それでも手を振ってくれている。

リティもそれに応えて、踵を返す。

「さようならッ！　いつか絶対に来ます！」

迷いなく街を飛び出す。しかし、羽靴の効果を考慮していなかった。勢い余って空中に放り出されるほどだ。その過程で空中を蹴ると、軌道修正が可能だった。ある程度ならば、空中でも融通が利くとリティは早くも学んだ。

＊　＊　＊

「わぁーーーーーっ！」

大声を出してフィート平原を駆け、バフォロの群れにも突っ込む。いつもなら討伐するところだが、今のリティには戦利品が荷物になるだけだ。

着地と同時にバフォロの背中に両手をついて、また跳ぶ。跳び箱のごとく、群れを越えてしまった。

「もっと！　もっと早く！」

羽靴の性能を余すところなく発揮して、もはやどの魔物にも捕まらない。とにかくこの靴が気持ちよくて仕方がないのだ。

広いフィート平原の雄大な景観もあって、リティはこれからの冒険に心を躍らせる。この景色以上に素晴らしい場所がある。そして想像もつかないような事が起こる、と。

まだ物語の主人公達とまではいかないが、少しは近づけたはず。それがリティの自己評価だった。

「やぁーーーーーっ！」

老夫婦から貰った弁当には、好物がたくさん詰められている。しかし今のリティは、それをどこで食べようかなどと考えない。

今はただ走りたい。この広大なフィート平原を。その先を。新鮮な空気を味わい、己の躍動感すらも楽しむ。息切れするまで、ひたすら走った。

第四十話　アルディス、敗北する

「ここまでだな」

王都より遥か北、国境付近にあるバーンズド荒野。人の気配もなく、生息する魔物はユグドラシアにとって空気同然だ。

そんな場所でドーランドはアルディスを見下ろしている。互いのダメージは蓄積しているが、立つ事すらできないのはアルディスだ。

それが、周囲にいくつもの大穴やクレーターのような窪みを残した激闘の結果だった。

「それが今のお前だ」

「勝った気でいるんじゃねぇ！」

「だったら立て」

ドーランドに煽られるがままに立とうとするアルディスだが、すでに全身の骨や内臓が限界だ。しかも、自身の回復魔法で魔力を使い果たした結果である。何度もドーランドの拳を叩き込まれては回復の繰り返し、いわばジリ貧の戦いだった。

この決闘の立ち会いをしたズールが慌てふためき、傍観者のクラリネは遠慮のないあくびをしている。

「ド、ドーランド！　お前、何もここまで……」

「なんだ、ズール。アルディスを心配してるのか？　過保護だな」

「なっ！　そ、そうじゃねぇ！」

「ねぇ、終わったぁ？」

しっかりと自分の身だけは守った無傷のクラリネが、残った小岩に腰かけている。テンションこそ違えど、彼女もドーランドと心中は同じだった。

今回の決闘は、いつまでも低レベルの場所ばかりを巡るアルディスにドーランドが苦言を呈したのが発端だ。魔法があるのだから、ドーランドに負けるはずがないとアルディスは高をくっていた。

「じゃあな」

「おい！　どこへ行く気だ!?」

「もうお前に興味がない」

「ふっざけんな……グハッ！　ゲホッ！」

体を起こして、いきり立った途端にアルディスが吐血する。自分の荷物だけを背負って、ドーランドは歩き出した。慢心して停滞した者に彼は興味などなく、どこへともなく消えていく。

「油断しただけだ……待ちやがれぇ！」

「そうだよ、アルディス。お前はあいつが仲間だと思ってたから、無意識のうちに手を抜いていたんだ」

やる気がないクラリネを置いて、ズールがアルディスに回復薬を飲ませる。ズールの言葉でわずかに溜飲が下がったのか、アルディスは叫ぼうとしない。そんな様子をクラリネは眠たそうに眺めていた。

「……で、これからどうするわけ？」

「あの野郎もバンデラも許さねぇ。誰のおかげで富も名誉も手に入ったと思ってんだ。クラリネ、お前もそれは同じだろ」

「確かに退屈な聖女様生活とおさらば出来たのは、あんたのおかげだけどさ」

「だったら、お前まで抜けるなんてことはないよな？」

「心配してんの？」

神経を逆なでするクラリネの発言に、アルディスは再燃しかける。しかし聖レストナ国マティアス教の最高司祭の娘とあって、アルディスも彼女に強く出られない。英雄アルディスといえど、敵に回せないものはあるのだ。

「ま、しばらくはあんたについていってあげる」

「チッ……」

及第点の返答でアルディスは舌打ちだけにとどめた。抱こうと思えばどんな女でも抱けるアルディスだが、クラリネにだけは手を出せない。

マティアス教の聖女《ホーリーメイデン》の純潔を散らしたとあっては、彼ですら処刑よりも悲惨な目に遭うだろう。

それを知った上で、クラリネもアルディスをからかっている節がある。

「クラリネ、アルディスは本当にすごい奴なんだ。だからしばらくだなんて水臭い事言うなよ。な？」

「ズール、あんたも必死よねぇ。ところで昨日の夜、しばらくいなかったみたいだけど？」

「あぁ、ちょっと用を足していてな」

「数時間も？」

「そういえばトーパスの街で、スカルブが大量発生したらしいな」

クラリネの追及をかわし、ズールはアルディスを起こす。クラリネも、それ以上は何も言わない。

ズールがアルディスを持ち上げているのは知っていて、彼という人間を把握しつつあるからだ。

腰が低い男だが、本性ではない。

それを見抜いたクラリネは、彼とも真剣に向き合おうとはしなかった。

「それがどうしたんだよ」

「いや、あそこに廃坑があっただろ？　何でも近くに新しいスカルブの巣があったらしくてさ。一時期は街がやばかったらしいぜ」

「あんな虫ケラなんざ、その辺のザコでどうとでもなるだろう」

「クィーンの個体が誕生していて、やっとの事で討伐したらしい。な、笑えるよな？」

「プッ、確かにな。クィーンなんてせいぜい一級だろ？」

「そうそう！」

クラリネの深いため息は、ヒートアップした二人には聞こえない。

ズールがアルディスの機嫌を取ろうと、話題を提供している。アルディスが機嫌を悪くすると、いつも彼はフォローする。これで気を良くする単純さがあるからこそ、ズールとしてもありがたい。

クラリネはズールの思惑を少しだけ理解した気がした。

「俺が思うにさ。そういうかわいそうな連中にわからせてやるべきだと思うんだよ。本物をさ」

「あー、確かになぁ。俺達の実力なんて噂でしか知らない奴が多いからな」

「そうそう。だから手始めに、ここから近いファクティア王都なんてどうよ？」

「ザコ冒険者の吹き溜まりだもんな。よし、決めた」

はいはい、とクラリネも歩き出す。もうユグドラシアが未踏破地帯に挑む事はないだろう。これからも過去の栄光を振りかざして、弱い者いじめに終始する。

つまらない聖女生活よりはマシだと思ったクラリネも、ここで彼らに見切りをつける段階にいた。

＊　＊　＊

「ひゃっはぁぁぁ！　この辺はザコしかいねぇなぁ！」

アルディスが、三級のロックトロール数体を一撃で薙ぎ払う。岩と大男が融合したような風貌の魔物は、岩肌ではない部分を狙わなければいけない。

しかしアルディスならば関係なく、群れだろうが一掃だ。この魔物も部位によっては価値があるのだが、彼らは拾わない。ユグドラシアにとって、はした金にしかならないのでその作業すら面倒だからだ。

「ちったぁ歯ごたえのあるモンがいないのかねぇ？」

「この辺じゃ無理だな。だからこそ、王都なんだよ」

「そうだな。このレベルのザコにすら苦戦してるクソザコに、いっちょ教え込んでやらないとな。ヒャッハッハッハァ！」

歯ごたえのあるドーランドに敗北したくせにとクラリネは思ったが、黙っていた。

高笑い、いやバカ笑いするアルディスから視線を逸らすと何かに気づく。遠方から来るのは冒険者らしきパーティだ。身なりからして、それなりの等級なのがわかる。

しかもその身なりが独特だ。空中を漂う鮫にまたがる者。鮫の背中に自身の背中をくっつけて飛ぶ者。他の二人も似たようなパフォーマンスを披露している。

「あ？　なんだ……冒険者か。そこのロックトロール、もしかしてお前らが倒したのか？」

「そうだと言ったら？」

「そりゃ冷めるな。だが、面倒なのは嫌いなんだ。討伐証明は貰うぞ」

他人の成果を横取りする冒険者がたまにいる。大半がハイエナのように、終わった後でコソコソとかすめとる者ばかりだ。

しかし彼らは違う。強盗紛いの真似をしている悪名高いパーティ〝グランドシャーク〟。王都の冒険者ギルドでも、そこそこ幅を利かせている実力者の集まりだ。

「グランドシャーク、聞いたことくらいはあるだろ？」

「アルディス。グランドシャークといえば、そこそこの連中だぜ。全員が二級だったな。何人もの冒険者が泣かされて、追放もしてる」

「はーん、つまりろくでもねぇって事だな。よし、わかった」

「アルディス……？」

疑問を持ったリーダーに、アルディスは手の平を向ける。鮫にまたがっているリーダーの男が一瞬で火達磨になり、叫び声を上げて転げ落ちる。続いて、ズールが残りのメンバーに投げナイフをかすらせた。順次、膝から力が抜けて立てなくなる。

出会いがしら、わずか数秒で二級を含んだパーティが完封されてしまった。

「た、立てな、い……」

「神経系統に触れる毒だ。その鮫は召喚獣だろ？　とりあえず引っ込めな」

「わ、わかった……」

ズールの言う通り、彼らは鮫の召喚獣をこの場から消した。本物のユグドラシアとわかった以上は尚更、抵抗する意味がないと判断したからだ。

「今の鮫は幻獣か？　どんな契約をしてるんだ？」

「毎日、肉を食わせないと襲いかかってくる……」

「オイオイ、もう少しマシなのいるだろう」

「凶暴だが頼りになるし、何よりオレ達には合ってるんだよ……。ただ、あんた達が強すぎた」

「召喚獣はいろいろと面倒だからな。オレ達の中に使う奴はいないぜ」

召喚獣の利点は様々だが、ユグドラシアはデメリットを考慮して利用していない。中には身を滅ぼしかねない存在もいるからだ。

「ズール、こいつら使うぞ」

「そうだな、アルディス。ちょうど手が足りなかったもんな」

火は消えたものの、重傷を負ったリーダーをアルディスが魔法で回復させる。そして泣きが入るまで、数発の暴行が続いた。

涙を流して謝罪するリーダーに満足したアルディスが、ようやく手を止める。

「わ、わかった、悪かった」

「わかりゃいいんだけどよ。お前ら、王都に着くまで雑用しろ」

「お、俺達が……？　それは……」

「お前、二級だったか。そりゃ認めて下さってる要人に無様な姿は見せられねぇよな」

「はい……」

「ま、悪いようにはしねぇよ。多分な」

渡りに船というべきか、アルディスが新しい玩具を手に入れてしまった。

しかし、今回は相手がそこそこ名のあるパーティだ。後ろ暗い事をやるには少しリスクがあると、クラリネは危惧する。

そこで、ふとクラリネは魔の森に放置してきた少女を思い出した。そういえばあの少女は、と考えたところでクラリネの視界に一人の少女が飛び込む。

「お？　なんだこのガキは？　ずいぶん痩せてんな」

「そ、それは孤児だ。それこそ適当に雑用にでも使ってくれ」

「はっ、悪い趣味してるな」

「いや、そういう目的じゃない……」

小汚い恰好をした少女は、リティよりも年齢は下だ。

ストレスの捌け口にでもしたかったが、今回の少女は長くもたないだろうとクラリネは考える。

思えばあれは異常だった。よく生きていたなと今になって思うが、そこでふと寒気を感じた。

「おい、クラリネ。どうした？　行くぞ」

「はぁい」

あそこまで痛めつけても死ななかった。今になって、なぜそう思うのか。クラリネの中で、根拠のない不安が芽生えた。

第四十一話　リティ、王都に到着する

巨大な門構えに民家三軒ほどの幅の道、そこをごった返す人々。この時点でリティは圧倒された。何せトーパスの街とはスケールが違うのだ。行き交う人々も道、そして鋭い眼光で見張っている衛兵。しかも、トーパスの街の警備隊とはまるで違う武装だ。

そんな彼らがリティに目を向けるが、すぐに別へ移す。一瞬だけリティは身構えそうになったが、やましい事はしていない。

「オイッ！　そこの商人ッ！」

「は、はひ！」

「今、目を逸らしたな！　荷物を置け！」

「え、いえ、何もありませんよ⁉」

気の弱そうな商人が衛兵二人に囲まれ、荷物の中身をぶちまけられた。その中の一つを衛兵が持って、商人に突きつける。

ビンに入っているのは何かの卵か。リティにはその正体がわからなかったが、衛兵は見通しているようだ。

「これはヴェスパの卵だな！　ヴェスパの養殖は法で禁じられている！」

「あ、あれぇ⁉　いつの間にそんなの入ってたんだ？」

「とぼけても無駄だ！　来いッ！」

「ひゃっ！　痛いやめて下さい乱暴しないで下さい！」

「違法養殖によって大量発生したヴェスパに滅ぼされた村もあるのだぞ！」

一瞬の逮捕劇に、リティは目を奪われていた。更にすごいのは、その様子に人々があまり関心を持っていない事だ。

もはや日常の風景なのか、衛兵への信頼性によるものか。いずれにしても、リティを感嘆させるには十分だった。

そこへ通りすがりの男が、リティに耳打ちする。

「王都内に取引相手がいるんだろうな。どっちもバカな奴だよ。この王都の警備は大陸でも一、二を争うってのによ」

「はぁ、それはすごいですね」

「取引相手も芋づる式で捕まるだろうよ。お嬢ちゃんも勉強になったろ？」

「はい、とてもなりました」

リティを田舎者だと見抜いてからかったのか、男はクックックッと笑って去っていく。

リティが王都に入った段階でこの騒動だ。やはり冒険はやめられないと、リティは体の芯から感動で打ち震える。しかし、感動ばかりしていられないと思い直す。

リティが珍しい魔物を追いかけたり、脇道に逸れているうちにずいぶんと到着が遅れたのだ。三級への昇級試験の日程が気がかりだったのを、リティは思い出した。

＊　＊　＊

「あの！　冒険者ギルドはどこですか？」

「そこだよ」

男が指で示した先を見て、リティは息を呑む。三階建ての建物がこれでもかと目立ち、豪邸のごとく幅をとっていたからだ。

しかも出入りするのは冒険者だけではない。頻繁に一般の人間と思われる者も目立ち、そもそも人間ですらない者もいる。猫耳、兎耳、ふさふさの毛。獣人だ。

ユグドラシアのドーランドはハーフだが、彼らのほうが獣に近い風貌だった。

「失礼しまぁす！」

意を決して中に入ると、リティの挨拶が目立った。何事かと目を見開く人々に、さすがのリティもやってしまったと後悔する。王都の巨大冒険者ギルドとはいえ、自然体でいいのだ。

「もしかしてここ、初めてか？」

「は、はい」

近くにいた冒険者が、親切心からリティに声をかける。

「じゃあ、そこで整理券を取って待ってな」

「せーりけん？」

「あれを見ろ。いくつものカウンターがあるが、どれも満員だ。報酬の受け取り、納品、依頼の申し込み、相談なんかで常にあんな状態さ」

「じゃ、じゃあ三級への昇級試験の日程を聞くのも？」

「え？　あれ、君、三級になるの？」

リティがそれに似つかわしくないから、青年は驚いた。そして親指で掲示板を示す。

そこに張り出されていたのは昇級試験の日程だ。三級の日付は本日、しかも今日を逃すと一ヵ月以上待たされる。

日時の他に指定された場所、それはリティには馴染みのない王都の住所だった。

「こ、これってどの辺りですか？」

「君、三級になるんだろ？　親切に住所が書かれてる場所を聞くなよ」

「で、でも、うー！」

「いや、うーって……」

「わかりました。あなたの言う通りです。甘えずに探します」

「へ？」

ダッシュで冒険者ギルドを出ていったリティに、青年はあいた口が塞がらない。その決断力もそうだが、何より今の瞬発力。あれが戦いで活かされたら、と思うと一級である青年も興味が湧く。

「おい、今の女の子は知り合いか？」

「いや、全然」

「そろそろ打ち合わせを始めるぞ。〝レッドフラッグ〟のリーダーがいなくちゃ始まらん」

「つまらん盗賊退治でしょ。とっとと赤旗を見せつけてやっちゃいますか」

一級パーティ、レッドフラッグ。討伐専門を生業として、その赤旗を見て生き延びた不届き者はいないと恐れられている。

が、リティはそれどころではなかった。

＊　＊　＊

「とうちゃーく！」

「威勢がよすぎる子が来たわね」

結局、道行く人に聞いて全速力で来た。そこは王都の西門付近だった。すでに大勢の受験者が集まっている他、額にサングラスをかけたスタイルのいい女性が一人。

特に隆起した部分は、他の誰よりも優れていた。その女性が手を叩いて、受験者の注目を集める。

「はいはーい、そろそろ時間ね。えー、そうそう。三級？　皆、なりたい？」

「なりたいですッ！」

「元気よすぎね。はい、私が冒険者ギルド本部から来たカタラーナです。ちなみにカタラーナが、かたらーないとかいうギャグは大嫌いです」

「わかりましたッ！」

リティのリアクションがうるさすぎて、他の受験生の声が消える。試験官であるカタラーナばかりに気を取られるが、他も猛者揃いだ。

中にはディモスのように、数回目の受験に挑む者もいる。そんな者からすれば、リティのような新米など歯牙にもかけない。

どうせすぐに現実を知る。それはほぼ満場一致であった。

「始める前に一つ、聞きたいの。あなた達、本当に三級になりたい？」

「……さっきからくどいな。なりたくない奴がここにいるわけないだろう」

「それもそうなんだけどね。でもね、どうも疑わしいのよねぇ」

「さっさと始めてくれ」

「ううん、やっぱりダメかな」

ざわつく受験生だが、リティは何も言わずにカタラーナの言葉を待つ。リティは三級になりたいのだ。

いかに試験官といえども、要領を得ない話には反応しない。ひたすら話が進むのを待っている。

「おい、カタラーナさんよ。試験をやるから集めたんじゃないのか？」

「そのつもりだったけど、やめたわ。だってあなた達、向いてない」

「何だって？」

「見ただけでわかる。特にあなた、右腕と左足首にガタがきてるわ。その調子で三級になっても、周囲の足を引っ張るだけよ」

指摘された冒険者は言葉を返せなかった。長年、酷使し続けた体は回復魔法をもってしてもフォローできなくなってる状態だ。

続けてカタラーナはもう一人の冒険者の前に立つ。

「あなたはねぇ、根本的に弱い。重心ですでにわかるわ。昇級試験へ推奨した支部にクレームを入れてやりたいくらいよ」

「なっ……！」

「そっちのあなたは論外。ポケットに手を突っ込んで、死にたいの？」

「うわっ！」

カタラーナのデコピンで、冒険者が縦回転を見せて倒れる。あまりに豪快なアクションに、周囲の不満の声が静まった。

何かのスキルか。そんな推測が飛び交うが、デコピンだ。つまり指摘の通り、冒険者が弱すぎただけであった。

「こっちのあなたもー！　帰っていいよっ！」

「ひぎゃー！」

「さようならっ！」

「わぁぁぁっ！」

まるで荷物でも投げ飛ばされるかのように、次々と冒険者達が宙を舞う。街中での彼女の奇行に衛兵も黙っていないはずだが、見て見ぬ振りだ。

カタラーナ一人によって、冒険者達が地を這った。何人かが立ち上がろうとするも、カタラーナによってまた伏せられてしまう。そして残ったのはリティだ。

「で、あなた」

「はい」

「あなたが一番、お話にならない。実力もそうだけど、その武器の数よ。何それ。多すぎ」

「これはですね」

「帰っていいわ」

リティの視界がぐるりと回る。宙にいる最中、自分も投げ飛ばされたとわかった。武器を背負っている自分を軽々と。

しかし、リティだけはしっかりと着地する。それを拍手で称えるカタラーナだが、目は笑ってない。

「私のジョブ、何かわかる？」

「武闘士《グラップラー》などの体術に特化したジョブでしょうか……？」

「ブブー！　不正解！　正解は……」

今度こそ、リティは胸を突かれて弾き飛ばされてしまう。込み上げる嘔吐感を堪えつつも、同じように倒されてしまった。

起き上がろうとしても、なかなか起き上がれない。ただの体術か。リティの中で、分析が始まる。

「狙撃手《スナイパー》です。得物ないじゃんって？　あるから心配しないで」

気さくに手を振るカタラーナの体のどこにも、弓らしきものがない。そして、明かしたジョブは体術とはかけ離れている。

つまり不得意な体術をもってしても、ここにいるメンバーを制圧できるとカタラーナは見せつけたのだ。この惨状を見ていた衛兵が呟く。

「あーあ……冒険者ギルド本部ってホントまともな奴いないよなぁ。ましてや、あの女か……」

彼がこの光景を見るのは初めてではない。カタラーナという人物の特異性を知っているからこそ、冷静でいられるのだ。

冒険者ギルド本部は各国と提携している存在であり、国民や財産に害が及ばない範囲であれば多少の乱心は許される。それが試験とあれば尚更だった。

第四十二話　リティ、三級の昇級試験に挑む

リティはカタラーナを観察していた。実力者には違いないが、試験もしないで追い払うほど自分達には見込みがないのか。

投げ飛ばされた冒険者達も、決して弱くはない。いずれもどこかの支部長の推薦を受けた者達だ。そう考えると、やはりリティは納得がいかなかった。

「私は三級になりたいんです。試験を始めて下さい」

「確かに優秀な冒険者は、一人でもいたほうがありがたい。でもね、数だけ多くても意味がないの。むしろ邪魔」

「では、もし私達が優秀なら？」

「そうじゃないから、こうなってるんでしょ」

「ケッ！　やめたやめた！」

立ち上がった冒険者の一人が、王都の中心へと消えていく。もう一人がカタラーナを睨む。

「あんたみたいな試験官じゃ話にならない。他を当たる」

「隣国のあいつとか、私よりもひどいと思うわよ」

「あんたみたいなのが何人もいるのか？　冒険者ギルド本部だかなんだか知らないが、お高くとまりすぎなんだよ」

「その通りだ」

続いた冒険者達が、カタラーナに罵声を浴びせる。しかし彼女は指で耳を塞いで、挑発とも取れるポーズをするだけだ。

リティもカタラーナはいい性格をしてないと思ったが、彼らには続かなかった。

そんな事をしたところで、事態は変わらないと思ったからだ。

「試験をやると告知しておきながら、この仕打ちだ。冒険者は信用で成り立っている部分もあるのに、あんた自らが壊してどうする」

「言いふらしたければ、どうぞ」

「来るものを拒んで、先細る。本末転倒だな。そんなに強いなら、あんた達だけいりゃいいさ」

「おーい、こんな女なんかほっといて今日は皆で飲みに行こうぜ」

一人の誘いに、ほぼ全員が賛同する。同じ冒険者として、これでいいのかとリティは彼らに疑問を持った。

わらわらと集団でこの場から離れようとする冒険者達に、リティは問いかける。

「あの！　皆さん、本当にいいんですか⁉　三級になりたくないんですか？」

「その女が試験すらやる気もないのに、何を言ってるんだ？」

「やる気がないなら、その気にさせればいいんです。簡単に諦めるんですか？」

「試験はここだけじゃない。他を当たればいいさ。君も時間は有限だと知ったほうがいい」

リティの説得も空しく、ほぼ全員が辞退して去っていった。

彼らは何かしらの信念を持って四級になったのではないのか。紆余曲折を経て、ここまできたのではないのか。

そう考えたリティはやはり、彼らを理解できなかった。そんなリティの横で、カタラーナが声を押し殺して笑う。

「……ハハハッ！　いやホント、その通りよ。ちょっと拒否したら、簡単にいなくなったわ。いいわね、わかった。試験をやってあげる」

「えぇ？」

カタラーナの急変する態度にリティはついていけない。改めてリティ達の前へ立ち、一言。

「えー、私が試験官のカタラーナよ。本当はもう少し粘って追い返そうかなと思ったけど、あなた達いいわ。すごくいい」

「あなた達……」

リティが隣を見ると、もう一人いた。ブラウンのフードとマフラーで顔を覆った怪しげな人物が立っている。

リティよりもわずかに身長が低く、年が近い冒険者かもしれないと思った。この人物もまた、さっきの猛攻を受けていたはずだがダメージは見えない。

「何故、さっきみたいな事をしたんですか？」

「私達が挑むのは、全力で冒険者の侵入を拒んでいる未踏破地帯よ。少々の事で音を上げて帰るような奴なんかいらない。つまりここから先、三級からは普通の冒険者はいらないの」

「うーん……確かにそうですけど……」

「ねぇ、あなた。目の前で、自分より遥かに強い人が一瞬で殺された経験はある？」

「え……」

リティはスカルブの女王戦で死んだ青年を思い出す。状況としては近いが、これを引き合いに出すのをためらった。

話す事で彼の死を軽く扱ってしまうとリティは考えたからだ。

「あの人達は私を相手にしてすぐに諦めたけど、そんな私達を全力で拒んでるのが未踏破地帯。もちろん持論だし、完全に正しいとも思ってないけどね」

「でも、最初は弱くても皆で協力すればいいです。それに退かなければいけない場面だってあります」

「あなたとの議論は面白そうだけど、キリがないから試験の説明に入るわ」

リティの反論をかわして、カタラーナは試験場所を明かした。試験場所までの道のり、時間。必要な物、すべてをリティは把握する。

そして試験会場であるダムシア渓谷。ここに生息する魔物の討伐証明を手に入れたら合格というシンプルな内容だった。

「準備とかあるだろうから、出発は明日ね。あ、今度はちゃんと試験やるから安心して」

「信用します」

少なからずカタラーナに反感を持ったリティは、刺のある返答をした。そして隣にいる人物はさっきから一言も喋らない。

これから同じ試験に挑む仲間として、リティは何か声をかけたいが思いつかなかった。何せあちらからも、目もくれないのだから。

＊　＊　＊

王都でカタラーナと待ち合わせて、三人で会場へ向かう。リティはそれなりの荷物になったが、他の二人はほぼ手ぶらだ。

これから行われる試験では、助け合いになるかもしれない。それなのに何一つコミュニケーションを取らないのはまずいとリティは思った。

「私、リティです。よろしくお願いします」

返答がない。まるでリティの存在すら認識していないかのようだった。嫌われているのかと心配になったが、リティにはその原因がわからない。

「あ、ちなみに自分の身は自分で守ってね」

カタラーナの唐突なセリフの意味がすぐにわかった。五級のグリーンゴブリン数体が、リティ達を待ち伏せている。今のリティ達なら問題のない魔物だ。

「グリーンゴブリン……知性も低く、武器も持ってません。ですが、油断しないで戦いましょう。えっと……」

リティがフードマフラーの名前を呼ぼうと思ったが、名乗ってもらってないのでわからなかった。妙なところで詰まってしまったところで、先制したのはゴブリン達だ。

猿のような鳴き声を発しながら、飛び跳ねてくる。動きも乱雑で、ガルフのほうが手強い。リティは二体を斬り捨て、自衛する。

「さぁ、残りは……あぁっ！」

フードマフラーの人物が、ゴブリン達から逃げ回っている。それが面白いのか、ゴブリン達はからかうようにフードマフラーを追い詰めていた。

てっきり対処すると思っていたリティは、すぐには動けなかった。グリーンゴブリンは四級が苦戦する魔物ではない。

前衛ではないのかと考えたリティが、ひとまず数体のゴブリンに斬り込む。

「てやぁっ！　そやぁっ！」

さっくりとゴブリン達を討伐したリティが、彼らの討伐証明である耳を拾う。大した額にはならないが、積み重ねが大事だと考えるのがリティだ。

とはいえ、独り占めしていいものか。リティは逃げ回っていたフードマフラーに近づく。

「このゴブリンの討伐報酬、後で半分にしましょう」

尻餅をついたまま、フードマフラーの人物は答えない。さすがのリティも、これでは取りつく島もなかった。

そしてカタラーナがゴブリンの死体を観察している。

「的確に急所を狙ってるわね。こんな低級の魔物でも容赦ないわー」

「低級だろうと油断は禁物ですよ。何が起こるかわからないのが冒険ですから」

「その通りよ。やっぱり目をつけていただけあるわ」

「そ、そうなんですか？　私が一番弱いって言ってましたよね」

「少し折ってやろうと嘘ついただけ。あの中じゃぶっちぎりの強さよ。それをここで改めて確信した」

悪びれないカタラーナの態度に、リティは口を尖らせた。どうしてこの女性はこうなのかと、リティの中で反発が強まる。

とはいえ、今は試験官だ。試験さえやってもらえて合格すればいいと、リティの目標は相変わらずぶれない。

＊　＊　＊

「さ、もう少し進んだところでキャンプにするわ」

日も沈んで、試験に挑むのは明日となった。これまでに何度か魔物に襲われたが、やはりフードマフラーの人物は戦わない。

それどころか動こうとすらしない事もあった。もちろんこれは試験ではないので、カタラーナもそれについて何か言う事はない。

さすがのリティも、こればかりは問いつめるべきだと判断した。

「あの、どうして戦わないんですか？　私が何かしたのであれば謝ります」

またも返答はない。いっそマフラーをはぎ取ってやろうかと、リティもかすかに苛立ちを覚えた。

リティとしては、自分が嫌いなのであれば構わない。しかし命を預け合う立場としては、そんな個人の感情は捨ててほしいと思っている。こと冒険に関しては一切の妥協を許さないのがリティだ。

「どうして……」

もう一言、何か言ってやろうと思った時だった。ダムシア渓谷近い岩場にて、足元が揺れる。付近の岩がぐらりと倒れて、自身の目線も下がる。

「あ……」

バランスを保とうとしたリティだったが、足場が崩落してしまった。同時に降り注ぐ周囲の破片や岩。

上に手を伸ばすが、遅い。為す術もなく、地上から引き離され、リティは転落していった。

第四十三話　リティ、地下を進む

リティはまず周囲を見渡す。落下による衝撃は思ったほどではなかった。それほど深くないのかと見上げると、かなりの高さだ。

ジャンプで飛び乗って上がれるかと考えたが瓦礫の足場が安定せず、危険と判断した。

ここはどこなのか。リティはすぐに起き上がって、大声で地上へと叫ぶ。

「カタラーナさーん！」

返事がない。声が届いていないのか、すでに救助を呼びにいったのか。

しかし、そこでリティは思い直す。あの性格だから、ここで死ぬようなら三級の資格なしとして不合格にされかねない。

カタラーナに関してはうんざりしたリティだが、それはそれとしてこの状況だ。声の反響っぷりからして、案外広いとわかった。

「フードマフラーの人ー！　無事ですかー！」

一応、安否を確認したがやはり返事がない。しかしここで、普通に話しかけても反応がない人物だと思い出した。

完全に一人だとわかったところで、リティは洞窟を進む。ロマに教わったライトの魔法を使い、辺りを照らすと鍾乳洞のような場所だとわかった。

「わぁッ！」

頭上から奇襲されて、リティは転がってかわす。ライトの魔法を当てられて反応したスティールバットだ。

五級の魔物だが、これも群れをなす。一匹見れば、そこら中に十匹。バサバサと羽ばたいて、一斉にリティに向かってきた。

標的が小さい上に飛ぶので、リティは対処を間違えないよう冷静になる。多少の素早さはあるが、しょせんは五級だ。グリーンゴブリンと同じく、リティの脅威にはならない。すべて討伐して、一息。

「ふぅ……」

リティは壁に手をつき、ライトの魔法を消した。節約の意味もあるが、今のように襲われるのを防ぐためだ。

それにリティの少ない魔力では、持続に限りがある。洞窟の壁を手探りしながら慎重に進む。

あのフードマフラーの人物は無事だろうかと、リティは気にかけていた。何故、口を利いてくれないのか。嫌われているわけではないはずだとリティは確信している。

何故なら、グリーンゴブリンから助けた時にかすかに頭を下げたからだ。世の中にはいろいろな人間がいる。その上でリティは焦らず、じっくりとコミュニケーションを取ろうと決めたのだ。

そこでリティは足を止める。何かが寝そべっているからだ。暗くて全体像はわからないが、頭部だけでもリティの腰ほどの高さがある。

無駄な戦いは避けるべきだと判断して、リティは羽靴でかろやかに頭を飛び越えた。

「フガッ⁉」

魔物が起きて、リティはダッシュした。初動はライトで周囲の地形や魔物を把握。背後からの奇襲は巨大な爪だった。

ダークブラウンの体毛を纏うモグラの魔物だ。等級は不明だが、地の利は完全に向こうにある。しかも背後は行き止まりだった。リティは道を間違えたのだ。

「百裂突きッ！」

牽制の為に放ったスキルだが、モグラの爪によって弾かれてしまう。強い、しかしリティはニヤリと笑った。

この追いつめられた状況で、しかもこの魔物だ。明らかに絶体絶命なのだが、リティは笑えたのだ。それはあのニルスと戦った時とまったく同じ高揚感だった。

「このガードの硬さに加えて、恐らく突破力もある。モグラだから掘り放題。だったら……」

リティが起死回生の案を思いついた直後だった。巨大モグラが側面から爆発して、一瞬で各部位が千切れ飛ぶ。爆風でリティも壁に体を打ちつけてしまった。

「一体何が……」

左手方向に、あのフードマフラーの人物が立っていた。そして横にいるのは、見慣れない魔物だ。猿のような顔に角が生えて、背中にはコウモリのような翼。猫背の姿勢でしゃがみ込むそれは、悪魔と呼べるものだった。

「そ、その魔物は⁉」

フードマフラーの表情は不明だが、悪魔はにやけている。

そして尻尾をしゅるりと振って、フードマフラーの足を軽く叩いていた。

「フレッケッケッ、助けてやったんだからよ。感謝しな？」

「はい、ありがとうございます。あなたは？」

「オレはこいつの召喚獣さ。まぁ悪魔なんだけどな」

「悪魔ですか……え、という事はその人は召喚師《サモナー》⁉」

フードマフラーは肯定しないが悪魔はそうさ、と一言。思わぬところで出会った事で、リティは質問を重ねたい衝動に駆られた。

しかし、おそらく答えてくれないとわかっていた。今もフードマフラーは顔を逸らしているからだ。

「ではあなたはその人に召喚されたんですね」

「その通り。こいつは運がいいぜ？　俺みたいな大悪魔と仲良しになれたんだからな」

「運ですか」

「召喚魔法は難しくてな。目的の奴が召喚できりゃいいが、下手すりゃ命を取られる事もある。それでなくても人生、ぶっ壊れたりな」

「そ、そんなに大変なんですか」

イリシスにお勧めされた召喚獣であるが、リティは少し考え直した。そんなリティを見透かしたように、悪魔はまた笑う。

「強い召喚獣や力との契約には、それだけでかい代償がいる。ま、オレは優しいから格安で契約してやったんだけどな。なー？」

「格安？」

悪魔がフードマフラーに同意を求めたが頷かない。リティはその様子にかすかな違和感を覚えた。観察するが明確な答えは出ない。

助けてくれたのは事実な上に、悪魔の力も目の当たりにしているのでリティは追及しない。

「いつまでもオレがいると、やりにくいだろうからな。必要になったら呼べよ。じゃあな」

そう言って、悪魔はひゅるりと渦を巻くようにして消えた。静まった洞窟内をフードマフラーが歩く。

リティはあえて隣を歩き、その顔を窺おうと覗き込む。そこで気づいた。この人物がまだ少女で、自分よりも年下かもしれないと。わずかにリティから目を逸らし、前を向こうと努めている。

「あの悪魔、強いですね。召喚獣って皆、あのくらい強いんですか？」

またもリティの独り言になる。しかし、構わず言葉を続けた。少女の真意を少しでも探りたいと思ったからだ。

「この洞窟、どこまで続くんでしょうね。私、前にスカルブの巣に潜った事があるんですけどすごかったですよ」

延々と語るリティに、フードマフラーは反応を示さない。それどころか顔を伏せている。そのせいで躓いて転びそうになったところを、リティに支えられた。

「前を見てないと危ないですよ」

「あ、ああ、ありがと……」

少女が、か細い声で謝罪らしき言葉を口にした。しかしその直後、ものすごい勢いでリティから離れてしまう。あえて距離を作って、早歩きだ。

「私も助けてもらいましたし、感謝です！」

歩行速度がより速くなる。また躓くと危ないと思い、リティが一瞬で追いつく。その際にかなり驚いたようだ。

そこで初めてリティのほうを見た。ニッコリと返すリティだが、やはり目を逸らす。

ようやく返ってきた返事だけで、リティは満足した。ひとまずこれで、溝がないとわかったからだ。

「やっぱりライトがないと危ないですね。あの、もし魔物が襲ってきたら戦いましょう」

こくり、と今度は頷いて答えた。相変わらず声は出さないが、これでも大きな進歩だ。

嫌いならそれで構わないとリティは思っていたが、あえて嫌われたいとも思ってない。

ましてや年が同じか近いとあっては、出来れば親しくなりたいと願っているのだ。

「そういえば、もう夜ですね。早いうちに野営ポイントを探しましょう。暗い洞窟内ですが、日が昇ればどこかから光が差し込むかもしれません」

見知らぬ洞窟内だが、講習やスカルブの巣での経験によって野営ポイントは容易に探せた。

ただし化け物モグラの件もあるので、あの時よりも安全性は劣るとリティは危惧している。

リティが夜食の準備を始めると、少女も手伝ってくれた。

「手馴れてますね」

せっせと準備を終えた少女が、小鍋を火にかける。コトコトと煮込んだ簡易食をカップによそい、リティに渡した。

リティは迷わず、口にする。

「おいしいですね！　何か工夫してるんですか？」

「……砂糖」

「砂糖ですか。私はいつも普通に煮てました」

相変わらず声はか細いが、今はリティの目をジッと見つめている。良い兆しだと判断したリティは思い切って隣に移動した。その途端、びくりと震えて離れてしまう。

「あの……ごめんなさい」

「……あ」

やってしまったとリティは後悔した。今ので嫌われてないか心配だったが、少女はまたちらりとリティを見る。そして顔を伏せてしまった。

真意がわからないもどかしさはあるが、リティは焦らない。それでなくても、ここは未知の場所だ。互いの協力がなくては、出られない可能性がある。

戦闘時に影響が出ない程度には、リティは距離を縮めたがっていた。

「見張りは私がやっておきますから、お休みしていいですよ」

今のリティに出来る事はこの程度だった。もそもそと寝入った少女を見ながら、あの悪魔を召喚すればいいのではと思いつく。

しかし、リティはすぐにその選択を消す。あの悪魔を見ていると、いい予感がしないからだ。たったそれだけの事で、リティは仮眠ついでに見張りをする選択をした。

第四十四話　リティ、巨大モグラと戦う

暗闇なので、朝日が昇ったかはわからない。仮眠を取りつつ警戒していたので完全な休息とはいえないが、リティとしては十分だ。

背筋を伸ばした後、リティは隣ですやすやと寝息を立てている少女を見た。その際にフードがめくれて、頭部の全容が見える。

エメラルド色のショートカットに幼い顔立ち。そして背丈からして、やはり自分より年は下だとリティは判断した。

「起きて下さい。そろそろ出発しますよ。カタラーナさんも待たせてるはずです」

「んむぁ……」

謎の声を出して、少女がのっそりと起きる。寝ぼけた目をこすり、リティを確認すると軽く頭を下げた。

後片付けをして、再び洞窟を歩き出す。このまま進んでも地上に出られる保証はない。リティと

してもこれ以上、時間をかけるのは避けたかった。

「何か音が聞こえますね。かすかに揺れているような……」

ここでリティは、昨日の化け物モグラを思い出した。ライトで照らされた洞窟の様子を見ると、真新しい岩壁や土とそうでない部分がある。

前者は化け物モグラによって掘り進められたのだとリティは解釈した。

「昨日のモグラの魔物が他にもいるかもしれません。こちらを進みましょう」

真新しい方角は避けて、天然で出来たほうへと進む。猶且つリティは単純に考えて、地上である上へ続いている道を選んでいる。

時々襲ってくるスティールバットを退治しつつ、リティは音を気にしていた。

「どんどん近づいてますね。あのモグラの魔物、わかりますか？　王都に着いてから、すぐにカタラーナさんのところへ来たのでチェックしてないんです」

「ふ、深き、底の暴掘主……に、二級」

よりにもよってネームド個体がいると、少女の口から判明する。通常個体でもおそらく三級だとリティは予想した。

本来なら冒険を楽しみたいところだが、カタラーナの事を考えるとリティにも必然的に焦りが生じる。あのカタラーナ相手となれば、時間をかけるほど不合格のリスクが上がるからだ。

「急ぎましょう」

音から逃れようと、リティは歩みを進める。根拠はないが地上へと続いている感触をリティは感じていた。少しずつ上へ上へと向かっている。それに伴って、ついには壁側から音が聞こえた。

「来るッ！」

少女を抱えたまま、リティがその場を離れた。そこに地の壁を炸裂させて登場した音の主。頭部のサイズがリティの胸ほどの高さに迫る。

冒険者によって負傷させられた片目の傷が目立つ。つまり目を負傷させても、この魔物を討伐するには至らなかったわけである。

「お、大きい！　これがネームドモグラ！」

通常個体でさえ、リティの百裂突きを弾いたほどだ。ネームドモンスターとなれば、少女の協力が必要不可欠となる。

しかし彼女は一向に召喚しようとしない。それどころか、パニックになってあらぬ方向へ逃げ出そうとする始末だった。

そこへ目を光らせた深き底の暴掘主が、爪を伸ばす。

「ていやぁっ！」

羽靴の瞬発力も相まって、魔物の腕に的確な一撃を与える。意図してないだろうが、少女が囮になってくれたおかげだった。

洞窟内の壁を蹴り、より機動性を活かす事が出来る。が、リティは決して油断しない。的確とはいえ、もちろん致命傷に至ってないからだ。

「あの悪魔を召喚して下さい」

「え、えと、えっとえっと」

完全に頭が状況に追いついていない。巨大モグラがわずかに構え、リティは突進を予感した。

少女を抱きかかえて逃げに徹するが、その図体の突進はリティの体を跳ね飛ばした。抱えていた少女は無事だが、リティは激痛で悶えている。

「落ち着いて下さい……。私が守りますから、どうか召喚を……」

「すみません、わたし、ひとりだったから……。人がいると緊張して、体が……」

ようやく聞き出せた真意にリティは安心した。なんだそんな事かと思うほどだ。

とはいえ、あのモグラ相手に悠長な事はしていられない。リティは少女をお姫様抱っこして走った。

「わわ、わっ、わー！」

「ひとまず落ち着きましょう！」

リティはそのまま走るが、深き底の暴掘主相手に逃げ切れるとは思ってない。ほんの少しだけ時間を稼ごうとしている。

曲がった通路を走り、更に曲がり。いかに深き底の暴掘主といえども、羽靴の恩恵を受けたリティをすぐに捕捉できなかった。しかし、それも時間の問題である。

深き底の暴掘主は、すぐに穴を掘り始めた。リティはそんなわずかな時間の間に、少女の緊張をほぐそうとしている。

「お名前を教えてください」

「ク、クーファ……」

「クーファさん。私にはこうする事しか出来ません」

「え……わふっ」

リティがクーファを抱きしめた。それはイリシスがリティにやってみせた事だ。人肌と温かさを感じさせる。リティがそうされた時、よりその人を感じられて安心したのだ。

抱擁という愛情表現によって、この短期間でクーファを安心させようとリティは考えた。

「わ、わっ……」

「クーファさん、この状態で召喚できますか？」

「……は、い」

クーファが短く詠唱を終えると、渦を描いて尻尾から順に悪魔が出現する。悪魔はあくびをしながら、二人を見てわずかに顔を歪ませた。

「おいおい、クーファよ。そりゃどういう事だ？」

「あっ……！」

クーファが慌てて離れる。同時にまたも地の壁の破壊音が聞こえた。少し先に現れた巨大モグラが、こちらに頭を向ける。悪魔はモグラを見据えるが、攻撃しない。

「クーファさん！　悪魔に攻撃のお願いを！」

「違反、しちゃった……」

聞き返す間もなく、深き底の暴掘主が迫ってきた。リティが果敢に動き回り、攻めるがやはりガードが固い。そして長い爪の先端がリティの脇をかすり、出血させる。

「あぐっ……！」

「あ、あぁっ……」

「クーファ、さん……悪魔に、命令を……」

「バ、バフォメット！　こ、攻撃して！」

バフォメットと呼ばれた悪魔は、つまらなそうにクーファとリティを一瞥する。この瞬間、リティは悟った。

この悪魔はクーファに完全に使役されていない。

しかし考えている暇はなかった。悪魔を当てに出来ない以上、自分が何とかするしかないとリティは激痛を堪える。

「リティさん、ごめんなさい……ぜんぜん私、ダメで……」

「これも冒険です！」

「え？」

リティはまた攻めを展開する。ダメージがあるにも拘わらず、動きが鋭い。それでも爪によるガードは突破できないが、リティは二つの勝機を見つけた。

突然、攻めるのをやめてクーファを抱えてまた走り出す。

「何を……」

「いつも万全の状態で戦えるとは限りません。今回はたまたまクーファさんがいただけです」

「でも……」

「安心して下さい。今ので勝つ方法がわかりました」

「え!?」

羽靴がなければ、一人を抱えたまま逃げる芸当など出来なかっただろう。

リティは巨大モグラの次の動きを予想した。きっとまた地中を掘り始める。そしてこちらの位置を嗅ぎつけて、また現れる。

ここからは集中力の勝負だと、リティは目を閉じた。地中を掘り進める音で、リティは巨大モグラの大体の位置を予想する。立ち止まり、クーファを降ろしてまた耳を澄ませた。

「……ここッ！」

姿を現した巨大モグラの側面、つまり傷ついた片目側に立って片手槍によるスパイラルトラストを打ち込む。

イリシスに買ってもらった高級槍だ。それは巨大モグラの頭をいとも簡単に貫通する。

「まだまだッ！」

ここでリティは手を緩めない。追い打ちの百裂突きは巨大モグラを完膚なきまでにズタズタにして、動きを停止させた。だらりと流れた大量の血が、リティに勝利を実感させる。

「はぁ……よかった」

「すごい……ど、どうやって……」

「二回目に飛び出してきた時、私達のすぐ先にいましたからね。あの魔物も完全に私達の位置を特定できていたわけではなかったんです」

一息ついた後、リティは目ぼしい部位を斬り取る。爪や毛皮、念のために肉も調達した。

クーファはただ驚くばかりで、リティの言葉を理解するのに時間を費やしている。

「えっと……つまり？」

「何度もあの魔物が掘り進む音を聞いてましたし、後は勘と集中です。こっちもあちらの位置を特定して、死角になってる傷ついた目のほうを狙ったんです。攻撃した時、その目側の反応がわずかに鈍いとわかりましたから」

「……そんな」

言うのは容易いが、リティのそれはもはや人間の域を超えていた。たとえ一級や特級だろうと、聞けばその超越芸に感嘆しただろう。

もはやクーファはリティが何を言ってるのかわからなかった。それより今は助かったと安堵するのが関の山だ。

「早く出ましょう。出口は絶対にどこかにあるはずです」

「はい……」

「あー、待ちな！」

悪魔ことバフォメットが飛んできて、リティ達の進路を妨害する。身構えたリティを忌々しく睨み、舌打ちするバフォメット。

リティもまた、この悪魔との対峙は避けられないと予感していた。何故なら、クーファの謎の行動はすべてこの悪魔に起因していると確信しているからだ。

第四十五話　リティ、悪魔と戦う

伝説の大悪魔バフォメット。村にいた頃、リティは旅人から聞いた事があった。山羊の上半身を持ち、大鎌を振るえば千の命を狩り取る。火を吐けば、一夜にして大帝国が滅ぶ。

嘘か本当かわからないが、大悪魔と呼ぶに相応しいエピソードをリティは思い出した。

「あなたがバフォメットですか？」

「そうさ。この大悪魔が人間と契約するなんざ、歴史をひっくり返しても例がない。なぁ、クーファ？」

クーファは怯えているが、リティはすでにこの悪魔がバフォメットではないと見抜いていた。

それほどの大悪魔を前にしているのに、リティはさほど危機感を感じていない。伝説と容姿が異なるなど、瑣末な事だ。リティはその上で、この悪魔とどう対峙するか考えた。

「クーファ、契約違反《ペナルティ》だ。わかってるな？」

「ごめんなさいごめんなさい！　何でもしますから、リティさんだけは！」

「召喚獣と召喚師《サモナー》の契約は絶対だ。お前はそれを承知でオレと契約した」

「リティさん、逃げてください！」

悪魔の爆炎がリティを襲う。狭い通路で逃げ場がなく、リティは後退するしかなかった。悪魔がけたたましく笑いながら、リティを追いかける。

「フレッケッケッケッ！　あいつはなぁ！　オレとこう契約したんだよ！『力を貸すかわりに誰とも親しくなるな』ってな！」

「それをクーファさんが？」

二発目の爆炎を辛くも凌ぎ、リティは地下を駆ける。ネームドモンスターではないとはいえ、モグラの魔物を一撃で倒した攻撃だ。

伝説の大悪魔が虚言だったとしても、リティが決して侮れる相手ではない。現に爆炎に手も足も出せていないのだから。

「そうさ。オレはあいつの負の力を味わう。あいつはオレのおかげで生きていける。利害が一致してんだよ」

爆炎を止めて、悪魔はその場にとどまる。そしてリティを見て、醜く顔を歪めた。

「親もいねぇ。何の才能もねぇ。奴隷落ち待ったなしの状況で、あいつは聞きかじった召喚術に手を出した。オレと契約したおかげで、あいつはここまで来られたんだよ」

「そうですか……」

クーファが四級になれたのも、すべてはこの悪魔のおかげという事実。しかし、それを聞いてもリティの心情は変わらなかった。

形はどうあれ、召喚師《サモナー》として活動して、実績を積み重ねたのだ。自分のように親がいるわけでもない。何もない状況で召喚術に手を出して、生き続けた。

自分よりも年下であろう少女を、リティは心から賞賛したが決して悪魔には告げない。

「契約違反《ペナルティ》により、親しくなった相手を殺す。つまりな、お前に死んでもらわないとあいつの為にもならねぇんだよ」

「クーファさんは……今まで親しくなった相手があなたに殺されるのを見てきたんですか？」

「いや？　目はつぶってたぜ？」

斜め上のふざけた回答に、リティの怒りが腹の底で煮えたぎる。合意での契約だろうが、リティには関係なかった。

それは一人の人間としての、リティとしての感情だ。召喚師《サモナー》について何も知らないリティだが、そんなものは意に介してなかった。

「わかりました。ではクーファさんに聞きたいことがあります」

「あ？　オ、オイ！」

リティはクーファの元へと急いだ。膝を抱えて震えているクーファを見つけて、隣に座る。

悪魔はてっきり反撃してくると思ったリティが突飛な行動に出たので、ゆっくりと付いてくるだけだった。

「クーファさん。あなたにとって、あの悪魔は必要ですか？」

「いないと、わたし、何もできないから……」

「では目の前で誰かが殺されても平気ですか？」

「それ、は……」

「オイオイオイオォイ？　何をそんな今更すぎる質問してんだ？」

悪魔がクーファの頭を摑んで強引に撫でる。涙を浮かべながらも堪えるクーファの表情が、リティにとっての答えだった。

リティは無理矢理クーファを悪魔から引き剥がし、手を握る。

「クーファさんはすごい人です。私と違ってずっと一人で、どんな事にも耐えてきたんですね」

最初に会った時のように、クーファは黙ってしまった。健気にも、親しくならないように今からでも努めているつもりだ。

そうしないとリティが殺されてしまうから。本当はもっと仲良くしたかったが、我慢してきた。ろくに人と接しないせいで対人の免疫すらなくなり。関わってきた数少ない人間が悪魔の毒牙にかかっても。

ただ生きるためにすべてを堪えてきた。これからもそれを当然とするのかと、リティも疑問に思っている。

「クーファさんは何かやりたい事がないんですか？」

「やりたい、こと？」

「目標です。夢です」

「な、ない、です」

「そうですか。それじゃこれから見つけましょう」

クーファが顔を上げると、リティはすでに悪魔に武器を向けている。強引ではあるが、もはやリティには我慢ならなかった。

生きていれば大変な事もあるが、嬉しい事もある。十五という短い人生ではあるがルイズ村、ユグドラシア、トーパスの街での経験が彼女をそう思わせたのだ。

もしリティがユグドラシア時代に自暴自棄になって命を絶てば、それ以降の経験はなかった。マームの時のように、またも自己投影したリティは悪魔が憎くてたまらない。

「……お前、召喚術について何もわかってないな」

「はい、何も知りません」

「言っただろう。オレは格安で契約してるってな。召喚師《サモナー》の中には、肉親や恋人を捧げた奴だっている」

「え……」

さすがのリティも、衝撃を受けた。それが契約条件だとしても、そうまでする人間がいる事が信じられなかったのだ。

そんなリティに追い討ちをかけるようにして、悪魔は楽しそうに喋り続ける。

「契約違反《ペナルティ》にしても、術者の命と引き換えだったりな。力がでかいほど、それも大きくなる。これも説明したはずだぜ？」

「……なるほど」

「そもそも契約出来ただけで認められるのが召喚師《サモナー》ってジョブだ。オレが召喚されなかったらお前はどうなっていた？　なぁクーファ？」

「生きて……こられ」

クーファが何か言う前に、リティが悪魔から遮るようにして前に立つ。その瞬間、余裕を見せていた悪魔の顔が強張った。

それはかつてリティと敵対したニルスが感じていたものと同じではない。どちらかというと、無意識のうちに彼女を恐れていたアルディスに近い。

ディモスに向けられた、夢に対する障害となるものを排除する時のそれだ。もはや悪魔はリティにとって、気分が高揚する対象ではない。

「生きましょう。私がついてます」

悪魔は何故、目の前の少女に恐れを抱いているのかわからなかった。巨大モグラを倒した手腕は大したものだが、それでも自分の敵ではないと思い込んでいる。

悪魔はリティに見据えられるほど、危機感が増大していく。

「あなたがバフォメットでない事はわかっています。もし本物なら今頃、私は死んでいますから」

「だ、だったら殺してやるよぉ！」

悪魔が片手から爆炎を放ち、再びリティを追い詰める。リティが曲がった先にも爆炎、更に爆炎。逃げてばかりいるリティに、悪魔はわずかな安堵を覚えた。

「どぉした！　オレを殺すんじゃなかったのかぁ⁉」

悪魔がまた爆炎を撃った直後、その体が切り裂かれた。真横からだ。いつの間に、と疑問を持つ暇も与えない。それどころかたった一撃だ。

「ぐはぁッ！」

「ここ、抜け穴があったんですよ」

天然洞窟に加えて、巨大モグラが掘り進めた複雑な洞窟内だ。そうなれば自然と出来た小さな通路の一つや二つはある。そんな目立たない通路から現れたリティに悪魔が対応できないのも、当然だった。

冒険者たるもの、ダンジョンの地形は把握すべし。リティはそれを忠実に実行しただけだ。最初に到達した時も、野営した時も、巨大モグラと戦っていた時も。

「お、お前ッ……ひ、卑怯だぞぉッ……」

「卑怯？」

悪魔が無節操に爆炎を撃って逃げている間も、リティは先を見据えていた。その上で、リティは悪魔が何を言ってるのか理解できない。

冒険者として当然の事をしていただけだ。悪魔が何の策も観察もなしに戦っていたのが、リティからすれば予想外だった。

「私は卑怯なことなんかしてません！」

「そ、そんなせこい抜け道から不意打ちしやがったくせによぉ……」

この虚言悪魔は、リティが決して侮れる相手ではなかった。そう、なかったのだ。

自分よりも遥か格上に挑んできたリティと、格下しか相手にしてこなかった悪魔。この差からして、もはや埋めようがない。

「それが卑怯……？」

冒険の中で奇襲され、奇襲するのが日常のリティにとってはやはり悪魔の主張が理解できなかった。ほんの一瞬だけ、自分が何かとてつもない罪をおかしたのではないかと考えたほどだ。しかし、すぐに悪魔の戯言だと自己の中で消化した。

第四十六話　リティ、悪魔について知る

「な、なぁクーファ……お前にはオレが必要だろ？」

悪魔が苦悶の表情を浮かべながらも、まだ諦めない。クーファは何も言えず、立ったままだ。

この悪魔のおかげで生きてこられた恩を捨てきれずにいる。そんな弱みを悪魔は見逃さなかった。

「オレがいなくなって、もう一度召喚術を成功させられる自信があるか？　どんな奴が出てきて、どんな代償があるか……想像できるか？」

クーファは何も言わずにリティをちらりと見る。リティもそれに対して何のリアクションもしない。クーファの自発的な行動を待っているのだ。

「だんまりじゃねえか。お前みたいなのはコソコソと盗みを繰り返しては惨めに生きていくのがお似合いだ！　だからオレに頼るしかないよなぁ!?」

「盗み……？」

知られたくない過去を暴露されたクーファが、より口を噤む。盗みというワードでリティも驚くが、クーファを軽蔑しない。

「クックックッ……そいつは小汚い恰好で街をうろついてな。野良犬みたいに追い回されながら生きてきたんだよ。笑えるだろ？」

「面白いんですか？」

「誰にも望まれず、疎ましがられた奴が今更どう生きようってんだよ？　オレがいなけりゃどうなってた？　なぁ？」

「どう、なってたか……」

クーファが悪魔の言葉に乗せられつつあるのを見て、リティがまた手を握る。びくりと震えて驚いたクーファだが、リティの曇りなき眼差しを見て落ち着いたようだ。

「クーファさん。私が手助けします」

「リティ、さん……」

「無理だぁ無理無理！　いいよいいよ、オレを殺してゴミでも漁って生きてろ！　フレッケケッケッ！」

リティのおかげか、悪魔の下品な笑い声と煽りを聞いてもクーファが動揺する様子はない。そしてリティの手を強く握り返す。

「わ、わたしっ！　お、おともだち、つくりたいです！」

クーファがリティから手を離して握り拳を作る。悪魔が後ずさって驚くのも無理はない。

悪魔はそんなクーファを見た事がないのだから。何故こうなった、どうして。悪魔はそんな自問自答をする。剣を突きつけてくるリティを睨み返した。

「友達だぁ？　お前みたいな奴にゃ無理だよ！」

「リ、リティ、さん。わたし、今まで悪いこと……しました」

悪魔を無視して、クーファはリティに語りかける。悪い事という言葉に面食らったリティだが、しっかりと頷いて聞く姿勢だ。クーファは顔を伏せて、たどたどしく語り始めた。

「お母さんと、お、お父さんがいなくなって……。ひとりぼっちでした。だから、食べ物も、いっぱい、盗みました……。石、たくさん……投げられました。捕まって、た、叩かれて、怪我して……」

「そうだ！　お前はそんな惨めなあがッ！」

リティが悪魔の口に剣を突き刺す。もはやリティに悪魔に対する慈悲はなかった。ただの討伐対象であり、言うなれば魔物だ。唯一違うのは、何の報酬もない事くらいだった。

「あ、ある日、召喚術の話を聞いて……。あれなら、ぶ、武器もないし、使えない私でも出来るって……。でも、お金がないからギルドにも……入れなくて。それでも、なんとか、成功させました……」

「あが、あふぁ……」

喉まで刺されて何も言えない悪魔が足搔いてる。リティはそれを維持したまま、何も言わずに聞いていた。

本来であれば召喚術にも基礎があり、必要なものもある。それを何も持たない少女が成功させたのは紛れもない才能だった。

リティにそこまでの詳細は見通せていないが、すでにクーファを認めている。話を聞きながらも、リティは感動すらしていた。

「召喚師《サモナー》ギルドにいって……そしたら、みなさんすごく褒めてくれて……。称号、貰いました……」

「……苦労されたんですね」

「嬉しかったのに、でも、話したら、契約違反《ペナルティ》だから、黙ってて……それでも、みなさん……」

「出会いっていいものですよね」

大きく頷いたクーファは、涙と鼻水でぐしゃぐしゃだった。変わろうと願っているクーファに、リティは大きく心を揺さぶられている。

もらい泣きしかけたところを堪えて、リティは改めて刺したままの悪魔を見下ろした。

「クーファさんはこの悪魔と離れたいですか？」

「……ずっと一人だったから、契約違反《ペナルティ》なんてと、思ってました……。でも、今は違います……」

鼻水をすすり、クーファはリティの目を見た。リティも彼女の言葉を待っている。

「わたし、一から、やりなおしたいです！　悪魔と離れたいです！」

クーファの言葉を確認したリティが一度、悪魔から剣を引き抜く。そして止めの一撃を放とうとした、その時だった。

「はいストーップ」

洞窟の奥から、カタラーナが現れた。ここで初めてリティは今、自分達が試験に挑むところだというのを思い出す。

かなり時間がかかったので、探し出して不合格を言い渡しに来たのではないか。そんなリティの邪推をよそに、彼女はしゃがんで悪魔を見つめる。

「まさか悪魔を召喚していたなんてね。こうなった経緯は察したけどね、リティちゃん。これは待ったほうがいいわ」

「え？　殺しちゃダメなんですか？」

「悪魔を殺しても魂はこの世界に止まり続けるの。そしていつか復活してしまう。悪魔にとって肉体はただの器だからね」

「えーーーーっ！」

「グソッ……」

この悪魔の態度がカタラーナの言葉を肯定していた。あと一歩で面倒な事態を引き起こしていたと、リティは気づく。

「ね、下位悪魔のデシテルさん？」

「ハァ!?　オレをあんな雑魚と一緒にするな！　オレはガリエル……」

言いかけて、悪魔は口を閉じる。しかし、カタラーナさんはしてやったりと笑顔で労った。

「はい、よく言えました。大悪魔バフォメットの眷属ガリエルさん」

「あ、あぁー！　チキショウッ！」

悪魔ことガリエルが這いながら逃げようとするが、背中を何かが撃ち抜いた。的確に心臓を貫かれた悪魔は断末魔の叫びさえ上げずに息絶える。

リティはカタラーナが装着しているクロスボウに注目した。いつの間に、そんな疑問をカタラーナは見透かす。

「これ？　魔導具ファランクス、普段は腕輪なんだけど必要に応じて切り替えられるの。ちなみに特注だから、ねだってもダメよ？」

「まどーぐふぁらんくす！　それで悪魔を？」

「悪魔については後でね。それよりあなた達、試験中でしょ」

「あっ！　そういえば、どうしてここがわかったんですか？」

「ここら一帯はリュードゥが荒らしまわってるから地盤が緩いのよ。だから私も落ちてみた」

リティはこの時点で何かを予感した。それを知っていながら、わざわざ彼女はここに導いたのだ。

カタラーナの性格をうっすらと把握しつつあるリティは、ジッと彼女の顔を見上げる。

「うん。わざとね」

「やっぱり……」

「こういうハプニングに対応できてこその冒険者よ。まぁでも、さすがにネームドモンスターはやばいかなと思って急いで来たんだけど……」

「倒しました。これ、収集品です」

「わーお！」

ネームドモンスター深き底の暴掘主は三級冒険者を何人も葬ってる。怒らせると地下全体を揺らして埋めにかかるから、始末に負えないとカタラーナは笑った。

リティはまたもタイミングに助けられたと頬をかく。そうなっていれば、確実に死んでいたからだ。

「いやー、ホントお姉さん驚いた！　あなた、見どころしかないわよ！」

「クーファさんのおかげです」

意外な言葉に一番驚いたのはクーファだ。しかし、動揺しすぎて言葉が出てこない。声を出そうとしても、かすれる一方だった。

「クーファさんが時間を稼いでくれたおかげで、魔物が地下を掘り進む場所を特定できたんです。私一人だったら、もっと早くやられていたかもしれません」

「あ、あ、の。わたし」

「抱えて走っていた時ですよ。あの時間は貴重でした」

「そ、そんな……」

足手まといと罵倒されてもおかしくない場面だ。それをリティはポジティブに捉えて、クーファを除け者にしまいと考えた。

無駄と思える時間がリティにとって、勝利へ繋ぐ時間だったのだ。もし一人なら、闇雲に攻めて死んでいたとリティは本気で思っている。

「そうなの。それじゃもういいかな」

「えっ……まさか」

「試験よ。ここのネームドモンスターを倒すような子達をダムシア渓谷で試験なんて無駄。だってあそこの魔物を主食にしているのが、リュードゥなんだもの」

「無駄⁉　まさか」

「合格よ」

リティの不穏な邪推は見事に打ち払われた。それはリティにとって、跳び上がるほど嬉しい言葉だ。しかし、まだリティは喜ばない。相手は半ば不意打ちのようなやり方で、ほとんどの受験者を追い払ったカタラーナという人間だ。

「合格ですか」

「うん？　嬉しくないの？」

「まだ早いですから」

「ん？」

さすがのカタラーナも、こればかりは理解できない。リティが自分に懐疑的な印象を持っているなど、微塵も気づいてないからだ。

真剣な眼差しのリティに対して、カタラーナは首を傾げるしかなかった。

第四十七話　リティ、三級へ昇級する

リティとクーファを連れて、カタラーナが冒険者ギルドに凱旋する。過去に合格者○を連発した本部の冒険者が上機嫌なのだ。注目されるのも必然だった。それもリティやクーファのような少女となれば、誰もが呆気にとられる。

「まさかあの女が合格者を出したのか？」

「そんなわけないだろう。試験すらやらずに強引に追い返す事で有名な奴だ」

「評判悪いよなぁ。王都支部も、何か言えばいいのにな」

口々に語られるカタラーナへの不評だが、当の本人は鼻歌交じりだ。リティは致し方なしとばかりに耳を傾けていたが、クーファはそれどころではない。

マフラーとフードで顔を隠して、何とか視線をそらしたい一心だ。もちろんそらすどころか、逆効果である。

「あ、あ、あの。は、はは、はやく」

「精算しましょう」

「あ、はい……」

深き底の暴掘主の収集品の精算が先だった。カタラーナに肉も含めて価値が高いと教えられたので、リティはギルドへ納品する。

三級が確約されてるとはいえ、今の時点でリティはまだ四級だ。受付の人間が目を丸くするのも無理はない。

「あの暴れ者を君が？　ほぉ、これはまさしくネームドモンスターの爪だ！」

「買い取っていただけますか？」

「もちろんだとも！」

「なっ、何だって！」

注目どころか、多くの冒険者達が寄ってきた。これによりクーファは完全に目までマフラーで覆う。意気揚々と討伐に向かった腕利きの三級パーティが、帰らずとなったほどの魔物だ。王家が騎士団派遣を検討するほどの魔物だ。

それを四級の少女達が討伐したなど、目の当たりにしていなければ信じられるはずがない。

「何かの間違いだろ！」

「はいはい、邪魔だから散ってね」

「オレ達なんか、命からがら逃げてきたんだぞ⁉」

「だから邪魔だっつってんだろ」

大声で恫喝せずとも、カタラーナのそれは十分な効果だった。騒ぎ立てる冒険者達が一斉に沈黙して、精算がスムーズに行われる。

ただでさえ捉えどころのない厄介者として認識されている彼女だ。怒らせた後の現場など、誰も望んでいない。

「……とまぁ、何かやる度にこうやって騒がれるのはしょうがない。二人は今のうちに慣れておいてね」

「はい！　耳を塞ぎます！」

リティにとって問題だったのは騒音だったのかとカタラーナは苦笑する。注目そのものを避けたいと願っているクーファのほうが正常だが、すでに顔が見えない。これはこれで問題だと、カタラーナはあえてクーファのマフラーをはぎ取ってフードを外した。

「ひゃあうっ！」

「ひゃあうじゃないの。服装は好きにしていいけど、これも訓練だと思うのよ」

「で、でで、でぇもぉぉ……」

「なんかここまでくると面白いわね」

ゆで上がったように耳まで赤くしたクーファが、今度はリティの背中にくっつく。そんな状況で高額の報酬を得て、今度はギルドの奥へと通された。

＊　＊　＊

冒険者ギルド王都支部の支部長とカタラーナを交えて手続きを終えた。三級となれば、必然的に請け負える仕事の質が上がる。討伐依頼だけではなく、各界の要人からの依頼も受注可能だ。

デマイルのように、全員の懐が深いわけではない。彼らが最低限、良しとしているのが三級だ。

つまり気に入られたならば、出世のチャンスでもある。冒険者から結果的に富豪へ羽ばたいた者もいるほど、三級は夢への登竜門でもあった。

「これで晴れて君達は三級だ。おめでとう」

「ありがとうございます！　頑張って冒険します！」

「冒険か……」

そう遠い目をするのが、王都支部長だ。特級の実績を持ち、王族からの信頼も厚い老齢の彼には苦い言葉だった。

未踏破地帯で地獄を見て、仲間が葬られ。唯一生き残った一人が廃人同然となる。やがて彼の死を看取った後は本部からの誘いも断り、支部長としての余生を選んだ。もはや半ば隠居を決め込んでいた彼が、リティをどう見るかといえば。

「やめておけ……と、本来であれば言うのだが。ワシの言葉でお前さんの生き方は変えられん。目を見ればわかる……ゲホゲホッ！　ゲホッ……ゲホッ！」

「だ、大丈夫ですか⁉」

支部長の吐血が激しい。カタラーナが背中をさすり、落ち着けるが呼吸は荒かった。

「ハァ……ハァ……」

「あの……お体を悪くされてるのですか？」

「若かりし頃に無茶をしたツケだな。だが、あの頃のワシに『こうなるからやめておけ』と言っても聞かんだろう」

「それほど過酷な冒険を……」

どれだけの実績があり、実力があっても人は老いる。永遠には活動できない。この老人が、リティにその現実を見せつけた。こうなれば将来への不安が頭をよぎり、尻込みをしてもおかしくはないがリティは尚も変わらない。

「そもそも……言葉一つで他人をどうこうしようと思うのが間違いなのだ。特に若い頃のワシや君のような人間はな。言って聞くようならば、言わずともとっくにやめておる。違うか？」

「はい。支部長ほどの方がこうなってしまうほどの冒険です。より気が引き締まります」

「それはよかった。顔を見せた甲斐があったな」

「おかしいわ。いつもの支部長ならやめさせたと思うんだけど？」

カタラーナの茶々に支部長が薄く笑う。三級にもなれば、無茶をしない範囲ですら収入としては十分だ。

商売を始めるのもよし。家庭を築くのもよし。これ以上となれば、常人は踏み入れない。

剣士《ファイター》ギルドの教官達のように、丸く収まるのが普通だ。支部長としては、そういった道もあると示したかった。

「カタラーナ、お前さんが通したような冒険者だぞ。ワシがどうこう出来るか」

「ひっどーい。まるで私が変人みたいな言い方ね」

口を挟んで突っ込みたくなったリティだが、全力で黙る。クーファは初めから何も言う気はない。緊張のあまり、早く終わらないかなとさえ思っていた。

「リティ、お前さんは冒険者以外はやれんよ。そういう類いだ」

「自分でもそう思います」

「そっちの子は……ま、焦らんでいい」

支部長の言葉の意味を当のクーファですら理解していない。クーファとしても、悪魔がいなくなった状態で冒険者を続けられる自信がなかった。

それに冒険者というものに、それほど情熱があるわけでもない。クーファのそういった部分を支部長は見透かしていた。

「それにしても、よくわかりますね」

「年をとって動かなくなると、目ばかり肥えていくのがいかんな。そして暇になり、しょうもない事ばかり気になり始める」

「目を鍛えるのはいい事だと思います」

「ウワッハッハッハッ！　お前さんと話してると飽きんな！」

最後に笑ったのはいつだったかと、支部長は思いを馳せる。自分の過去を投影して幾度となく冒険者を引き留めようとしたが、そんな気すらさせないリティだ。

同時に、この子の訃報だけは聞きたくないと密かに願うのであった。

「支部長、聞きたいんですけど。召喚師《サモナー》ギルドって今、どうなってるんですか？」

「カタラーナ、どうとは？」

「悪魔族の危険性と取り扱い方すらも教えないような場所なんですよ」

「なに？」

クーファが顔を上げて、真剣な二人の顔を見比べた。話が進むにつれて次第に支部長の顔が険しくなり、カタラーナも同様だ。怖くなったクーファは再び視線を落とす。

「クーファちゃん。悪魔を召喚できると知った召喚師《サモナー》ギルドの連中はどんな様子だったの？」

「う、嬉しそうで、私も……嬉しかった」

「そう……」

カタラーナが席から立ち、クーファの手を取る。

「クーファちゃん。召喚師《サモナー》ギルドまで一緒に行こうか」

「え、え、ええ？」

「あの！　私も実は用があるんです！」

「リティちゃんが？　まぁいいか。むしろちょうどよかった」

リティは寒気を感じた。カタラーナがほんの一瞬だけ見せた凍りつくような無表情。それは筆舌に尽くしがたい怒りであると、リティは予感したのだ。

リティに詳細は察せられない。わかるのは、彼女がそれほどの怒りを見せる理由が召喚師《サモナー》ギルドにあるという事だけだった。

名前：リティ
性別：女

年齢：十五
等級：三
メインジョブ：剣士《ファイター》
習得ジョブ：剣士《ファイター》　重戦士《ウォーリア》

書き下ろし番外編

水神の目覚め

"OMAE NIHA SAINOU GA NAI" TO
TUGERARETA SHOUJO,
KAIBUTSU TO HYOUSARERU
SAINOU NO MOTINUSHI DATTA.

水の精霊アーキュラは目を覚ました。光も音も届かない暗黒の世界で彼女は漂っている。

何故、こんなところにいるのか。寝ぼけた頭では、すぐには今の状況が把握できない。

闇の中を泳ぎ、海水と同化。高速で円を描くように泳ぐと混濁流が海底を削りに削り、新たな海溝を作り上げた。

一連の動作は人間でいえば寝起きの背伸びに過ぎない。冴えた頭で、ようやく自分が置かれている状況を思い出した。

「そうかー。退屈だったんだっけ」

地域によっては人から神と崇められ、恐れられた。

彼女の機嫌を損ねない事が、安全な航海への第一歩とまで常識を根づかせた水の精霊。

否、人々から水神にまで昇華させられた。彼女はそこに至るまでの道程を思い起こす。

「どいつもこいつも……退屈でつまらなくてしょうもなかった」

最初から人々を恐れさせたわけではない。

脳裏に浮かぶ過去の人間達。あれからどれほどの時が経ったのかと、アーキュラは物思いにふける。

＊　＊　＊

精霊とは万物から生まれる化身でもある。中でも火や水、風や地、闇や光といった根源的なものから生まれた精霊は別格だ。

上位であるほど、いい意味でも悪い意味でも人々にもたらすものは大きい。

精霊によるが機嫌取りに成功した人々は繁栄と豊穣を約束されて、礼を欠けば最悪滅びる。

彼らは基本的に、人間界と被さっている精霊界に潜む。精霊界から人間界に干渉できても、逆は不可能だ。

アーキュラもまた、精霊界側から気まぐれに人間達の近くで暇を潰していた。

「捨てるぞー！」

「おーし！」

人々が船の甲板から巨大缶を海に向けてひっくり返して、廃棄油を流している。たちまち油が広がる海に、人々は見向きもしない。

次に捨てられたのは大小のゴミだ。これまでは山に捨てていたが限界を迎えて、今は海にその役割を押し付けている。

汚される海に対する人々の感情は無に等しく、一仕事を終えた充実感で満たされていた。

水の精霊にとって水は母胎であり故郷であり、自分そのものともいえる。アーキュラは人間に失望していた。

しかし彼らもまた自然が育んだ生命なので憤る事はあっても、手にかけるような真似はしない。これまでは。

「いやー、最初からこうすればよかったんだよな」

「山も限りがあるからな。その点、海は広い」

我慢の限界があるのは、人間も精霊も同じだ。時を経て、各地で精霊が暴走する事件が起こるのも致し方ない話だった。

アーキュラもまた例外ではない。ついにその姿を人間達の前へと顕現する事になる。

「ちょっとー、あんたたちさー」

精霊界から人間界へ出れば当然、人間にも精霊の姿が視認できる。

水の化身ともいえる姿をしたアーキュラが、魔物と間違われないはずがない。

パニックが起きた船上にて大半の人間達が逃げまどうが、一部の者達は武器を手に取った。

「魔物か⁉」

「あたし水の精霊っていうんだけどさー。今、海にえげつない事してたでしょー」

「何っ！」

「何ッ！　じゃなくてさー。海にも住んでいる生き物がいるし、困るんだけどー？」

「知るか！　この魔物めッ！」

人間達と水の精霊アーキュラの戦いの結果など、誰が見ても明らか語るまでもない。

勝負にすらならずに人間達が絶望して、命乞いを始めるのにものの数分とかからなかった。

アーキュラは彼らを殺さず、反省させて陸地に帰そうと考えていたのだ。

「でさー、海の件なんだけどさー」

「すみません！　でも、俺達も捨てる場所がなくて……」

「そんなのアタシの知った事じゃないしー？」

「どうすれば……」

「自分達で考えればー？　次は殺すからねー。あんた達のボスにも伝えてねー」

アーキュラの無慈悲な一言に落胆しながらも、人々は陸へと戻った。

これで解決すればと彼女も考えていたが、事態は変わらない。人々に事態を告げられた国の王が怒り狂い、廃棄を続行させたのだ。

再び海に出た人々に対して、アーキュラは有言実行した。二度、三度と繰り返せば懲りるだろうと彼女は信じていたのだ。

予想通り、海を汚せば水の精霊の怒りを買うという噂が国中に立つ。

そして国内は精霊派と反精霊派に分断される。内紛にまで発展したが、最後は反精霊派が勝利を収めた。

残党となった精霊派の首謀者は次々と処刑されたが、わずかに生き残った者は国を脱出して精霊信仰を広める事となる。

「悪しき精霊を討つ！」

内紛で疲弊したにも拘わらず、国王はアーキュラ討伐を決行したのだ。

大船団として編成された討伐隊はアーキュラに戦いを挑む。精霊信仰などない彼だが、精霊の恐ろしさを知るには遅すぎた。

人間達が作り上げた船が海の藻屑と化し、人々も呑まれる。

戦争で度々戦果を挙げた傭兵、片手で数十人を葬り去れる魔術師《ウィザード》、当時の最新鋭の兵器を搭載した武装船。だがアーキュラの前では無意味だった。

「う、渦に飲まれる！　持ちこたえろッ！」

「水属性の魔術師《ウィザード》はしっかり対抗しろ！　水の操作くらい慣れているだろうに！」

「次元が違いすぎる……！　あれは人が戦っていい相手じゃない！」

嵐に遭った船が為す術もないのと同じで、人間達はアーキュラの怒りを甘んじて受けるしかなかった。

一隻残らず海中に沈めた後、アーキュラは平穏な海の向こうに広がる地平線を眺めている。

「……ちょっとやりすぎたかな」

虐殺に愉悦を感じる類いではないアーキュラに残るのは後悔だった。人間にそれほど愛着がないとはいえ、多くの命を奪った事は確かだ。

人間とて、時が経てば成長するはずだったと彼女は考えていた。いわば大人げないといった、激情に流された己の未熟さを恥じていたのだ。

これでは人間をどうこう言えたものではない、と。反省したアーキュラは人間の成長を願って、精霊界へと帰った。

＊　＊　＊

アーキュラは度々、精霊界から人間界を覗いていた。先の国は大船団壊滅により急速に弱体化。反精霊派が更に分断されて、国王に不信を抱いた者達が反乱軍を結成した。この革命によって国王が討たれた後は新政権として発足するが、程なくして瓦解する。

利権に縛られた者達が互いに食い合い、自滅していく様はアーキュラをより失望させた。

「アタシが何もしなくても滅んだんじゃないの」

人々は水の精霊の怒りを恐れた。逆鱗に触れたために国が滅んだとされて、神殿を建ててアーキュラを祀る。

儀式のようなものを行っていたが、アーキュラからすれば今更のご機嫌取りだ。根本的な原因から目を逸らし、神頼みをする人間にアーキュラは再度失望した。

もうここで見るべきものなどないと諦めて、この地を離れようとした時だ。

「え……？　何、この光」

光に纏わりつかれたと思えば、目の前に大勢の人間がいた。真新しい柱や床、広々とした空間を把握して彼女は自分が召喚されたと気づく。

みすぼらしい恰好をした人々はアーキュラが観察していた国の人々だ。

「おおぉ！　成功だ！」

「水の精霊アーキュラに違いない！」

「水神よ！　我らの願いをお聞き下さい！」

召喚術の存在自体はアーキュラも知っていた。しかし、自分の身に起こったのは初めてである。ましてや彼らがそれを駆使したのは予想外だった。

「我々はあなたを祀り……未来永劫、称え続けると約束します。どうか怒りをお鎮め下さい。そしてこの国を救って下さい」

「……はぁ、呼び出されたと思ったら一方的すぎるしー」

「申し訳ありません！　しかし我々も限界なのです！」

「知ったことじゃないけどー？」

「うぬぅ……聞きしに勝る傍若無人よ……」

誰かの悪態に、アーキュラはより気分を害した。元より聞き入れる義理などないのだ。

勝手に呼び出し、一方的に要求を突きつける。今すぐにでも押し流してやりたいとさえアーキュラは思ったが、中には罪なき子ども達がいたのだ。

彼女の中に最後の良心が芽生えた。

「この神殿の地下に、水脈があるからさー。水不足はそれで解決するからねー」

「ほ、本当ですか⁉」

「それだけねー。後は自分達で何とかしてねー」

「あ！　お待ちを……」

人間の制止も聞かず、アーキュラはその場から姿を消した。もう彼らに興味などなくなったからだ。

この後で救われようが滅ぼうが、彼女にとってはどうでもいい。これが本当に最後の良心だった。

＊　＊　＊

「いでよ！　水の精霊アーキュラ！」

数十年後、アーキュラはまたも召喚された。彼女が〝怒れる水神〟と呼ばれて、人々の間で定着したのだ。

精霊の中でも上位として扱われて、その力は一国を滅ぼすに値する。そんな彼女だけではない。

腕自慢の魔術師《ウィザード》達は日々、こうした上位の存在を従えようと躍起になっていた。

アーキュラは自分を呼び出した面々を見渡す。身なりを綺麗にした者達で、老齢が目立つ。

「水の精霊よ！　私をマスターとせよ！」

召喚した主が、開口一番にアーキュラを不快にさせる。感じる魔力からして、腕に覚えがある人間だろうと彼女は判断した。

しかし、だからといって従う理由はない。彼女の据わった目つきに構わず、召喚主が尊大な言葉を並べ立てる。

「アーキュラよ。お前ならば、私の魔術師《ウィザード》としての力量を推し量れよう。共に覇道を歩もうぞ」

「意味わかんないんですけどー」

「……本当にあの怒れる水神か？」

「そうだと確信して召喚したんだよねー？　で、そんな態度と動機でアタシが従うと思ったわけー？」

「召喚した際に従わせる手段など、いつも一つ。力を示してやろうか」

大魔術師《ウィザード》エーギル。たった一人で総勢数千の魔物のスタンピードを制圧した偉業は、後世に語り継がれている。

そんな彼の背後で堂々とアーキュラに睨みを利かせているのは、この国の王だ。

周辺の国々を制圧して大帝国を築き上げる野心家でもあり、性格も冷酷そのものだった。

それだけでは飽き足らずに目論む大陸制覇、エーギルが語るのが覇道である。

「従わぬのならば殺して構わん」

「ハッ！　お任せを！」

好意的な態度を示さないアーキュラに、国王は興味を失くしている。

それはエーギルの実力を完全に信頼しているからこそ出る傲慢でもあった。

「水の精霊よ。我が魔力を知っても尚、従わぬか。ならば見せてやろう……」

暴発しかねないエーギルの魔力に、周囲の宮廷魔術師《ウィザード》達は恐れ戦いた。

何せ、たった一人で魔物の群れを一掃できる人物である。従わなかった精霊をどれだけ葬ってきたか。

そこにいるアーキュラも、水の精霊でしかない。高めた魔力で炎熱を放てば蒸発する。

それが浅い算段であると気づくのは、わずか数秒後であった。

「わ、私の魔法が……無効化された……。ただの水ではないのか⁉」

「あんた達が何をやろうが知ったことじゃないけどさー」

持てる力のすべてが通じない。優れた魔術師《ウィザード》であるからこそ、エーギルは敗北を悟った。

数千の魔物よりも、それを統べる魔獣よりも。どれだけ足しても、アーキュラには及ばない。

「つまんない事で呼び出したんなら容赦しないかもねー？」

「う、くぅぅ！　王！　お逃げ下さい！　この場における責任は私の命を以て果たしますッ！」

「馬鹿者が！　そんな事で済むか！　あと少しで覇道は達成するのだぞ！」

身を挺して国王を守るエーギルにアーキュラは感心しつつも、これ以上は彼らと争う気はなかった。元々、何の興味もない連中である。向こうから恐れてくれるならば、やる事は一つだ。

「じゃあねー」

ひゅるりとアーキュラが消える。残された者達がどうなろうと、彼女にとって知った事ではない。後にこの国が連合化した勢力から大逆襲を受けて滅びの道を歩もうとも、変わらない。

召喚術、それは人間に好意的ではない彼女にとって迷惑極まりないものでしかなかった。

＊　＊　＊

彼女は度々、召喚される事となる。皮肉にも、アーキュラが人間を拒絶するたびに頻度は増えていった。

扱いにくい精霊、怒れる水神。そんな噂が広まるほど、好奇を集めてしまう。

相手によっては本当に怒れる水神と化す。好き勝手に呼び出し、自分の都合を押し付ける人間に対して彼女は憎しみを抱きかけていた。

「あなたがアーキュラ?」

「そうだけど何の用ー?」

またどれほどの時が経ったか。何十回目となるかわからない召喚にて、自分を呼び出したのは魔術師《ウィザード》の女性だった。

己の野望の為に利用する魔術師《ウィザード》、自身のステータスの肥やしにする魔術師《ウィザード》、どれも最後には力でねじ伏せようとしてくる。

　この女もまたその類かとアーキュラは警戒した。

「お願い！　火竜を討伐する為に力を貸してほしい！」

「アタシじゃなきゃいけない理由はー？」

「あなたほど強い水の精霊を知らない。火竜はすさまじく強くて、討伐に向かった人達が何人も殺されているの……」

「ふーん」

　話を聞けば彼女は村で唯一の魔術師《ウィザード》で、度々周辺の魔物討伐を行っているらしい。

　今回の相手はドラゴンだ。ドラゴンは魔物の中でも最強種として恐れられており、種にもよるが国が動くケースも多い。

　いくつもの冒険者パーティが大部隊を編成して討伐に当たる場合もある。

　火竜は台風のごとく移動しており、その先に人里があれば無慈悲に滅ぼす。

　国が部隊を動かすまでには時間がかかる。それまで討伐に当たっていた者達が歯が立たないとあっては、自分にすがるしかないのかとアーキュラは一応の納得はした。

　しかし、それとこれとは別である。人間が生きようが死のうが、彼女にとってはどうでもいい。

「どうしよっかなー？」

「私に出来る契約なら何でもする！」

「じゃあ、あんたの命をよこせって言ったらー？」

「それで済むならどうぞ！」

「えー？　即決しちゃうわけー？」

言葉以上にアーキュラは面食らった。いつもならば召喚主は不快感を示して、態度を崩すからだ。

そして力の行使に訴えて最後は敗北する。ずっと繰り返してきた事だけに、アーキュラはすぐに軽口が出てこなかった。

「死ぬのが怖くないわけー？」

「怖いけど、本当に火竜を討伐してくれるなら契約しましょう！」

「じゃあやろうかなー？」

何も考えていないのか。直前で怖気づいて逃げる算段があるのか。アーキュラには判別がつかなかった。

その覚悟を確かめるべく、アーキュラは女性の周囲を水で囲んだ。彼女が少し操作すれば地上でありながら、女性を溺死させられる。

この段階までくれば涙目になり怯えて、自分の発言を後悔するはずだとアーキュラは思っていた。

しかし女性の決意が揺らぐどころか、恐怖の色さえ窺えない。強い意思を秘めた瞳をアーキュラから離さなかった。

「あんた一人で逃げる事だって出来るでしょー？」

「私の村は本当に小さくて、全員が家族同然で暮らしてきた。お父さんとお母さん以外の皆も、優しくて……。決して裕福じゃないのに……」

「……そうなんだー」

「だからこそ私は死に物狂いで魔術師《ウィザード》になって村に帰ってきた。魔法で村を守って恩返ししてきた。これからも優しい皆でいてほしい。私だけ生き残っても何の意味もない」

利己的な人間ばかりと出会ってきたアーキュラには、女性魔術師《ウィザード》が別の生き物のように思えてきた。

アーキュラとて、女性の命など欲しくない。ただの脅しだった。それを見透かしているのかと、あらゆる角度で疑ったが女性の眼差しは変わらない。

彼女が自分ではなく、他人の為に命を投げ出せる人間だとしてもアーキュラは腑に落ちなかった。

「あんたが死んだら、その村の人間達が悲しむわけでしょー？　それでいいのー？」

「そ、それは……」

「ねー。後先考えないとねー」

「あの、どうか本当にお願いします……。命がダメなら、何でもしますから……」

うら若き乙女が人外である自分に命まで差し出そうとする。人間側の事情も把握できたし、アーキュラとしては心変わりしつつあった。

しかし負の経験の蓄積が彼女をあと一歩、進ませない。

「みゃん！」

「ん？」

魔術師《ウィザード》の女性の元に、妙な生き物が走ってくる。異様に胴体が長く、イタチのような風貌だ。

短い手足をせわしなく動かして素早く迫ったと思えば、アーキュラが作り出した水壁に飛び込んで女性の元へ行く。

「ベフ！　なんで来たの⁉」

「みゃんみゃーん！」

「……それ、どーしたの？」

「傷ついて倒れていたの。そしたらなつかれちゃって……」

「契約したわけじゃないんだー？」

「契約？　この子と？」

彼女はその生き物について何も知らないのかと、アーキュラは二つの意味で驚いた。

幻獣ミャーン。力は弱いが、手頃な大きさの物ならなんでも収納できる能力を持つ。

ただし良い心を持った人間にしかなつかず、そうでない人間には敵意を見せる事もある。

そんなミャーンのなつきようからして、彼女が悪い人間でないのは明らかだった。

「ベフの森の近くで助けたからベフと名付けたの。こうやって肩や腰に巻き付いてくれるし、討伐の際に必要なものも飲み込んで運べるのよ」

「ミャーンがねぇー」

「みゃんみゃん！」

水壁を突き抜けてまで主人である女性の元へと駆けつけたミャーン。より冷静にアーキュラが彼女を観察すれば、魔力はそれほどでもなかった。

これまでに出会った魔術師達《ウィザード》と比べるまでもない。彼女が一人で火竜討伐に向かえば、結果など見えていた。

しかし彼らと違い、彼女は誰かのために自分の命を差し出せる。高い魔力に恵まれるべきなのはこういう人物だろうと、アーキュラは世の不公平を心の中で嘆いた。

「火竜討伐さー。やってあげてもいいよー」

「本当に!?」

「やってあげるだけねー」

「ありがとう！　それでどんな契約を？」

「んー。火竜を討伐してから考えるかなー」

長い間、怒れる水神が人間の為に何かをした事などない。これまでにも悪くない人間はいたが、彼女は魅力を感じなかった。

時の大賢者や大魔術師《ウィザード》と称えられていようが、アーキュラは彼らを突っぱねてきたのだ。

魔術師《ウィザード》の女性は、そんな凍りかけたアーキュラの心を氷解させつつあった。誰かの為に自分をも犠牲にできる、ミャーンがなついた人間。

これから先、もし彼女のような人間がいれば助けてやってもいい。アーキュラは次第に心変わりしていく。

＊　＊　＊

魔術師《ウィザード》の女性は、へたり込んだ。何も出来ない。その必要すらない。

一吹きで人間が代々にわたって築きあげた街を無に帰すブレス。最高級の鉱石を叩き上げた刃すらも通さぬドラゴンの鱗。尾を振るえば大地を叩き割り、激震を起こす。

無敗を誇る伝説となるべき戦士すらも対峙した段階で、戦意喪失する。それがドラゴンだ。

「はい、終わりー」

ブレスは膨大な水によって消火される。大口を開けたところで、大量の水を流し込まれてドラゴンが巨体を転倒させた。

いかなる生物をも超越したとされるドラゴンですら、水の精霊によって溺死させられる。

正確には、水という根源的存在に抗う術などないのかもしれないと魔術師《ウィザード》の女性は震え上がった。

あらゆる穴から血と共に水が流れ出て絶命したドラゴンの横で、アーキュラが女性に笑いかける。

「これで村に平和が訪れたねー」

「そ、そうだね……」

「それで契約なんだけどさー。別に何もいらないかなー」

「本当……？」

女性がアーキュラから距離を置いている。お礼を言わなければいけない事はわかっていた。

しかし恐怖で足が竦む。どこか抜けた雰囲気からは想像もできない怒れる水神の力。これは人が触れていい存在ではないと、女性は直感した。

「怖がらせてごめんねー」

「いえ！　あの、こちらこそ、ごめん……」

「アンタみたいな人間がいるってわかっただけでも十分だからねー」

ケラケラと笑うアーキュラを見て、彼女にとってのドラゴン討伐は本当に造作なかったと理解する。軽い運動を終えた程度だ。

怒れる水神。人間の観点からすれば、彼女は本当に神様なのだろう。女性はある種の諦めの境地に至る。

「……一つ質問していい？」

「なにー？」

「アーキュラさんは……誰かをマスターとして仕えた事はある？」

「ないねー」

「これから先もない？　もしそうなら……その力……」

「アタシの力をフルに引き出せる人間なんているとは思えないからねー。安心していいよー」

女性の質問の意図をアーキュラは察していた。もし邪悪な存在が彼女を従えれば大変な事になる。

ホッと胸を撫でおろした女性だが、完全に安心したわけではなかった。

「人間の言う事を聞いたのは初めてだからねー。変なのに召喚されても水ぶっかけてやるかなー」

「そうだよね……。変な質問してごめんなさい」

「アンタは悪くなかったけどねー。どうもピンとこないというかねー」

「ふふ……そもそも私じゃ力不足だもの」

仮にアーキュラが邪悪な存在に使役されたとしても、女性にはどうする事もできない。せめてアーキュラの言葉を信用するしかなかった。

「んじゃ、そろそろ行くねー」

「精霊界に帰るの？」

「まー、適当にねー」

「さ、最後にもう一つだけ聞かせて！　もし誰かに仕えるとしたら……どんな人がいい？」

「難しい質問だねー」

アーキュラが考え込む。考えた事もないし、少し前の自分ならハッキリと誰にも仕えないと答えただろう。長考は心境の変化の証だった。

「まぁピンときたらねー」

「え？」

「さようならー」

「あ、ちょっと……」

アーキュラ自身も、よくわかっていない。現時点で自分が誰かをマスターに選ぶなど考えられなかったからだ。

女性の疑問はもっともだが、アーキュラは構わずに女性の前から姿を消した。

永遠ともいえる生の中でほんの一幕、いい夢を見られたとアーキュラは満足している。

この後も良くない人間に召喚されるが、彼女はその度にこの女性を思い出す。正しい心を持った人間なら――

＊　＊　＊

「そう、退屈でしょうもなかった」

目覚めた後、彼女はかつて出会った女性を思い出す。あれからどれほどの年月が経ったかは把握してない。

召喚の記憶の中で、彼女はアーキュラにとって涼風となっている。

「召喚か……」

いつかの女性に対して思いを馳せた時、再びアーキュラに召喚の時が訪れる。その光が導く先は果たして――。

あとがき

　大半の方は初めまして、ラチムです。本書をお買い上げいただいて、ありがとうございます。小説家になろうで活動して九年目、ついにネット小説大賞で大賞をいただいて書籍化を果たしました。万年ほぼ一次落ちだった自分が書籍化、今も現実感があまりないです。実はこの作品、応募受付締め切りギリギリに滑り込みで参加しました。どうせ落ちるし応募は見送ろう……と思っていたのですが、勇気を出してよかったです。

　さて、この作品。実はかなり苦労しまして。最初は、魔物の技を見て使える少女の話でした。しかし、いわゆるラーニングはありふれていて新鮮味がない。じゃあ、見た技を……同じだ。そもそも自分程度が思いつく能力なんて先人の方々がやっている。じゃあ、いっそすごい才能を持った女の子主人公でいいじゃないかと。強い脳筋キャラが好きだったのでこれに決定しました。ボツ設定自体は本作にも多少は引き継がれてますね。いっそ能力よりも主人公のキャラで勝負しようと考えて、見ていて気持ちがいい主人公とは何かと追及した結果がリティです。冒険馬鹿といってもいい彼女ですが、いかがでしたでしょうか？

　かなり練って投稿した本作ですが、うまく伝えきれてない部分もありました。剣士《ファイター》の試験に受かっていないロマが、なぜバルニ山へ行く五級の昇級試験に挑めるのかという指摘をＷｅｂ版の感想欄でいただきました。この二つは順不同という設定なのですが、なんと作中では一言も触れられていません！　そんな荒もあって、執筆の難しさを痛感している次第です。

　この作品以前から小説を書いては何度も折れそうになりましたが、なんだかんだで書き続ける事ができました。この作品が書籍化に至ったのも、Ｗｅｂ版から応援して下さった方々のおかげです。また、本作を見込んで受賞を決定していただいたＴＯブックス様、編集者様、素敵なイラストを描いて下さったＤｅｅＣＨＡ様、出版に関わった方々にこの場を借りてお礼を申し上げます。

　次巻ではリティとクーファが召喚獣を召喚します。更に王都を舞台に巻き起こる事件の数々。その先に待ち受ける冒険、その上で人との接触やトラブルは避けられません。リティにとっても、それも冒険です。今後、彼女がどのような物語を展開するのか、注目していただければ幸いです。

　本作を手にとっていただき、ありがとうございました。次巻でお会いできる事を願っています！　では！

今度は素手格闘で
ナンバーワン女子ガ物理で
花よりバトルな脳筋少女の
ハイスピード成り上がり
ファンタジー第二弾！
宿敵・英雄と
闘《や》り合います⁉
闘《や》ってやる……！
発売予定!!

付いていけるか不安です……
早くウチにほしいわ
コミカライズ企画進行中だって♪
脳筋が加速してない……?

インストア
ッズ続々!
本好きの下剋上
司書になるためには
手段を選んでいられません
ドラマCD 6
香月美夜
イラスト:
椎名 優
香月美夜
書き下ろしドラマCD用SS付き!!
椎名優
描き下ろしジャケットイラスト!
2021年
8月10日
第五部 女神の化身VI
と同時発売!

ふぁんぶっく1～5
ドラマCD 1～5
TOブックスオンラ
限定グ
TVアニメ&新キャストでお届け！
ローゼマイン：井口裕香
フェルディナンド：速水奨
ルッツ：田村睦心
トゥーリ：中島愛
ジルヴェスター：井上和彦
カルステッド
／イマヌエル：森川智之
ヴィルフリート：寺崎裕香
シャルロッテ
／ヒルデブラント：本渡楓
コルネリウス／アナスタージウス：山下誠一郎
ハルトムート：内田雄馬
ダームエル：梅原裕一郎
ハンネローレ：諸星すみれ
ブリュンヒルデ
／リーゼレータ：石見舞菜香
ソランジュ：宮沢きよこ
ラオブルート：関俊彦
ディートリンデ：潘めぐみ
エルヴィーラ：井上喜久子
原作公式HP
http://www.tobooks.jp/booklove
またはTOブックスオンラインストア
https://tobooks.shop-pro.jp
Illustrated by You Shiina

「お前には才能がない」と告げられた少女、怪物と評される才能の持ち主だった

2021年6月1日　第1刷発行

著　者　ラチム

発行者　本田武市

発行所　TOブックス
〒150-0002
東京都渋谷区渋谷三丁目1番1号　PMO渋谷Ⅱ　11階
TEL 0120-933-772（営業フリーダイヤル）
FAX 050-3156-0508

印刷・製本　中央精版印刷株式会社

ISBN978-4-86699-219-8